「枯木翡翠図」

一線の湖

TOGAMI Hiromasa
砥上裕將

講談社

カバーイラスト……丹地陽子
水墨画………………砥上裕將
カバーデザイン……大岡喜直（next door design）

「指墨沢蟹図（しぼくさわがにず）」

「翡翠図（かわせみず）」

登場人物紹介

青山霜介（あおやまそうすけ）　主人公。大学生。2年前の湖山賞公募展で翠山賞を受賞した。

篠田湖山（しのだこざん）　水墨画家。日本を代表する芸術家。

篠田千瑛（しのだちあき）　水墨画家。湖山の孫。花卉画（かきが）を得意とする。2年前の湖山賞公募展で湖山賞を最年少で受賞した。

西濱湖峰（にしはまこほう）　水墨画家。湖山門下の筆頭。風景画を得意とする。

斉藤湖栖（さいとうこせい）　水墨画家。完璧な技術を有する。

古前巧（こまえたくみ）　大学生。霜介の自称・親友。

川岸美嘉（かわぎしみか）　大学生。霜介と同じゼミ。しっかり者。

椎葉朋実（しいばともみ）　轟清水小学校の教員。

矢ヶ瀬弥生（やがせやよい）　轟清水小学校の校長。

第一章

くうと、くぐもった声をあげながら、西濱さんは缶コーヒーを飲んだ。

隣で、僕もきつく目を閉じていた。そのまま缶の縁を口に運んだ。普段では絶対に受け付けないほどの甘ったるさが、いまは心地よい。温もりって人を癒すんだなと思った。苦味と甘みが消え去った後で、目を開けた。

「最近の缶コーヒーって、美味すぎるよな。ほんと感謝だよな」

見上げると、水色の秋の空と鱗雲が広がっていた。少し冷たい風が、白と水色を深くする。色彩の境界線は、曖昧すぎて見えない。

独り言にも似た缶コーヒーへの過剰な賞賛に隠されているのは、今回の社中展の飾り付けが壮絶だったということだ。つまり、缶コーヒーがやたらと美味く感じられるくらい西濱さんは疲れているのだ。不満が言えないから感謝を口にするなんて、らしいといえば、らしい。彼は言葉が終わる前に、タバコに素早く火をつけた。

僕の手も震えている。ようやくパネルの搬送が終わった。あれだけの大きさだと木製のパネルでもそこそこの重さになる。展示室が二階にわたる階段付きの会場なので手だけではなく足にもガタがきている。太い木枠に足を何度もぶつけた。よく二人で運んだものだと思う。僕の手が震

えているのを見て、

「やっぱ重かったよね。いつもの四倍の大きさのパネル作っちゃったから」と彼は謝った。

「いえ。むしろ、頼もしいくらいです。あれだとみんなでアタックしても倒れないかも。制作、ありがとうございます」僕は頭を下げた。

「いや青山君、それは……。でも、そっか、みんなでアタックね……」と呟きながら、彼は胸ポケットにどうしようもないほどしわくちゃになった黄色のアメリカンスピリットの箱と百円ライターを差し込んだ。

「アタックかあ。真っ白な画面に体当たりしてみるのも案外いいかもしれないね。ああ～、美味い」冗談とも本気ともつかない声だった。美味いのは、たぶん、タバコのほうだ。

「青山君も就活とか忙しい時期なのにごめんな。三年生でしょ」

　と彼は言った。駐車場の屋外喫煙スペースに太い声が響いた。僕は首を振った。

「忙しくないんですよ」彼は大きく目を見開いてこちらを見た。そして、

「おめでとう！　どこに就職するの？　俺たちもお祝いしないと。君は家族みたいなもんだものな」と声をあげた。

　僕はその言葉が嬉しかった。家族みたいなもんだものな、良い響きだ。だが、嬉しさと同じだけ苦いものが込み上げてきた。

「いえ、そういう意味じゃなくて頑張ってないから……、そんなに忙しくないというか」

「ああ」彼の声も小さく哀しくなった。そして、煙を吸い込んだ。「ごめんなさい」と言いそうになったけれど、こらえた。これは僕自身のことなのだ。缶コーヒーを握りしめた。

「悩んでるの？」本当のことを訊くときの大人の声だった。僕は、

「それほどでも」とこだわりなく笑って見せた。それで空気を変えることができると思っていた
けれど、うまくいかなかった。

悩んでいるかどうかすら、分からないというのが本当のところだ。進路に関しては迷い続けている。今の学生生活に不満があるわけじゃない。今の生活だって、僕にとってはようやく獲得したものだ。だから、これからどうしたらいいのか分からない。分からないまま、時間が過ぎて大学三年生になった。それがこんな、自分でも気味悪い笑顔になった。濁った水を飲み込んだみたいだ。

「ちゃんと自分のために時間を使っていますよ。決められないだけです」

彼はやっとこちらから視線を外した。もう一度タバコを吸った。

「俺たちが忙しくさせちゃってるってのもあるかもしれないね」

僕は首を振った。僕も湖山門下の一員なのだ。そう思っていたかった。そして、僕も絵師なのだ。たぶん。彼はため息と煙を同時に吐いた。

「そういうのって、このタバコの煙みたいなものかもしれないね」

僕は吹き出しそうになった。どこかで聞いたようなセリフだ。

「前にもそんな話しましたよね」

彼はしばらく沈黙し、空を見つめていた。僕の話を無視しているようだ。

「何もかも風任せってことかもね。それでもいいのかもしれない」

「どういうことですか」さすがの僕も進路を風任せにはできない。叔父さんに渡された両親の遺

産から捻出された生活費は使いきれないくらいあるけれど、僕の優柔不断さのために浪費したくはない。

「煙の形を決めるのは風ってことだよ」意味が分からずに黙っていると、

「ぶち当たったものが形を決めるんだよ。考えた分だけ分かんなくなるからさ。俺なんていつもそうだな」と続けた。

西濱さんは、真っ白い歯を見せて笑った。それと対比するように黒く淀んだ目の下の隈は目立つ。昨日の夜も今日の揮毫会のための準備をすると言って、大きなパネルを作り続けていた。毎日どれくらい眠っているのだろう。

笑顔が終わった後、煙を吐いて軽く咳き込んでいた。できるのなら兄弟子の仕事を代わってやりたいのはやまやまなのだが、あんなに大きなパネルを一晩で作るなんて作業は彼以外、誰もできない。僕が手伝えるのは搬入と車の運転だけだった。運転免許をとったばかりで大きな車を運転するのは怖かったけれど、やりたくないとはいえなかった。彼が休憩できないからだ。彼はじっと何かに耐えるように目蓋を閉じた後、開いた。

僕があまりに心配そうに見ていたからだろうか。

「子どもができると夜泣きがひどくてね、なかなか眠れないんだよ」

と嬉しそうに話してみせた。いや違うだろう、とも思ったけれど黙っていた。西濱さんの結婚式からもう一年くらい経つ。こんなに忙しくて家庭はうまくいっているのだろうか。

「千瑛ちゃんも最近、手伝いに来てくれないからね。他の仕事がんばっちゃってるようだ」

「そうですね。昨日の飾り付けは来ませんでしたね。地元のテレビに出るんでしたっけ」

「そうね。また出演しなきゃいけないとかで、道具を一式持っていったよ。でも仕方ないかもね、今日のこともあるし。宣伝だって言っていたよ。人目につくところで活躍できるのも嬉しいんだろうし、まだまだ先生の目を気にしている。認めてもらいたいのかな。わからんでもない。ほんとは、お客さんなんて、湖山先生が揮毫会するって宣伝すれば、それだけで集まってはくれるんだけれど」

あっけらかんとした声にも、やりきれなさを感じる。

「千瑛さん、いてくれると、僕らは助かりましたよね」

彼は晴れやかなほどの笑みを浮かべた。作り笑いと苦笑いが半分ずつという感じだ。この人はやっぱり人の悪口は言えない。僕は少しだけ言いたかったけれど、口をつぐんだ。展覧会の準備中も数えるほどしか彼女に会えなかった。

気づくと缶コーヒーを持つ右手がまた震えていた。液体が缶に当たって鳴っていた。昨日までぶっ続けで運んでいたパネルや額縁のせいかもしれない。

それにしても今週はよく働いている。ただの社中展なのに、湖山賞公募展と同じくらいの規模の展覧会だ。しかも、予算は湖山賞公募展よりも少ないため、どうしたって会派の人間の実働が多くなってしまう。

会派の人間というのは、実際には僕と西濱さんの二人だ。

他の方はあまりにご高齢すぎて、ハードな肉体労働には向かない。時間に融通がきいて肉体労働ができる若い人間は僕ら二人しかいない。つまり、実質的には僕らだけで大展覧会をやれと命令されているようなものだった。社中展なんて、毎年あるのにこんな大掛かりな作業をこれまで

西濱さんはどうやって一人でこなしてきたのだろう、と口にすると、

「何年か前までは斉ちゃんもいたし、千瑛ちゃんもそこそこは手伝ってくれていたからね。ギリギリなんとかなってたんだよね。俺も若かったから」

と、歯切れよく答えて慌ててタバコを吸った。丸い火が真っ赤になって、すぐ消えた。信号の点滅みたいだった。

斉ちゃんとは、二年前に会派を離脱した天才絵師の斉藤湖栖（さいとうこせい）さんのことだ。本名は斉藤右（あきら）というらしい。湖山門下で最高の精度の技術の持ち主だったが、絵師として自分の進むべき道に迷っていた。年齢は学生である僕や千瑛と十歳も離れていなかったはずだ。正確なところは分からない。色白の美男子で、いつも芥川龍之介（あくたがわりゅうのすけ）のような真剣な表情を浮かべている真面目（まじめ）な人だった。彼がいればもっと楽だったのは間違いない。事務仕事や細かい作業が向かない西濱さんには欠くべからざる相棒だったのだろう。

「斉ちゃんがいたころは楽しかったなあ」とぼやいた後、言葉を飲み込むように、

「さて、そろそろ時間だよ、行こう」と笑ってみせた。

灰皿にタバコを擦（なす）りつけて丁寧に火を消した後、彼は急ぎ足で搬入口のスロープに向かった。僕は少し離れて後をついていった。扉を開けると、薄暗く長い廊下が続いていた。並べられた会議机やパイプ椅子（いす）の横を通り抜けると青白い明かりの先に千瑛が立っていた。

西濱さんが手を上げて挨拶（あいさつ）すると、

「本番前なのに、どこに行ってたんですか」と問い詰めた。

今日は長い髪をお団子にしていた。あれのほうが絵を描（か）くときには邪魔にならないかもしれな

い。真っ赤なノースリーブのワンピースを着ている。布は光沢を持ち、微かな光でも輝いている。強く赤い光と白い肌が目に焼き付く。きっと高級な衣装なのだろう。去年は着ていなかった。いまの彼女の存在によく似た輝きを放っていた。彼女は最近、水墨画界の若き至宝と呼ばれたりもする。この服でステージに立てば、他の何よりも彼女に視線が注がれるだろう。

一方僕は、千瑛の湖山賞受賞と同じ年に特別賞をもらったけれど誰からも注目されない。地味な絵を描いているからだろう。とにかく目立たない。服装も何処にでもあるぶら下がりのスーツを着ている。何を選んでいいのか分からなかったので、紳士服売り場の店員さんのすすめるがままリクルートスーツを選んだ。店員さんもまさか、スーツの用途が就活ではなく「水墨画の実演会で働くため」だとは夢にも思わなかっただろう。

西濱さんにしても似たようなもので、年季の入った紺のスーツを着ている。皺が寄っているし袖に墨の染みがついているから、揮毫会のときだけ使っているものなのだろう。

「ごめんね。ちょっと息抜きに」彼は大きな声で言った。

「もう、みんな会場に集まって待ってます。打ち合わせもしなきゃいけなかったのに何処に行ってたんですか。お祖父ちゃんもいなくなっちゃうし」

打ち合わせは昨日の夜には終わっちゃってたんだよ、とは彼は言わなかった。千瑛の猫のような大きな瞳と鋭い視線がこっちには飛んでこなかったので、僕も黙っていた。

彼は歩きながら指示を出した。

「湖山先生は、本番まで独りでいたいということだったので、そこらをフラフラしていると思うよ。俺はいつも通りのサボリのタバコで、青山君は朝から働き詰めだから、休憩に連れ出した。

本番前に疲れ果ててるなんてかわいそうだろう。千瑛ちゃんは何してたの？」

「私は……」と言い淀んだ後「さっき来て状況を確認しました」とバツが悪そうに言った。

西濱さんは気にするふうもなく「だよね」と言った。僕は下手な作り笑いをして黙っていた。

二人の間に刺々(とげとげ)しい空気が生まれて、彼はそれをとりつくろうように小さく息を吐いた。

「で、今日の指示なんだけど」何事もなかったかのように話し始める。

彼女は何も言い返さず頷(うなず)いた。

「指示は、ほとんどない。好きにやっていいらしい。好きなものを好きなように各々判断してほしいということだった」

彼女の表情が明るくなった。それならいける、と思ったのだろう。

「ただ一つだけ条件があって……」

「条件？」大きな丸い瞳が三角形に尖(とが)った。本当に猫みたいだ。

「最初は青山君から。その後、先生が順次合図を出してスタート」

「どうしてですか。それだと効率が悪いと思いますが……。好きにやっていいなら一斉にやるほうがいいと思います」

「それは……、まあご本人に訊いて」

「でも……」西濱さんは千瑛の言葉を遮(さえぎ)るように背筋を伸ばして、目をきつく閉じた。首を左右に振ってゆっくり回すと、僕らにも聞こえる音が響いた。身体(からだ)が悲鳴を上げていた。

「これって昨日の夜のミーティングでみんなで話し合ったことで、千瑛ちゃんにはそのときにメールを飛ばしたんだけど」

彼女は慌てて携帯電話を取り出して確認した。どうやら見ていなかったようだ。

「すみません。このときはイベントが終わった後の取材の打ち合わせをしていて……」

と顔を上げたとき、西濱さんは歩き出していたから、彼女の言い訳は聞こえなかったようだ。視線はそのまま僕の方へ飛んできた。彼女は何も言わなかった。僕は、どう話し始めていいのか分からず、「久しぶり。びっくりだよね」と、おどおどしながら言った。

僕だって、今日の状況に困惑しているのだ。彼女は僕を上から下までねめあげた。

顔に半分ほど掛かる影を帯びた彼女の表情は月のように冷たかった。見つめられると背筋が固まっていくのが分かった。スーツが似合わないことくらい僕にだってわかっている。

「まあまあね」と言われたのに、「ありがとう」と返事していた。彼女が目を細めた。笑ったのか。いや、笑われたのかもしれない。彼女が一歩近づいた。

「もしダメだと思ったら、止まって。止まるのが早ければ早いほど助けられる。こういうのって一度でも失敗すると、とりかえせない。青山君のためにもよくない。お祖父ちゃんが築いてきた信用にも傷がつく。それが一番取り戻せない」

「でも、湖山先生は『好きにやんなさい。胸を貸すよ』って言ってたよ」

軽く口真似（くちまね）しながら伝えると、大きなため息が聞こえた。どうして僕と話す人は皆、ため息ばかりついているのだろう。

「それはあなたに対するただの信頼よ。とにかくダメだと思ったら止まって。描かなくてもいいくらい。揮毫会では何が起こるか分からない。この分野では少しでも失敗したら、それを元に戻すために奇跡を起こすしかないの。それって、今の青山君には難しいでしょ？」

僕は彼女の瞳をじっと見ていた。冗談を言っているふうではない。僕には奇跡どころか、当たり前のことさえできそうにない。缶コーヒーが沁みるほどの疲労困憊の状態だ。

それにまだ、水墨画を始めて三年しか経っていないのだ。特別賞をもらったのも、ビギナーズラックだろう。今年は入選さえしなかった。

「さあいこう。うまくいくかは、わからないけれど」

千瑛は歩き出し、僕はゆっくりと後をついていった。もうすぐ、本番が始まる。彼女の足音が時を刻んでいる。廊下を曲がったすぐ先には舞台の袖に繋がる道があり、無数のスポットライトが棚に並んでいた。暗がりの先では、照明やマイクの効果をいじっている人がいて、ヘッドホンを着けて真面目な顔で機材を操作していた。

その見慣れない世界の中に、慣れ親しんだ香りがあった。視線を向けると、そこには硯と筆が置かれていた。西濱さんが硯の蓋を開けて、道具をチェックしている。長身の彼の背中の向こうで、小柄な老人がパイプ椅子に腰かけて休んでいるのが見えた。舞台袖への動線の終わりに光と影を帯びた小柄な輪郭が腰かけていた。

頭は綺麗に禿げ上がり、微かに照明が反射している。真っ白な眉の端が目元まで下がっている。顎鬚も口髭も短いが白い。丸い縁なしのメガネをかけている。背中を丸めて口元に手を当てて、目を閉じていた。眠っているようだった。

この空間で老人だけが完璧に止まっていた。

膝の上に置いた右手の指は、親指、人差し指、中指だけが微かに開かれて、薬指と小指は閉じられている。卵を握るように均等に開かれた左手の指とは対照的だ。一つの機能のために手が変形してしまっている。何のために、そんな手の形になっているのか、疑う人は誰もいない。この老人の名は、今ではこの分野そのものだ。

老人のさらに向こうからは、観客の声が聞こえる。舞台では司会の人が話をしている。今日のイベントのために雇った芸能人らしい。僕は近づいていって声をかけた。

「湖山先生、青山です。全員揃いました」

彼はゆっくりと目を開けた。

「ああ、青山君か。準備はできたかね。デビュー戦だな」

穏やかな声だった。本当に眠っていたのだろうか。僕らの緊張とはかけ離れた鷹揚な声に全員が戸惑っていた。この小さな人が国内最高の水墨画の巨匠、篠田湖山なのだ。疲れ果てた小さな老人にしか見えない。大きく息を吸い込むとやっと立ち上がった。

湖山先生は、スーツの上着を脱いで僕に渡した。すると西濱さんは何処から取り出したのか古びた紺の作務衣を広げて先生の肩に通した。

小声で「ありがとう、西濱君、本当にありがとう」と繰り返している。西濱さんはどうしようもなく優しい顔をしていた。作務衣の紐を結び始めると千瑛が食って掛かった。

「お祖父ちゃん、どうして、青山君からなの。これはあまりにひどすぎる」

二人はばっちりと目が合った。西濱さんは慌てて口に人差し指を当て合図した。彼女はおさまらない。先生はまだ紐を結び続けている。彼女には答えない。「お祖父ちゃん！」口調はさらに強くなった。先生は、「やっと来たのか」と言った。彼女は止まった。

「なぜなのか、分からないのは、お前が未熟だからだ。周りが見えてない」

とはっきり言った。彼女の頬が紅潮していくのが暗がりでも分かった。

「そんなことないし、私にはわからない。私は一生懸命この湖山会やこの業界のために働いて、昨日だって宣伝のために駆けまわってきた。皆のために水墨画を盛り上げようとしているのに、なんでわざわざ失敗するような真似をするの」

「お前が働いているのは、自分自身のためだ。お前以外の人たちは皆、お互いのために働いている。それに青山君が失敗すると決めつけるのはよせ」

「でも、彼の技量じゃ何が起こるかわからない」先生は目を細めた。影が鋭くなった。

「それは同じことだ」

「どういう意味？」

「言わなきゃわからんのか」

先生は西濱さんに、道具についての指示を出し始めた。千瑛が固まったまま立っている。

「私がってことなの？　私は素人じゃない」またため息が聞こえた。今日で三回目だろうか。

「彼だってそうだ。彼も立派な絵師だ」

「でも、経験がない」

「それをいま、お前が奪おうとしているんだ」

先生の背筋が伸び、表情が変わっていった。小さな老人は急に大きくなった。

「先達がいつまでも後から歩いてくる人に道を譲らなければ、何も新しくならない。道そのものが滅びるんだ」

彼女が次の不満を口にする前に、会場のスタッフから声が掛かった。

「湖山先生、出番です」西濱さんの目つきが変わった。彼は僕に近づいてきて、肩を叩いた。そして、「ドンといこう」と言った。今日一番の笑顔だった。その後、湖山先生が何も言わずにやってきて、背中をそっと押した。舞台袖のギリギリまで一緒に歩き、
「私たちのことなんて、忘れていいんだ。好きにやんなさい」と言って、僕の背中を音が鳴るくらい強く叩いた。僕は舞台に飛び出した。万雷の拍手が鳴り響き、慌てて一礼した。

何もかもが始まった。

もう、振り返ることもできない。眩しすぎるけれど、目を閉じることもできない。これは現実なのだ。僕に続き、西濱さんと千瑛が出てきて、最後に湖山先生が登場した。全員が揃ったところで、打ち合わせ通り、会場に一礼した。また拍手が鳴った。音に叩かれて身体が硬くなっていくのがわかる。逃げ出すように、僕は観客に背を向けた。だがそれは、最悪の選択だったかもしれない。

そこには、目もくらむような真っ白で巨大な壁があった。

覆いかぶさるように眼前にそびえ、寒気すら感じる。さっきまでの激しい音が嘘のようだ。静けさがやってきて、もはや冷たい。立ちすくんでいると、吹雪の中、頬を叩かれるように視界は凍り付いていく。白しか見えない。

感覚が探すことのできなくなった色彩を求めて暴れ始める。落ち着け、と僕は自分に言い聞かせる。いま目の前にあるのはただの紙だ。障壁画を描けるくらいに巨大だが、いつも使っているものと変わらない。ここは山でもなければ、吹雪いてもいない。

さっきまで僕らはこれを運んでいたのだ。そのときはこんなふうに感じなかったじゃないか。

ただの重い和紙の張り付けられた木製のパネルだった。

そしてまた白と目が合った。今日までずっと、白を見つめていた。

四年前、両親が交通事故で亡くなってからずっと、僕は心の内側でこんなふうに真っ白な壁を見つめていた。独りぼっちで家にこもり、心の内側に佇み、これとよく似た壁を見ていた。そこに無限に思い出を映し続けた。どれほど力なく、悲嘆にくれていても、この壁を見ることを恐れたことなど一度もなかった。どうして今日になって、今になって、この白から逃げ出したいと思っているのだろう。

僕はどうしてしまったのだろう。この白に絵を描くことで、僕は立ち直ってきたはずなのに。一瞬だけ、目を閉じると、無数の墨の線が閃光のように走った。目の中では、線が暴れている。線は、点になり、面になり、また線に変わり激しく揺れる。心臓の鼓動が激しく鳴っている。耳元でドラムを叩かれているようだ。

背後から静寂を壊す、不躾な咳払いが一つ聞こえた。

僕はそれで我に返り、白から目をそらすため、設置された道具の横に立った。もうすでに、皆、準備は整っている。慌てて硯の蓋を開けた。使い慣れた墨の香りが広がった。それで少しだけ心臓の音が弱まった。三人の視線が僕に注がれる。

僕は作り笑いを浮かべた。誰も微笑み返してはくれなかった。硯の陸と呼ばれる平らなところで、墨が乾きすぎている。機を逃した、のか。

水滴は手元にない。僕は筆で少しだけ水を掬って何滴か硯の陸に雨を降らせた。

固形墨を持ち上げて、雫の上に置くと、雨戸を揺らすような小刻みな音が鳴った。墨と硯の間からだ。手が震えている。震えを掻き消すために、素早く墨を磨った。

陸に墨を擦りつけなければ、震えはなかなか消えない。消えたのは音だけだった。乾いた黒の上に、潤いのある黒がさらに広がり、粘度は増していく。手を止めなければと思うけれど、力が緩まらない。左手を添えて握りしめて、何とか右手の震えを隠しながら手を止めた。固形墨の水分を拭き取ったとき、鋭い視線がこちらに向けられていることに気づいた。

千瑛だけが、僕から視線を離さずこちらを見ていた。口パクで、「代わろうか」と言っている。僕は首を振った。湖山先生は『最初の一筆を僕に』と言ったのだ。昨日の湖山邸でのことを思い出す。書斎に呼び出されて、お茶を勧められた後に言われた。

「明日の揮毫会、君のデビュー戦のようなものだが、最初の一筆は君にお願いする」

隣で聞いていた西濱さんも驚いていた。

「先生、それはあまりにも荷が重すぎるのでは……」

普段は、先生の決定に異を唱えることなどない彼が反射的に口を挟んだ。

「分かっている。だが、私もよくよく考えた結果だ。青山君、お願いできるね」

僕は何も考えずに、「はい」と答えて頭を下げた。それは明らかな間違いだった。頭を下げた瞬間に思い至るべきだった。最初の一筆が示す意味に気づけなかった自分が憎らしい。

どうしてあのとき思い至らなかったのだろう。西濱さんは憐れむようにこちらを見ていた。僕は微笑んでいるだけだった。僕はやっぱり何処か間の抜けたところがある。

筆を持ち上げて、穂先を水に浸した。穂先を叩いて気泡を追い出さなければならないけれど、今はその時間もない。皆が待っている。当たり前の所作が当たり前でなくなっていく。

慌てて水面から穂をすくいあげて、穂先に濃墨をつけた。筆を軽く叩く。だが力を入れすぎて、穂先が少しばらけてしまった。僕は唾を飲み込んだ。さらにもう一度、最初から所作を繰り返す。こんな状態で最初の一筆を始められるのだろうか。

最初の一筆とは、水墨画にとって命そのものだ。

水墨画はその特性上、描いた線を二度と描き直すことはできない。一度描けば、千年以上消えない塗料なのだから当たり前のことだ。

つまりすべての線が絶対に失敗することのできない一筆だ。

そして、その最初の一筆を入れるということは、これから描くすべての筆致の基本となる線を描くということだ。どの場所に、どんな長さで、どのくらいの面積で、どんな雰囲気で、どんな思いを込めて入れるか。それに沿って絵はできあがっていく。それをこの瞬間に決定するということだ。僕は気づいていなかった。西濱さんの憐れんだ顔が浮かぶ。千瑛の激怒の理由も納得できた。今日の揮毫会の成否は、僕のこの一筆にかかっていたのだ。

湖山会の絵師全員の栄誉を、次の一筆が背負っている。

思い返せば、ただでさえこの企画は無謀だった。四人で、等分され切り分けられた画面に描くのではなく、一枚の画面に四人の絵師が同時に描く。

企画を聞いたときは、どうすればいいのか首をかしげた。だが、湖山先生はゴーサインを出した。言い始めたのは先生だった。

「うちの会派も華やかになってきたから、たまには皆で描いてみようか」

思い付きのような言葉に、西濱さんがしぶしぶ頷き、千瑛も賛同した。彼女は良い企画だと大はしゃぎで、いつの間にかテレビカメラが入ることになった。ただの思い付きは、地元の新聞社も押しかけ、ホールを借りての一大イベントに変わった。全員で描くにあたって、何か特別な指導や訓練があるものと思っていたのに、それもなく当日を迎えることになった。そもそも社中展の準備が忙しく、それどころではなかったのだ。そして僕は流されるまま、今日を迎えた。何か秘策があり、簡単に作画できるのだろうと勝手に思っていた。

なぜ誰も教えてくれなかったのだろう。何もかも大間違いだ。筆を振り下ろすことさえできない。最初の一筆は、決まらない。目の前の白は、揺れている。

ほぼ垂直に立てられた平面に対して掲げた筆が重い。こんなにも腕を上げなければならないのだろうか。手はさっきよりも震えている。背後からざわめきが聞こえる。

描かなければならない。だが、何を描いていいのかもわからない。湖山先生は、何一つ指示をくれなかった。「好きにやりなさい」と言っただけだった。

白は鼻先まで迫ってくる。手はさらに震える。張り詰めたものが切れ、呼吸を整えようと、ふと力を抜いた瞬間に、震えた手が画仙紙の上に降りた。同じく筆も降りた。そこには、墨の汚れがこびりついていた。まさに汚点だ。線とも滲みともつかない楕円形の染みだった。

やってしまった。

そう思ったときにはすべてが遅かった。滲みは、瞬く間に広がっていく。呆然と眺める僕の肩を誰かが押しのけた。身体の中に大きな音がしたのが分かった。

僕がつけた大きな染みの上に、僕のものよりもさらに大ぶりな筆が重なり、激しく動いた。素早く的確に、コントロールされた穂先が、筆管をつかんだ真っ白な手を起点に動いていく。筆そのものが生き物のようだ。

「もう、何もしないで」千瑛の声が響いた。冷たい声だった。僕がもう一度近づくと、

「関わらないで」と、僕にしか聞こえない声で言った。

頷くことも首を振ることもできない。彼女が前を見ていたからだ。必死で絵を描いていた。僕がつけてしまった染みを飲み込むように、大きな筆で濃い牡丹の花びらを描き、花を構成した。けれども、僕が腕を振り下ろした位置が高すぎるため、大きな花弁を描くと大量の牡丹の花を描かなければならない。

湖山先生を見ると、表情を変えず、じっと画面を見ている。西濱さんはその背後で、何かを描き始めた。大筆を使った身体の大きな仕草だから巨木か何かだろうか。何を始めるのかまったくわからない。

ふと、先生と目が合った。スポットライトでメガネまで白く光って見える。先生の首が動いた。微笑んでいる。僕が首をかしげると、もう一度画面に向かって顎が動いた。

「やれ」と、言っている。「できない」と瞬間的に思い首を振ったが、先生はまた同じ仕草をした。どうしてもやらなければならない。光から抜け出た先生の目は鋭かった。僕はもう一度、道具の前に立って墨を磨った。

磨りながら考え続けた。何をすべきか、何を描くべきか、何をなさないべきか。

慌ただしく動き続ける千瑛の髪が少しずつほどけていく。道具の方へ振り返る首の動きが大きい。これほどまでに追い詰められた彼女を見たことはない。彼女だけが画面の前で踊っているか

のようだ。

花の大きさや位置から考えれば、画面の半分を一人で描かなければならなくなる。

今の僕に何ができるだろう。「関わらないで」その言葉がまだ刺さっていた。言葉の残響を胸の奥で確認したとき、それでもまだ彼女の役に立ちたいと思った。彼女や西濱さんと一緒にいるために、絵を描いていたい。

勇気を振り絞り、画面の左端（ひだりはし）に歩いていき、ゆっくり膝を折った。

次に描くべき絵は目に浮かんでいた。大きな岩と春蘭（しゅんらん）を描こう、と思った。これなら今の僕でもできそうだ。失敗するはずはないと画面に筆を置いて滑（すべ）らせたとき、大きく手がぶれた。誰かに引っ張られたかのようだ。予測したよりも線は大きくなり、岩を描くべき場所に毛羽立った楕円が生まれた。岩にしては細長く、山にしては歪（いびつ）な墨線だ。これでは周りに蘭の葉を足すのは難しい。

なぜ、こんなことがと思ったとき、また手が震えた。手だけではない。身体まで震えている。

一心不乱に動き続ける千瑛の背後で、西濱さんがこちらを見ていた。

大きく目を見開いて、あんぐりと口を開けていた。言葉はなくとも分かる。やってしまったのだ。西濱さんが描いている風景に対しても不釣り合いで、千瑛が描こうとしている花卉（かき）画に対しても調和を欠いている。もう画面を救うことはできない。

とりかえしのつかない失敗がついに刻まれた。目の前が真っ黒に退色して、黒く濁っていく視界の中心で、千瑛と目が合った。大きな瞳が真っ赤になって、涙目になっている。

もうダメだ、とその目が訴えている。彼女の筆が降りた。僕の視界が、さらに黒く濁り、光が失われて墨色と見分けがつかないくらい淀んでいった。

彼女の涙が落ちたのが最後に見えた。

そして、僕の揮毫会が終わった。


どんなことがあっても人は目覚めるもんだな、と久々に思った。

どれほど朝が怖くても、今日を疎ましく思っても、ちゃんと目を覚ます。

そして、今朝に限って晴れている。気分とはまるで反対の天気だ。起き上がると突然、テーブルの上に置いていた携帯電話が震えながら光り出した。この光もわずらわしい。

触る気にもなれず点滅する携帯を眺めていると、突然止まった。

お茶でも淹れようと立ち上がると、また光り出した。家の中に他人がいるみたいだ。先週は、連絡が多かったから着信音を切っておいた。すべて終わってしまったのだから、黙っていてもらおう。光を見ないようにして、手に取った。まだ着信は続いている。

画面には『古前巧』と表示されている。今一番、話したくない相手かもしれない。今日の天気のような人だから。メールも入っていて、叔父からのものだった。いつも返信しなければと思いながらも忘れてしまう。調子はどうだ、という相変わらずの内容だった。返信しようと思い文面を考えようとしたけれど、何も浮かばなかった。妙に他人行儀な言葉ばかり浮かんで、気力を奪われていく。古前君からの着信が続いているのも原因だ。保留にしようと、指先で操作を始めると誤って、通話を始めてしまった。

「青山く～ん！　生きてるか！」と、手元から大きな声が聞こえる。ハンズフリーにしなくても話ができそうだ。僕は携帯を置いて、台所でゆっくりとグラスに水を注いだ。静かに飲み干し背伸びをしてから、携帯の前に戻ってきた。その間も、古前君は叫び続けていた。

「もしもし、生きてるよ。今日も元気だね。おかげさまで良い朝だよ」

「ありがとう。役に立ったなら良かったよ！」皮肉は通じない。これもいつものことだ。

「そんな話をするために電話したんじゃないんだよ！　君、大丈夫か？　今日のニュース見たよ。大惨事じゃないか」

そうくるよな、と思った。黙っていると、勝手に話し始めた。

「地元の朝のニュース見てたら君が出てて、立ち尽くしていてびっくりしたよ。そして、湖山先生のあれは、あんなことして大丈夫なのか？」

「わからないよ。僕もどうとらえていいのかわからない。ニュースではなんて言ってたの？」

「湖山会の滅びのプレリュード」

「前奏曲って……、僕たちは何も演奏してないよ。絵を描こうとしただけだ」

「そりゃそうだけど、これから滅びが始まるって意味じゃないのか？　実際コンサートにも使われるホールでやっちゃったんだから、そんなふうに見えたのも無理ないよ。それで、すごく、訊きにくいんだけど……」

「わからないよ」訊ねられる前に答えた。本当にわからなかった。

どうして湖山先生があんな行動に出たのか。どんな気持ちであれを描いていたのか。何よりも、先生の言葉の意味がわからなかった。

「いや、俺が言いたかったのは、今日の企業法務総論どうするって話。必修科目だけど、俺、代返したほうがいいかな？　もうすぐ始まるのに教室にいないからさ」

僕は慌てて家を飛び出した。


大教室の前に着くと、企業法務総論の教授と同時に教室に入った。いつも少し遅れてやってくる先生で助かった。「すみません」と声を発したとき目が合った。

「おや、ニュースに出てた水墨画の学生だね」

と穏やかに言われた。苦笑いしながら会釈すると、「どうぞ」と道を譲ってくれた。古前君と川岸(かわぎし)さんは一番後ろの席に並んで座っていた。僕が手を上げて挨拶すると、教室にいる他の学生達も隣の学生に耳打ちを始めた。最後列に向かって歩くと、内容が聞こえてくる。

「ああ、あれが昨日、失敗した青山君……。微妙なイケメンなのに残念よね」「やっちまった奴(やつ)だよね。細いし、白いし、なんか頼りない」「ウロウロしていたド素人、うちの学生だったんだ。顔色わるっ！」「なんであんなに下手くそなのにプロと一緒に出演してたんだ？」

聞こえないふりをしながらも、言葉に反応してしまう。やけに足音が響く。最後列の二人に近づくと、なぜだか二人の間の席に座らされた。カップルなんだから隣り合って座ればいいのに、と思ったが、川岸さんの表情が真剣だったので何も言わないことにした。きっと僕がまずい顔をしていたのだろう。

左側に古前君、右側に川岸さんだ。僕は横目で川岸さんを見た。短くやや茶色い髪に小さな顔と大きな瞳。目力のある表情が強さと聡明(そうめい)さを感じさせる。この三年間、ぶっちぎりの成績で給与奨学金を獲得し続けている我が校屈指の秀才だ。

反対を見つめると、今日もいがぐり頭にサングラスの古前君がいた。なぜだかスーツを着ていて、そのうさん臭さが際立っている。

二人とは入学してからずっと同じゼミで、仲良くなった。もう三年間も一緒にいるのだと思うと感慨深い。そして、同時に二人は付き合い始めて三年になる。よくケンカもするが、これまで一度も別れ話らしきものは出たことはない。

正直、彼女ほど素敵な人が彼のどこに魅力を感じているのか理解できないが、彼の奇抜な発想と行動力は他の学生達の群を抜いている。彼女にとっては、かっこよさよりも面白さのほうが魅力的に映るのかもしれない。

「今日は代返しなくて済んだな」前を向いたまま古前君が言った。

「いつも任せてばかりはいられないよ。連絡ありがとう」

「気づいたのは、美嘉(みか)のほうだよ。青山君、教室にいないねって」

僕は川岸さんの方を見て会釈した。彼女は前を向いたまま左手で親指を立てた。右手はすでに教科書を開いてページを押さえている。教授が「先週の復習から……」と話し始めると、彼女は口を開いた。

「昨日は大変だったね。私、会場にいたんだよ」

「ごめん」

「謝ることないでしょう。誰にだって失敗はある。でもなんていうか、らしくなかったね」

「僕が最初の一筆を間違っちゃったから、みんなバラバラになったんだ」

「そうなの？　それだけとは思えなかったけど」

僕は答えなかった。言い訳をしたくないと思った。川岸さんは一度だけこちらを見てから、

「湖山先生も西濱さんも、千瑛様も、らしくなかった。もちろん青山君は一番変だったけど」

と寂しそうに言った。視線が少しだけ落ちた。

「そうかな」と零した声を拾って、前の方にいる学生が振り返った。僕と目が合うとすぐに逸らして、隣の学生に話しかける。また言っているのだろう。「あいつが昨日、大失敗した青山霜介だぞ」ため息をつかないようにするために俯いた。川岸さんはそれを見ていた。隣から、ため息が聞こえた。

「皆、自分の絵を描いているようで、描いていないように見えた。千瑛様の絵も以前とは違う。むしろ青山君が失敗しちゃうくらいのほうがらしいといえば、らしい」

僕が失敗してもおかしくないと言われているのは、微妙な気持ちだったけれど、言っていることは分からなくもなかった。ただ誰もがあの場所で必死だったのは確かだ。

「あのサワガニって何か意味があるの？」

彼女の問いに目が合った。隣から古前君の視線も感じる。僕は首を振った。湖山先生はほとんど何も説明しなかった。でもまさか、あんなことが起こるとは誰も想像しなかった。

湖山先生はあのとき、筆を持たなかったのだ。そして、持たないまま絵を描いた。

会場の誰もが期待した華麗な画技は披露されなかった。僕ら内弟子が希望したような画面の救済も行われなかった。

先生はあのとき、僕らを制止し、たった独り画面の前に立った。

穏やかな声が耳に甦る。

「筆を置きなさい」

僕がどうしようもない失敗をやらかして、千瑛が僕を見つめていたときだった。

西濱さんも振り返ったのが分かった。誰もに聞こえる声ではなかった。舞台にいた僕らだけが先生の声に反応していた。僕と千瑛は腕を下げた。西濱さんは筆を道具箱に戻した。渋(しぶ)い顔をしていた。

僕らが画面から立ち退くのを確認すると、先生は汚された巨大な画面にゆっくりと向かった。僕らはこの状況を打開してくれる一手を期待していた。

僕のつけた間の抜けた染み、千瑛の大きすぎる牡丹、それとはどう頑張っても合わせようがない調子はずれの風景、極めつきは、風景にも牡丹にも合わない僕の変な形の岩の様子だ。画面の濃墨の部分を頂点に拾うと変な不等辺三角形に見える。新たなテーマを描ききるような余白は何処にもなかった。水墨画はただ描けばいいというものではない。描かれた墨の黒の部分と、描かれなかった余白の白の部分がどのように呼応しバランスをなしているのかも、鑑賞のポイントになる。つまり描くことによって描かなかった部分を描いていくのだ。

その二つのバランスを見出(みいだ)すのはとても難しい。

今回のような場合は、ほぼ最悪といっていいだろう。それぞれが、自分のテーマを決めて描き始めていて失敗しているので、全体的に絵が大きくなる。

水墨画は一度描いたら描き直すことができないので、失敗した絵は失敗を補おうと巨大化していく。絶妙な余白の美というのは、描かないから簡単ということではなくて、描かなくても済むほど良い絵を描いているという証拠でもある。

湖山先生はこの場面から、どう画面を救うのだろう。

すべてを帳消しにしてしまうほどの華麗な筆致と構成力を僕らは期待していた。僕らだけではない。湖山先生ならと信じるからこそ、僕らは止まり、会場は静けさを保っている。

先生は歩いていった。そして、ふいに画面の前でしゃがみ込み、腕を上げた。

「何かが描かれる」と思い、僕は目を見開いた。身体は強張り、心臓は高鳴った。

だが、先生はそこから動かない。腕を上げたまま、ほとんど止まっている。先生の背中で、会場の誰も何が描かれているのか見えない。余程、小さなものを描いているのかと思い、恐る恐る近づくと、なんと先生は、筆を持っていなかった。

僕は反射的に、「先生、何を?」と問いかけた。すると、満面の笑みで振り返り、

「見て分かるだろう。指墨画だよ。指墨、指頭画ともいう。私はこれが好きなんだ」と朗らかに言い放った。書斎でお茶を飲んでいるときのような声だった。

そう、先生は、筆を持たず指で絵を描いていたのだ。

指の爪と爪の間に墨を入れ、五指すべてにべったりと浸けた墨を次々に使い絵を描いている。垂直に立てられた指をペンのように使うだけでなく、手首の角度を変え、指の腹を使い、五指すべてが普段では行わない指の形になった。さながら、仏像の手印のようで見惚れてしまうが、会場では僕以外、誰もそんなものを見ていない。あまりにも小さすぎるからだ。

マジか、そう思わずにいられなかった。まさに誰も予測しない動きを先生は行っていた。描か

れているものを見ても思った。

最初、それは何なのかまるで分からなかった。濃淡があるわけでもなく、はっきりとした形があるわけでもない。ただの大きな染みに似た墨の汚れを、指の腹で描き、指を起こしながら、爪を立てると染みの形を整形した。

そのまま染みの一番上の辺のやや水平なところに、指の先、まさに指頭で人差し指と中指の目突きのような形で指紋を押すとゆっくりと離した。染みの上に二つの点が並んでいる。

その染みの左側に薬指に残していた墨で、弥勒菩薩（みろくぼさつ）の指の形のように親指、薬指を丸めたまま、立った中指で楕円を描き付け足すと楕円の先に爪に残っていた墨でちょんちょんと鋭い線をつけた。そして、小指を立てて、今度は楕円の下、染みの横の辺の両側に、何本も棒を足していった。小指を画面に対してやや垂直に立て、リズミカルに操作していく。長さも太さも折れ方も異なる線を引いている。それはまるで関節のように、自然な比率と長さを保ち、動きすら感じさせた。そして、すべてを描き終えたあと、僕の見立てが全部間違っていたことに気づいた。それは関節のように、ではなく、実際に関節だったのだ。

先生は信じられないような早い立ち居で指先にもう一度、墨を足すと、描いたものから少し遠いところに楕円を描き込み、爪を加えた。それは地面に落ちた何かなのだとすぐに分かった。そしてすぐに二つ目を描き始めている。

二つ目はさらに小さかった。とんでもない速さだ。二つ目を描き上げると、濡（ぬ）れた地面なのか、物の動きを描き込んだのか、爪の先で流麗な横一線が描かれた。なるほど、これなら僕が描いた出来損（できそこ）ないの岩ともぴったり合う。

先生はサワガニを描いていた。

しかも、自らのハサミを切り落として、めくられた岩の湿った地面から逃げ去るカニだ。

先生が立ち上がると、千瑛も西濱さんも、指墨を確認した。ただの指遊びの墨絵だが、達人が描くと奇妙な味わいがある。この部分だけ切り取って額に飾れば、十分に鑑賞に堪えるだろう。百年でも見ていられる。悔しいが、この全員の中で、一番、品格があり、完成度が高く、美しい絵だ。先生が指で描いた『逃げ去るサワガニ』に誰もかなわなかった。

千瑛は口を大きく開けていた。西濱さんは半笑いだった。僕はどんな表情をしていたのだろう。先生は、背中を向けていた観客にスタスタと近づいていくと、大きく一礼し、描かれたカニよろしく素早く舞台袖に逃げ去った。取り残された僕らはなす術もなく、振り返り、画面の全体を確認した。

それは驚くべき光景だった。そこには、なぜか物語があった。

画面、右端から吹く、山からの風。春のまだ早い時期の牡丹の花が揺れ、何かの拍子にめくられた岩からカニが逃げ去っていく。

花の大きさも、カニの視点からすれば巨大にならざるを得ず、鬼気迫るような花には似つかわしくない強い調子も、カニが驚いているのだと説明できる。また巨木や遠景の墨の濃さや比重の強さも吹き抜けてくる風を印象付けるのに役立っている。

何より、僕が描いた出来損ないの岩を、めくれたのだと説明できるコミカルさは、このカニの可愛さでなければ上手くいかない。画題の何もかもが大きすぎて、失敗続きで、誰もが成功しなかった絵を、筆さえ使わないほんの小さな一筆で救ってしまった。

僕は瞬時に、絵の意味を理解した。

天地から風が吹き、自らのハサミを切って逃げ出すサワガニ。

湖山先生は今日のことを何処まで予期していたのだろうか。

これが湖山先生の本心なのだろうか。わざわざ筆を使わなかったことが、余計にそう思われた。ハサミを切り捨てて逃げ去るカニ。ハサミは、カニがカニである証そのものだ。つまりそれを切り捨てて逃げ去ること。天に吹かれ、地に揺るがされ、風に追われ、花に驚かされて、迎えくる春から逃げ去り、暗いほうへ足早に消えてゆく。先生は、今日、引退しようと思っていたのだ。

僕らの目の前に冷たい風が吹き抜けていた。


先生が消え去った後、僕らも一礼し舞台を去った。絵を見る限り、僕らにできることは何もなかった。まばらな拍手が聞こえ、ざわめきに見送られた。

そこからの記憶は曖昧だった。先生は西濱さんの提案ですぐさま会場を去ることに決まった。新聞記者やテレビ局の関係者が待ち構えているのは容易に想像できた。千瑛も同じく、その場から去るように西濱さんに指示された。彼女も事の重大さが分かっているらしく、しぶしぶ頷いた。

僕はといえば、先生を車にエスコートするまでが仕事で、会場に残っていても問題ないだろうと言われた。管理者が誰か一人くらいは残らないといけない。まあ僕に何かを訊きに来る人なんていないだろう。一番無名で、一番頼りなく、一番大きな失敗をした人間だ。栄光とは遠いところにいる。

暗い廊下を進み始めると、誰もが俯いていた。一番早くスタートしたはずの湖山先生の歩みが遅く、荷物を持っていた西濱さんは先に行き、千瑛は振り返らずに進んだから、僕と先生だけが取り残された。僕は先生の腕を支えた。

「ありがとう」と先生は笑った。僕は、

「すみません、失敗してしまって……」とやっと声に出した。先生は小さく息をついた。微かに笑ったのかもしれなかった。穏やかな声で、

「失敗なんて何一つない。思いのままやってみただろう？」澄んだ声だった。

「そうですが……、思った通り失敗しました」僕の声は小さく消えかかっていく。

「私は、思い通り描いたがね」乾いた声だった。

「先生の絵は、驚きましたが、僕は感動しました。あんな方法があるなんて思いもしませんでした。絵に物語が生まれた。そして、指であんな絵を描いていた」

今度ははっきりと先生は笑った。僕の腕に体重がかかる。だが、それは悲しいほどに軽い。老人にしては筋肉質な腕だが重みを感じない。

「あれは私がね、私の師に最初に教わったものだよ。サワガニ。幼い私がやった墨遊び。いろんなことを教えてくれる。水墨画の画技を極める者の中には、指墨の名手も多くいる。皆を見てるとふいに描きたくなってね。遊ばせてもらったよ」

「今日のような大舞台で、遊び……。僕には到底できません。本当にすみませんでした」

先生は立ち止まった。目は大きく広がりながら遠いものを見ている。悲しみによく似た表情だ。僕は目が合うと、申し訳なさで視線を逸らしてしまった。

「あのね、遊ぶこともまた、自然なんだよ」

目を逸らし続けていると、先生は立ち止まったままだった。何を言っているのか、まったく分からない。今日、大切だったのは遊ぶことではなく、失敗しないことだったはずだ。

「青山君、顔をあげなさい」やっと視線が合うと、また朗らかに笑った。

「そんなに気にしなくていい。誰も何も失ってやしない。君が失敗だと思ってるものだって、今日のような場所でないと得られなかっただろう」

「そうかもしれません」

優しい言葉をかけてほしいとは思わなかった。責められたほうがずいぶん楽だったはずだ。僕は先生が何を言っているのか分からなかった。優しい言葉の響きだけを聞いていた。

「私は君にまだ大切なことを伝えきれていないのかもしれないね」

そう言って、僕の助けを求めず歩き始めた。しっかりとした足取りだった。

先生が扉までたどり着きそうになったとき、僕はようやく追いついた。僕は先生の代わりに扉を開けた。廊下の気密性が解かれると、外からざわめきが聞こえた。すでにたくさんの人たちが押しかけていて、湖山先生にマイクを押し付けコメントを求めてきた。僕は先生をガードしながら、西濱さんが乗り込んでいるバンまで歩いた。千瑛はすでに助手席に乗っている。こちらには見向きもしない。髪は解かれて、乱れたままだ。やっとの思いで、バンのスライドドアまでたどり着き、先生の手を取って乗り込ませた。ふいにまた目が合った。眉間（みけん）に皺が寄って、真っ白な眉毛がハの字に曲がっている。

先生の表情に気づかないふりをして、扉を閉めてもらうように合図したときも手は力強く握ら

れたままだった。先生は身を乗り出して、

「あのね、青山君、こんなこと言うのは心苦しいが、少しの間、筆を置きなさい。悪いことは言わない。会場でも同じことを言ったが……」

と言った。僕ら二人の間に、マイクが差し込まれてその言葉だけが拾われてしまった。

「それってどういう意味ですか？」

と、人だかりのうちの誰かが声をあげた。スライドドアは閉まり始めて、手を離された。クラクションが小刻みに鳴らされている。低速で去っていくバンを見送りながら、人だかりは僕に移り、無数のマイクやフラッシュが囲んだ。

「さっきのは破門ってことですか？」

と、誰かが言って、僕は首を振った。

まさかそんな、そんなことはないだろう。

あんな優しい声で破門だなんて。

「今日の揮毫会の責任をとれということでしょうか」

と、声が聞こえて、似たような質問が二、三個飛んできたけれど、分からない。僕は首を振って俯いた。そうしていると、僕があまりにも哀れに思ったのか一人二人と人が離れ、移動できるようになった。元々、僕に興味がある人などここにはいない。寄ってたかって一般人の学生を問い詰めることも、彼らにとっては問題があるのかもしれない。

僕は人垣から離れながらさっきの先生の言葉を考えるだけでいっぱいだった。

「筆を置きなさい」

また手が震えていた。今度のは理由がわかる。

絶対に筆を置きたくない。右手がそう言っているのだ。

真っ暗になった視界の中をゆっくりと進んだ。もう誰も気にならなかった。さっき出てきた搬入用の扉に戻り、また薄暗い廊下を進んだ。僕を追いかけてくる人はいなかった。舞台袖を通って、誰もいなくなった舞台に戻った。明かりは灯ったままだ。

まだそこには、僕らの失敗と湖山先生の成功が残されていた。

風に吹かれて、逃げ去る小さなサワガニが自分のように見えた。

「なんとか絵になったなんてもんじゃない。これ……、名画じゃないか」と僕は呟いていた。こんなにも心を重ねることができる。

観覧席まで降りて絵の全体が確認できそうな場所まで来ると振り返った。足音がやけに耳に残った。誰もいないホールは、客席が満たされていたときとは違う圧迫感があった。何もない場所にもそもそも何かが満たされている。疲れ果てて、椅子に腰を下ろすとやっと独りになれたと思った。目を凝らさずとも、絵は見える。僕の失敗は大きすぎる。

湖山先生の言うことはどれも本当だった。こうして離れて見ると何もかもうまくいっている。描く姿がまずかっただけだ。もしくは、他の誰かが思うような絵師としての華麗な姿でなかっただけかもしれない。

僕はそこから動けなかった。先生は間違っていない。

僕は筆を置かなければならないのだろうか。自らのハサミを切り落としたカニの姿が目に飛び込む。「いや」と口に出して抵抗した。

「筆を置くことなんてできない」

それもまた、眼前にある一枚の絵を見て僕が感じることだった。

たとえ、僕が間違っていたとしても、とまるわけにはいかない。僕に筆は切れない。

それが僕がこの絵から感じる本当のことだった。

いつの間にか、川岸さんは講義に集中していた。教授の声が遠くで響いている。

古前君も珍しく居眠りせずノートをとっている。僕だけが教室で取り残されているようだ。だが教科書を開く気にもなれない。

前を向いている二人を見つめていると、二人がとても明るいものを見ているような気がした。

川岸さんも古前君も進路は決まっている。彼女は大学院に進学、古前君は彼女にプロポーズするために警察官になると言っていた。

やることなすこと過剰な気質の古前君に国家権力の端っこでも握らせて大丈夫かと訝(いぶか)ったが、彼は見た目よりも遥(はる)かに責任感がある。大言壮語を有言実行しようとするから問題が起きるのだけれど、どんなときも力の限り頑張ろうとする。力が及ばないことがほとんどだが、だからといって簡単には諦(あきら)めない。

「俺は美嘉といつか結婚したいんだ。だから、ちゃんと考えて進路を決めなきゃならない。俺の進路は美嘉なんだ」

と彼が言ったのは夏のことだったろうか。突然呼び出されて、夜の学食テラスで妙な告白をされた。彼はサングラスを外していた。それは本人に言ってやればいいんじゃないか、と思った

が、茶化すような空気ではなかった。よく考えるとあれは暗に、

「君は将来はどうするんだ？」

と訊かれていたような気がする。

「俺はもう、ここで自分の生きる道を決めたよ。君はどうするんだ？」

彼なりのそんな問いかけだったのかもしれない。

二十歳を超えて、僕らは二十一になっていた。大人になって少しだけ経つ。酒も飲めればタバコも吸える。どっちもやったことはないけれど、何かを決めなくてはいけない。

僕は何になれるのだろう、とホワイトボードの前で講義をする教授を見ながら考えた。僕らより四十歳くらいは上だろう。四十年、どんな長さなのだろう。何をすればいいのだろう。考えても分からなかった。たぶんこれだけは実際に触れなければ分からないのだろう。

本当の時間の長さは時計では測れないのだ。

だからこそ筆を置きたくはなかった。

そんなことを思っていると、ポケットの中がむずがゆく揺れた。探ってみると携帯が振動している。今日はよく呼び出される日だ。

取り出すと、着信が西濱さんであることが分かった。

電話に出るべきかと悩んでいた僕に、古前君が小声で言った。

「今日、僕はノートをとっている。先生がボードに目をとられた隙に行くんだ。それたぶん、緊急事態だよ」

「なんでわかるの」

「私もそう思う。昨日の今日だし。何かあったんだよ」悩んでいると、「さあ今だよ。私たちが誤魔化しとくよ」と川岸さんが言った。

僕は背中を押されて教室を出た。僕が抜け出そうとすると、教室内でまた何人かが僕を見ていたが、目が合うと視線を逸らされた。「青山が逃げていくぞ」とささやかれているのかもしれない。誰にも気にされないことが特技だったのに。

教室の外に出ると、携帯が止まった。折り返すべきか悩んだけれど、せっかく教室を出てきたのだからと外に出て西濱さんに連絡した。すぐに彼の声が聞こえた。

「大ピンチだよ。今すぐ来てくれない？　ほんと悪いんだけど、ゴホッ」

「風邪ですか？」声が別人のようだった。喉は完全にやられているようだ。

「いや、それは大したことないんだけれど……」

「絶対そんなことないでしょう。すぐ行きますよ」

「ありがとう。説明は後でするよ。とにかく急いで来てくれない？　住所はすぐ送るから」

「必要なものはありますか？」

「ある。腕は絶対持ってきて。筆はいいよ」

筆は持ってこなくていいと言われてホッとしている自分に気づいた。荷物持ちだろうか。

「腕は間違いなく持っていけますが……」

すぐには答えられなかったが、彼の咳が聞こえたので「了解しました」と頷いた。西濱さんに筆と言われただけで、緊張していた。そしてキャンパスから出るために歩き出して数分後、指定された住所と場所名を見て、何とも言えない気持ちになった。

轟清水小学校。そこは、生前、母が教員として勤めていた小学校だった。

母さんが僕を呼んでいるような気がした。


僕の父と母は、僕が十七歳の秋に亡くなった。

ある日、二人で出掛けていって、そして帰らなかった。ただの交通事故だ。加害者は死に、被害者である二人も同じ日に亡くなった。僕の人生はその日から、短期間のうちに彩を失い、何もかもが真っ白になり、大学に無理やり入学させられるまで空白だった。文字通り、何もできなかった。

だから二人のことを思い出すと、もう遠い昔のことを語っているような気がする。忘れたい出来事を思い出の中に挟むと、過去は遠景に変わってしまう。

思い出すためには、大きな力と時間がかかる。胸の痛みは変わらないけれど、思い出が遠くにあると感じられることが、小さな余白を生む。それは、僕がほんのわずかにでも進めた証なのかもしれない。

自分に起こった出来事を簡単に思い出すことはできなくなったけれど、そこから歩み出した一歩一歩は覚えている。大きくは進めないけれど、僕はまだ、その一歩を続けている。そこにドラマチックなごちゃごちゃとした理由は求めない。今日一歩進み、また明日一歩を歩く。その一歩を想う。それだけだ。線を引くというのはだいたいそういうことじゃないかと思う。仰々しく思い悩むと線が淀む、先へ先へと焦り続けると見ていられないほど軽くなる。過去にも未来にもよらない『いま』を探さないと、うまくいかない。

だから僕は、今日に集中していた。『いま』をしくじりたくはなかった。

そして、なぜか小学校に来ていた。

轟清水小学校は田園地帯にある美しい小学校だった。山も近くその名の通り小川のせせらぎが、そう遠くない場所で聴こえ、甲高い鳥の声も響いていた。休日には家族連れが川で遊んでいるらしい。ベンチもあるし、川辺へ降りる石段もしっかりしているとタクシーの運転手が教えてくれた。

校門を通り、玄関に入りウロウロしていると、偶然職員室から女性の先生が出てきた。何やら慌てている。白のブラウスのパンツルックで、僕とそれほど年齢は変わらないようにも思える。年齢より若く見えるのだろうか。背の高い先生で、穏やかだけれど運動神経が良さそうな人だ。マラソン向きの体形をしている。後ろで一つ結びにした髪が余計にスポーティーな印象を与えるが、目鼻の作りは丸っこく、どれも優しい。

声をかけやすそうだなと思って、「あの」と声を出すと大きく目を見開いてこっちを見た。何かやってしまっただろうかと思い、僕も驚いた。土足厳禁だったろうかと思って足元を見たけれど、まだ三和土にいた。

彼女はドタドタと近寄ってきて、僕をまじまじと見た。距離が近い。そして、

「もしかして、青山さんですか？」

と訊ねられた。視線を向けられると大きな黒目が目立つ。目の光が強い。毎日、子どもたちを相手にしているからだろうか。小さな口に八重歯も見える。僕はたじろぎながら頷いた。

「ですよね。やっぱり」

「西濱さんに呼ばれてきました。お手伝いということだそうです」

「伺っております。どうぞこちらに。スリッパを履いて下さいね」

言われた通りにスリッパを履いた。彼女に従って何歩か歩くと彼女は急にブレーキをかけて、こっちに振り向いた。あまりにも唐突な動きだったので、僕はまた緊張して立ち止まった。

「申し遅れました、私、一年生のクラスの担任の椎葉朋実（しいばともみ）といいます。いまから向かうクラスです。よろしくお願いします」

深々と頭を下げられて、僕もそれを返そうと思ったけれど相変わらず距離が近いので頭をぶつけないように一歩下がった。

「瑞野文化（みずのぶんか）大学三年生で、湖山会の絵師見習いの青山霜介です。よろしくお願い致します」

「見習いなんですか？　西濱湖峰（こほう）先生からは、うちの今一番勢いのあるホープだと言われていましたが」

「いえ、それはたぶん、新人が僕しかいないのでホープにならざるを得ないのではないかと思います。一番と言われればその通りですが、一人しかいないので」

余計なことを言っているとは分かっていたけれど、止められなかった。

「正直ですね」彼女はまた目を大きく見開いた。細面の顔のパーツの全部が丸く見える。

「いえ事実ですから」昨日の失敗が脳裏に浮かんだ。

「でも大丈夫」と椎葉先生は言った。

どういうことだろうと思い、彼女の瞳を見ると、輝いていた。根拠はないのになぜか、本当に大丈夫な気がしてくる。きっとこの表情で子どもたちに向き合っているのだろう。

「ここでは順位なんて馬鹿らしくなっちゃいますよ。比べようなんてないんだから」

「比べようがない？」

「さあ、どうぞ」

僕が案内されたのは、図画工作のための教室だった。図工室というのだろうか。

古びた木製のドアを開けると、大きな木製のテーブルに、背もたれのない椅子が四つずつ並んでいた。テーブルは全部で九つあって正面には巨大なホワイトボードがある。

中では、上背のある緑色のジャージ姿の男性がホワイトボードに大きな画仙紙を張っていた。見紛うことはない、いつもの西濱さんだ。頭には真っ白なタオルを巻いていた。どこからどう見ても小学校の先生か校務員さんに見える。昨日のスーツ姿よりも、生き生きとして見えたけれど、振り返った彼の表情を見て驚いた。顔が土気色だ。そもそも浅黒い人なのだが、今日は青黒い。

「体調悪いんですか？」

と声をかけると、僕の言葉は無視して、

「突然ごめんね。どうしても手伝ってほしくて……」

と話し始めた。受け答えもままならない。これはどう見ても大丈夫じゃない。小走りで近づいて、画仙紙を張るのを手伝うと肩で息をしているのが分かった。

「どうしちゃったんですか」真剣な声で訊ねた。

「いや、なんか朝起きて、ちょっときついかなあと思って運転してたら、突然悪くなっちゃってさ。でもって千瑛ちゃんが今日もまた来れないのよ。芸能人の誰かと対談があるとかなんとかで。それで申し訳ないけど、急遽声をかけたってわけ。もう来ちゃってるのに、今さら体調悪いからって帰れないでしょ」

「そりゃそうですが、今日描けますか？」

「がんばるしかないよね。いよいよのときは、お願い」

「僕は……」無理です、と言いたかったけれど、それを言うほうが無理だった。

湖山先生に筆を置けと言われていたことが頭をよぎった。ただ「がんばります」と答えて、微笑んだ。兄弟子の負担を減らすために子どもたちの道具の準備をした。

もう少ししたらやってくるはずの小学一年生は、いま隣のクラスの担任の先生が合同で授業をしているらしく、椎葉先生は僕らを引き合わせるとまた職員室に戻った。僕のお迎えのためだけに出てきてくれていたらしい。授業開始は三十分後だったけれど、十八人分を一人で用意するのはそれなりに骨が折れる。西濱さんには体力を温存するために休んでもらうことにした。今日はタバコを吸いに出ていかない。彼は机でうつ伏している。

大きな白い下敷きを広げ、右横に梅皿を置き、その上に陶器の白い筆洗を並べて水を注いだ。筆を一本ずつ下敷きの上に配置して、頑丈な段ボールから硯を取り出すと梅皿の左横に一人一つずつ置いた。一つ一つは大した重さではないが、十八個となるとそれなりに重い。児童が使う安物の道具かと思いきや、プロが使っているものにも遜色ない逸品ばかりだった。端渓硯か歙州硯か、和硯の名品か。

次に大量の紙だ。画仙紙という少し厚みのある紙で、今回は半紙サイズのものを使うようだ。筆の中の水分量を調節するための布巾も人数分あった。それは梅皿の下に置いた。

道具の配置に厳密な決まりはないらしい。人によっても、だいたい硯の位置と梅皿の位置が入れ替わるくらいの変化しかない。テーブルの広さによっても少し配置が変わる。文鎮は、図工室にあるものを使ってよいらしい。

さて問題はここから。硯は本格的なものを使い、紙も上等、となると、当たり前のように固形墨を使うことになるのだが、小学一年生がまともに墨を磨るだけでそれなりの時間がかかる。磨ってもらうために人数分小さな固形墨も用意しているけれど、あくまでそれは体験用で、練習で使う分はこちらで磨り下ろしておかなければならないという。

「大変だけれど、よろしく」と西濱さんは言った。

僕の出番だ。早おりの墨を持ってきているから、とにかく児童の人数分、磨ってほしいと言われた。僕は西濱さんの巨大な硯で、一生懸命、墨を磨り始めた。

磨り始めて、あっと思った。力を入れなくても手が心地よく滑る。手が綺麗に回転して、手前に引く動きと押す動きの間に抵抗がない。大きな硯なのに力を籠(こ)める必要は何処にもなく、予想されるよりも早く墨汁が出来上がっていく。

そのうち、自ら動かしているのではなく硯に手が吸い込まれているような錯覚を覚えた。良い道具だ。心が静まっていく。心地よさすら感じる。香りは抗(あらが)いがたく、頭の中にまで沁みわたっていった。絵を描きたい、自然にそう思わせてくれる。

水滴は手元にあった。だが水に触りたくなって筆洗に指先を浸して、雫を陸に落とした。硯の陸のぬめった黒の上に、光を丸く反射する丸い雫が落ちて、水溜(みずた)まりのように広がり、池のように伸ばされ、海のように広がっていく。墨を硯の縁に置いて、海のようになった硯の陸を覗（のぞ）きこむと、湿った黒い鏡に自分が映った。

深い闇（やみ）の底を覗きこんだ。怖くはなかった。墨色は木陰（こかげ）にひそむ柔らかな闇のようだった。心を休める色であり、何かを生み出すための無限の彩だ。磨り下ろされた細かすぎる粒子が、あちらの世界とこちらの世界を結んでいた。

あちらの世界にいる僕は、僕を憐れむように見ている。覗きこんでいると思っていたのだけれど、覗きこまれているのは僕のほうだったのかもしれない。縁に置いていた固形墨が、小さな音を立てて落ちた。墨色の向こうにあった像は姿を消し、僕は現実に戻った。

墨を磨らなければならない。

西濱さんは相変わらず机でうつ伏している。

墨を磨らなければ。仕事はまだ残っている。


遠くからでも分かる黄色い声と、細かな足音が聞こえて、瞬く間に図工室は小学一年生で満たされた。

「うわ、なんかある」「匂（にお）いがする」「お習字するのかな」「俺これ知ってる～！」

子どもたちが叫んでいる。巨大な力の束（たば）が静寂を押しのけた。西濱さんはむくっと起き上がると大きな笑顔で、入ってきた子どもたちに、「こんにちは！」と大きな声で挨拶した。子どもたちも「こんにちは」とこだわりなく挨拶してくれる子が多い。

「青山君、笑顔だよ！」と注意されて、僕も演技的に大きな笑顔を作った。場に飲まれている。

なぜだか僕の近くにやってきて、にっこりしたあと、群れに帰っていく子がいた。

椎葉先生も全員が到着したのを見計らい、僕らに話すときとは違う声で号令をかけた。子どもたちは指示を聞いている子もいれば、いない子もいた。西濱さんの表情もいつものにこやかさに戻っていた。顔色も少しはよくなったようだ。全体的に黒っぽい服や濃い色の服を着ている子が多く、汚れてもいい服装をしてきてほしいと通達があったことが分かった。

着席するとほとんどの子どもたちが目の前の道具に興味を示した。

「なんだ、これ！」は、教室の中で声が大きくなる。テーブルは五つほど埋まっていた。背もたれのない椅子に座った子どもたちの足が、羽のようにパタパタと動いている。上半身も左右前後に思いのまま揺れる。止まっている子なんてほとんどいない。全員が着席した一瞬を逃さず、先生は声を張った。

「みんな、今日はここにいる西濱先生と青山先生が水墨画を教えてくれます！　みんなは水墨画って知っているかな？　知っている人、手を上げて！」

誰の手も上がらなかった。子どもたちはお互いを見て不思議そうな顔をしている。

「スイボクガ？」「墨で描くの？」「お絵描き？」声は増えて、膨（ふく）れ上（あ）がっていく。

僕は『先生』と呼ばれたことが気恥ずかしくて、苦笑いしてしまった。疑問によって注意が集中しているうちに西濱さんが声を張った。

「皆（みな）さん、こんにちは！　今日は皆さんに水墨画を教えるためにやってきました。水墨画って知らない人、多いよね。水墨画は、水と墨で筆を使って絵を描きます。墨はみんな知ってるよね。ありがとう。水と墨を混ぜて、厚い紙の上で描くと、ぼやぼやになって描けます。水墨画っていうのは、水暈墨章って言葉がもとになっていて、水で暈して墨で描きます、って意味の言葉が元になっています。みんなは墨で絵を描いたことあるかな」

「字はある」「絵を描いたら怒られた」という声がとんだ。彼はその声に反応した。

「今日は絵を描く日なので、絵を描いても怒られません。字もいいけれど、せっかくだから最初は絵を描いてみようね。じゃあ細かい話はおいといて、さっそく描いてみようか」

西濱さんは、手元にあった大きな刷毛を取り出した。僕も使われているのをほとんど見たことがない。

「でっかい筆だ」「ペンキ塗るやつだあ」と声が聞こえて、彼は刷毛を振ってみせた。大人が指を広げたくらいの大きさがある。

彼は手元にある大きな筆洗で毛先の水分を丁寧に逃がしたあと、柄を口に咥えた。犬が棒を持っているように犬歯を立てて筆を咥えたのもつかの間、別の筆で手元に置かれた平皿に水と濃墨を入れた。真っ白な平たい皿に中濃度の墨が出来上がったがほとんどの人は何をしているのか分からなかっただろう。鍛え上げられた料理人の仕草のように、細やかではあるが流れるように所作が進むので、どの動きも特徴が消し去られてしまっている。せいぜい見えたのは、手を上げて、口に筆を咥えたくらいだろう。

空になった手に、刷毛を戻すと、彼は手を動かしながら話し続ける。集中力など何処にも感じさせない。

「今日は、水墨画では最初のほうに習う竹を描いてみます。本当は春蘭という、蘭の花を描くのがいいのだけれど、とっても難しいので大人のお教室でも竹から教えることは多いです。竹はまっすぐな線ばかりで出来上がっている絵です」

「まっすぐとか、簡単！」と、坊主頭の男の子が声をあげた。西濱さんは微笑み返す。

「それはすごいね。先生たちでも筆で綺麗なまっすぐな線を引ける人はあんまりいないよ。まっすぐが引けたら君も達人になれるかもね」

そういうと男の子はポカンとした顔で彼を見た。『達人』の意味が分からなかったのだろう。西濱さんも黙ってしまった。僕は、

「達人というのは、偉い先生のことだよ」

と補足した。すると、男の子の顔は輝いて、笑い声をあげた。

「達人なんて会ったことない！」

その声を聞きながら西濱さんはこちらを見て頷いた。準備は整ったようだ。注意力が乱れてきたので、僕は声をあげた。

「さあいよいよ、描き始めるから、真っ白い紙を見ていてね。すぐに描き終わるからね」

僕の声に反応して七割くらいはこちらを向いてくれた。

刷毛の柄を地面とほとんど垂直に立てながら、平皿に用意された中濃度の墨を刷毛の毛先の両端に染み込ませた。刷毛は皿の上で回る。そのまま、硯でも同じことを繰り返した。最後に毛先を皿の乾いた場所で軽く叩いた。鼠色をした刷毛の毛先が黒く染まっていく。

子どもたちも、彼の所作の異様さに気づき始めたのだろう。次第に視線に注意が集まり、静かになった。西濱さんは子どもたちに背を向けた。首だけ振り返り「みんな竹は見たことあるよね」と訊ねる。

「タケノコ」「かぐや姫」「じいちゃんち」「メンマ！」と言った声が溢れたのを確認して、彼はにっこりと微笑んだ。僕はメンマなんてよく思いついたなと感心してしまった。

竹は子どもたちの中でイメージされたようだ。

彼は、もう一度微笑むと素早く身体を沈めてから思いきり伸ばした。そしてリズミカルに一、二、三と動く。身体が線を引いている。

子どもたちは大きな声をあげた。動きの美しさが理解できたのだろう。彼の大きな背中がよけ、画面が一瞬見えると、さっきよりももっと高い声で歓声があがった。

そこには実物大と見紛うような巨大な竹の節が出来上がっていた。

青墨の墨色に翳る青みが、グラデーションの利いた竹の輪郭と見事に調和し、日陰にある緑のように見える。青を見ているはずなのに、目は緑だと感じてしまう。この錯覚は本当に良い水墨画だけに起こる現象のような気がする。

そして、本質的に黒にも近い青なので、画仙紙の白地とも呼応し、くっきりとした線が浮かび上がり、竹そのものも光って見える。僕は教室内を見た。

子どもたちの目が、突然、輝き始めた。

さっきまでの雑音が消え、教室は濃い集中力に満たされている。大人の気配とは違うエネルギーに溢れた沈黙だった。ここは鑑賞ではなく、学びの場なのだ。椎葉先生も食い入るように絵を見ていた。僕も初めて画技を見たときは、こんな顔をしていたのかもしれない。

刷毛を置いて、大筆に持ち替えた西濱さんは、目にも止まらぬ速さで竹の葉を足していった。目に訴えかけてくる手前の葉を濃墨で描き、奥側にある葉を淡墨で描く手際が妙にいい。完全な濃墨だけではなく、水を含ませ墨を含ませた毛筆は描けば描くほど、線が薄くなっていく。その配置が巧みだ。

力を抜くところは大きく抜き、入れるところは大胆に入れる。粗密がはっきりしているため、絵の何に焦点を当てるべきか分かりやすい。

葉はすぐに茂り、穂先を尖らすと簡単に枝を描き、すべてのパーツを結んでみせた。ここも流れるように進んでいく。一息で描いているが、簡単な技術ではない。

両側を丁寧に調墨された節は、水分が紙に浸透し始めると、さっきよりも鮮やかにグラデーションが現れた。ここで速度を落とし、彼は筆を置いた。手元にあった固形墨をゆっくりと磨り、説明を始めた。

「いまは最後の仕上げのために墨を磨っています。俺は仕上げの前には、なるべくこうやってゆっくりした時間を作るようにしています。すぐに終わらせられるけれど、ちょっと待つ。不思議なもので、完成の前にこの『ちょっと』を持ってるとうまく行くことが多いです。休むことが大事な意味を持つときもあるんです」

いつの間にか引き込まれ、なるほどと思いながら聞いていたけれど、こんな説明、子どもたちに分かるのだろうか。声音も違う。少しだけ、こちらと視線が合い、椎葉先生の方も見た。西濱さんは僕らにも見せてくれていたようだ。彼に見えているのは画面だけではない。本当によい仕事をする人だなと思った。

墨を磨り終わり、彼が絵に視線を戻したので、僕らもそれを眺めた。

墨の色が落ち着いてきて、描いた瞬間とは違う全体の印象が見え始めている。筆を持ち上げると、そのまま竹の節を描き始めた。

目線の高さのものは水平に、目線より高いものは上向きの弧に、下のものは反対に……、手順としてはどれも特別なものはない。けれど、当たり前のことを当たり前に行うことは、実はとても難しい。最後の一手を描き込まれると竹はさらに輝き始めた。膝を曲げて、下まで竹の節を描き込むと、枝の分かれ目などに濃墨の小さな点を付し、仕上げを行った。

終わるころには自然と拍手がちらほらと湧き上がり、小さな手が高い音で優しく鳴った。西濱さんは照れ笑いをしていた。その笑顔は、さらに子どもたちに水墨画を近づけた。

突然現出した竹林の中で、達人が笑っていた。


「じゃあ、さっそく描いてみましょう」

と号令をかけると、子どもたちはきょとんとした顔でお互い同士を見つめた。墨は先ほど配り終え、全員の硯に入っている。磨り方も説明した。だが「あんなの、できるわけない」と言い放つ子が何人もいた。気持ちはよく分かる。僕だってできない。椎葉先生が助け舟を出してくれた。

「みんなが描いているところに、先生たちも回っていきますから、とにかく筆を持って描いてみましょう。上手にできなくても大丈夫ですよ」

そうして、やっと筆を持ってくれた子が現れた。真っ黒いトレーナーを着て髪を一つ結びにしている女の子だ。千瑛が小さなころはこんな子だったかもしれない。筆を握り始めて、びっくり

した。左利きだった。最初からよそ見をせず、隣の子とも話さず前を向いていた。絵を描き始めたので、近づいていって、

「こんにちは。僕は青山霜介と言います。お名前は？」

と訊ねると、数秒、間をおいて、

「巴山水帆……」

とだけ答えた。声は消え入りそうだった。左手で筆を握って、右側にある文房具を使おうとしている。腕を身体の反対側に持っていって操作しなければならないから、大変そうだ。僕は、道具の位置をそっと左側に変えた。

「こっちに置いてもいいの？」

「右に置いても、左に置いてもいいよ。決まりなんてない。自分が使いやすいやり方を探すんだよ。好きなようにしていいんだ」

はっきりとした声で僕は言った。それを聞くと、また数秒考え、彼女は大きな笑顔を見せてくれた。下の前歯が抜けていた。これから生えてくるのだろう。

道具の位置を変えて、腕が届きやすくなると、すぐに葉っぱを描いた。

驚くべきことに、一発で葉の形になった。

思い切りの良さが、生き生きとした線を生んでいる。本当に千瑛みたいだった。僕は思わず、「すごい」と呟いた。彼女は僕の顔を見ると笑顔になって、もう一回描いた。すぐに次の一筆を描く。また成功。さっきよりも線が速い。勢いがついているのだ。僕は次に描くべき方向を指示した。さっきとは反対向きだ。指先で払って、「こっちだよ」と伝えてみる。

すると、筆を上から下までくるくると回しながら眺め始め、真下から穂先を見た。僕は目を見張った。大人でもなかなか気づかないことをこの子は理解している。

線を反対に引くためには、穂先の向きを進行方向と逆に向けなければならない。そうしなければ、線を引いたとき、穂先が鋭く尖らず笹(ささ)の葉(は)に見えないのだ。

彼女は両手で筆をたどたどしく回し、首を傾けながら、正解を探した。ついにそれを探り当て、また左手に持ち直すと、スパンと音がしそうなほど鋭く線を引いた。三つの葉が描かれると、それは竹に見えた。大人がやってもこんなにうまくはいかない。

僕は手を叩いて褒めた。僕も嬉しくなった。そのとき、彼女と目が合った。

瞳が巨大な光を放っていた。それは晴れた日の海面のきらめきのようにも、木漏れ日の眩しさのようにも見えた。大人では絶対に浮かべることのできない表情がそこにあった。その笑顔を見たとき、彼女の笑顔の力だけで、僕自身ももう一度微笑んでいることが分かった。

自分のことのように嬉しい、とはこんな感覚だろうか。彼女と僕の間の境目が消えて、嬉しいだけがそこにあった。僕自身が初めて竹を描けたときよりも、はるかに鮮烈な経験だった。彼女はまた画仙紙に視線を戻した。次にどうすべきか考えている。

僕は、「枝を描いてみたらどうだろう」と提案した。

また指先で枝を描いてみた。彼女は筆を置いて、僕が描いた後を左手の指先で丁寧になぞった。顎を引いて下唇(したくちびる)を噛(か)みながら、それを二回ほど繰り返し、思いきり筆の根元を持った。筆管ではなく、毛の根元を持っているので、指先は完璧に汚れている。これも大人なら絶対に思いつかない。

筆は、筆管を持つものと思い込んでいるからだ。彼女は自由に筆について考え、答えを出した。とらわれのない天才的な発想と言えるかもしれない。

彼女は、さっきよりも心持ちゆっくりと枝を描いた。細い線を的確に引くことは難しい。けれども、ここでは運が味方していた。彼女は墨つぎをしなかった。

水分量の少なくなった毛筆は、コントロールが容易になり、墨が毛の中に入っていないため、線が細る。つまり、ごく自然に細い線が引ける。僕が指示したような短い線を引くのなら、問題なく引けるだろう。

実際にそうなった。線がわずかに擦(かす)れているが、細くしなやかな枝が引けた。丁寧に描いているために、最後に筆が止まり、そこにわずかな墨だまりができると、余計に竹の枝のように見えた。小さな節ができたのだ。

筆を恐る恐るそっと上げたけれど、はずみで穂先が枝の先にちょんと落ちた。すると途端に表情が曇り、眉に皺が寄った。下唇は噛んだままだ。「大丈夫だよ」と僕は話した。彼女は僕を見上げた。「ここがいいんだ」と伝えた。

何を言っているのか分からない、という表情だった。でも、僕は微笑んだ。

「ここ、いま小さな点を打ったところ。偶然だけど、僕もここに点があるといいなと思ってたんだよ。ちょっと離れてみてごらん」彼女は立ち上がった。僕らは少し離れて絵を見た。

「心字点って言ってね。水墨画の仕上げに点を打つことがあるんだよ。現実には存在しないものなのに、点を入れる。僕も最初はなんで点なんか打つんだろうって思ってたけど、やっていくうちに分かったんだ。点っていうのは息みたいなもんなんだって」

「息？　呼吸？」

「そう呼吸。絵の呼吸だよ。絵も生きていて呼吸をするんだ。いま君は線を引いたでしょう」

彼女は引いた場所を指差した。

「そうだね。ここを引いた後に、ポンと点を打った。線を引いたときと、点を打ったとき、気分が似てたでしょう」彼女は目を見開いた。

「同じだった」声が高くなった。

「そうだね。線が小さくなったものが点。点はね、絵の呼吸なんだよ。絵が生き生きと描けていますよっていうことを伝えているんだ。だから間違いはないんだ」

「間違ってない？」私は正しいの、と訊ねられたような気がした。僕は首を振った。

「そもそも、間違いなんてないんだよ。楽しさがあるだけだ」

自分で言った言葉に、僕自身が驚いていた。かつて、僕自身が湖山先生に教えられた言葉をなぞっている。あのとき言われた『楽しさ』とは何か、ただ『面白い』という言葉だけでは捉えられないもの、正しさにも間違いにも捉われないもっと大切なものを、湖山先生は『楽しさ』と表現したのかもしれない。彼女の絵を見ていると、そう思えた。

この絵の中にある時間や『楽しさ』はいま描き込まれ、繋ぎ止められた。それだけじゃない。彼女の中に、絵を描く喜びが生まれたのだ。一生懸命に絵を見ている横顔を眺めていると、それに気づいた。

「さあ、これはよくできたから、ここに名前を書いて汚さないようにとっておこう。まるで達人が描いたみたいだよ」

と伝えると、また歯を見せて笑った。最初に見たときよりも幼く見える。

彼女はもう一度、筆の根元を握って、墨をわずかに足すと平仮名で「みずほ」と下の名前を書いた。指示をしなかったのでフルネームを書くかもしれないと思ったけれど、下の名前だけを書いた。これもある意味、堂に入っている。大きな字に彼女の喜びが込められている気がした。

僕はそれを両手で取り出して、ホワイトボードに貼(は)った。すると、また子どもたちから声があがった。水帆ちゃんは照れくさそうだった。僕が拍手すると、教室で拍手が起きた。

そして次々に、「先生、俺も教えて」と声がした。子どもたちはもう好き勝手に描き始めている。皆が絵に向かってくれていた。

ふいに僕の袖が引っ張られた。そこには西濱さんがいた。

「あのさ、青山君、悪いけど俺、もうダメかも」顔色が青いを通り越して、黒い。

「車で休んでて下さい。僕、なんとかしますから」

「ごめん」それだけ伝えると、ふらふらとしながら教室を出ていった。椎葉先生が心配そうに西濱さんを見た。体調が悪いことは気づいていたのだろうか。

視線は一斉に僕に集まった。僕は腕まくりをした。

残り七十分間、小学一年生との闘いが始まろうとしていた。


結果的に、授業は失敗だった。

笹竹を描けたのは、水帆ちゃんだけで、他の子は全員、棒を引いただけだった。

そのうちにあまりにうまくいかなくなって、好きなように落書きを始めた。それだけならまだ良いのだが、筆を振り回したり、隣の子に墨をつけて遊ぶ子が出始めて、七十分間は子どもたちを静めるために費やした。元気のよい男の子が走り出しそうだったので、しゃがんで目線を合わせて宥めようとした。すると、顔に墨を塗られた。彼は、げらげらと笑った。僕も笑うしかないと思った。顔を洗っていると、誰かがトイレに行きたいと言い始めて、その場で漏らした。椎葉先生が慌てて教室の外に連れていった。すると混沌が始まった。

どんなに声をあげても、ダメだというところまで、みんな元気いっぱいになり、誰も集中して絵を描けなくなった。そして図工の時間は終わった。子どもたちは楽しそうだった。

椎葉先生が帰ってくると彼らは一斉に静まり、筆を持ってなんとか竹らしいものを描こうと努力したけれど、そもそも鉛筆もうまく握れないのに筆を持てるわけがない。

水と墨を混ぜて調墨の面白さを伝えようともしたけれど、途中で順番が分からなくなる子も多かった。一人につきっきりで教えることはできるかもしれないけれど、全員に号令をかけるようなやり方では水墨画は教えられない。

大人なら、画題を与えると試行錯誤すること自体を楽しめて、水墨画の難易度や奥深さを面白がれるのだが、子どもたちに描き方を見せただけで習得させるのは無理がある。教え方が間違っていると感じざるを得なかった。時間がやってきて、「大きな声で、青山先生にお礼を言いましょう！」と椎葉先生から号令がかかった。

「ありがとうございました！」と子どもたちの声が響いたとき、思わず眩暈で倒れそうになった。彼らはとんでもないエネルギーをまき散らしながら生きている。

授業が終わった図工室で、小さな椅子にへたり込んでしまった。僕は動けなくなってしまった。西濱さんが教室を出ていったのは正解だったのかもしれない。

何とか立ち上がり片づけを始めると、いつの間にか美味しそうな匂いが漂ってきて、そのうちに子どもたちが校庭で遊び始めた。窓を開けて走り回る彼らの姿を眺めていると、ふいに母のことが思い出された。

そういえばここは、母の職場だったのだ。母もここで子どもたちを相手にしながら奮闘していたのか。「お疲れさま」と言葉がこぼれた。自分と母に語り掛けていた。

自分に語ったのだと思いたかったのは、この世界にもう母はいないからだ。

実際に母が行っていた仕事を体験してみて、僕の知らなかった母を知ることができたような気がした。当たり前だけれど、母は社会で働いていたのだ。自分の時間と力を外側の世界に向かって使った。大きな声で話すことや、クタクタになっても笑うことや、子どもたちの動きに集中することを根気強く続けることで仕事をしていた。

それを人生のある地点で選んだ。そこに後悔はなかったのだろうか。

どうして、この仕事を選んだのだろう。この仕事の魅力って何なのだろう。

疑問は尽きず、答えはどこからも現れてはくれなかった。

僕がまだ何かを選べず、それほど長くは生きていないからだろう。ただ一つ言えることは、母には生きる力があった。それはある日突然奪われてしまったけれど、彼女は前を向いて生きていたのだ。両親を失ってから一度、僕はそれを失くした。失ってしまったことがあるからこそ、僕には分かる。後ろ向きな気持ちでは、たった一秒でさえ子どもたちとは向き合えない。今日はそのことが分かってよかった。

母がどんな人だったのか、大人になって少しだけ理解できたような気がした。

僕は校庭を見ながら風に吹かれていた。

たしか低学年を担当したと聞いていたから、もしかしたらあそこで遊んでいる子のうちに母のクラスだった子もいるのだろうか。誰かと母の話をしたい、そう思ったけれど、じっと堪えた。思い出に感傷が交じり合うと、疲れが噴き出してしまう。いまは西濱さんを助けに行こう。きっと車の中で寝込んでいるはずだ。

僕は道具の入った段ボールを抱えあげた。いまの気分と同じくらい重い。


「ほんとごめん。この通り」

と西濱さんは車の中で手を合わせて謝っているが、直視することはできない。僕が運転しているからだ。さっきまで眠っていたが、ようやく起き上がった。少し元気になったようだ。僕は苦笑いしたまま、曖昧な返事をした。ここしばらく、はっきりしない答え方ばかりしている気がする。

このまま自宅まで送ってくれと頼まれたので、片道一時間のドライブになった。大型のバンを運転するのは何度やっても慣れない。

郊外を抜けて、田舎道を走り、突然開けた場所に新築の家が建っている。背後には山があり、山に抱き止められているような家だった。駐車場は探す必要もないほど、空き地はそこら中にあり、何もないところにポツンと真新しい建物が建っている。大きな車庫と、倉庫と、住居があり、彼らしい豪快な家だなと思った。駐車が楽なのはありがたかった。

送り届けて、このまま帰ろうとすると、彼に引き留められた。

「昼飯まだだろ。食べていってよ」

僕はすぐに断った。とにかく休んでほしかった。親しいからこそ、変な気遣い（きづか）は要らない。

「湖山邸に車を返してきます。ご飯は、湖山先生におごってもらいます。バイト代として」

と冗談を言った。そう言うと彼は引き下がった。こういうときは嘘をついたほうがいい。

玄関から、赤ん坊を抱いた奥さんの茜（あかね）さんが出てきて、挨拶してくれた。会うのは結婚式以来だった。誰かの結婚式に出席したのは初めてだったので、白無垢（しろむく）姿（すがた）をいまも覚えている。赤ん坊は初めて見る。強い眉毛が西濱さんそっくりの男の子だ。

車から降りて、挨拶すると彼と同じようにご飯を食べていけと言われたが、同じように断った。すると、

「じゃあ、青山君に持ってってほしいから、あれ取ってきて」

と西濱さんに言いつけた。彼は家の中に入っていった。僕は茜さんと目が合い理由もなく微笑んだ。何を話したらいいのだろう。不自然な間を消すために、赤ちゃんのことを訊ねようと口を開いたとき、茜さんが話し始めた。

「あの人、青山君にすごく助けられてるっていつも言っています。ありがとうございます」

僕は驚いて、しばらく茜さんを見つめていた。彼女が訝しんだ顔でこちらを見ているのに気づいて、慌てて言葉を発した。

「とんでもないです。最近、本当に疲れているみたいで……。今日も、小学生相手の揮毫でかなり疲れてしまったみたいです。僕も何か手助けできればいいのですが、力不足で」

「いいえ」ときっぱり茜さんは言った。一重の目がこちらを見ていた。背の高い茜さんとは目線がしっかりと合う。

「頑張りすぎだと思います。少し休んで下さい。あんなことがあった後だし」

あんなこと、というのは、今朝のニュースのことだろう。僕は反射的に俯いてしまった。

「あの人、あなたのことをとても褒めていました。たった三年であんな大舞台に立たされたのに、逃げずに立ち向かっていったって……」

俯いた顔をあげて話を聞こうとしたときに、赤ん坊が泣きだしてしまった。彼女は諦めたように笑った。

「あなたがいるだけで、本当はみんな助けられているんですよ」

泣き声の中でそれだけ聞こえた。

西濱さんが大きなビニール袋を持って家の中から出てきた。遠くからでも何かが大量に入っているのが分かる。両手で彼は手渡した。ずっしりとした重みが手に掛かる。中を覗くと茶色と白だった。

「これはなんですか?」

「シイタケだよ。大量に貰(もら)ったんだ。こんな辺鄙(へんぴ)なところに住んでると、優しい人がくれるんだよ。食べきれないから持って帰ってよ」

「僕もこんなに食べきれませんよ」

「そんなことないよ。美味しいからすぐなくなる。友達とも食べなよ」

「はあ」と答えつつ助手席に乗せた。シートベルトで留めることもできそうなほど多い。

「じゃあ、また。お大事に」と言って別れると、彼は茜さんの肩を引き寄せた。バックミラー越しにその姿が見えた。三人が一つの影になって小さくなっていく。景色の中に影が溶けていく。西濱さんは山になってしまった。

これからやっと西濱さんは休めるのだと思った。それが不思議なほど、嬉しかった。

前だけを向いて、アクセルを踏み込んで車に揺られていた。運転しているつもりなのに、車も僕も道そのものに運ばれているみたいだ。

ため息をつきたくなった。

お腹(なか)が空いていたからかもしれない。


湖山邸に着いたのは午後も遅くになったころだった。もう空腹で倒れそうになっていた。車のガソリンも実はぎりぎりだった。何もかも余裕がなくなっていく。

最後の力を振り絞って車庫に車を停(と)めると、急に昨日の言葉が蘇(よみがえ)ってきた。

「筆を置きなさい」

先生にそう言われた。先生の言葉に抗いたくなったのは初めてだった。頭ごなしに言われたわけでも、怒声が飛んだわけでもない。でも、簡単には受け入れられない言葉だった。

「僕は未熟だ」エンジンを切ると車内は静かになった。室内灯が灯り、しばらくすると消えた。

ふんぎりがつかない。先生にどんな顔をして会えばいいのか分からなかった。

先生が何を思って、筆を置け、と言ったのかも分からなかった。結局、僕の背中を押したのは空腹だった。

「ぶち当たったものが形を決めるんだ」と独りで呟いた。どうにもならないから、独り言が多くなる。袋いっぱいのシイタケを抱えて車を出た。

合鍵を使って扉を開けると、日本家屋特有の風通しの良さがそのまま冷気に変わったような寒気がした。薄暗い分だけ、外よりも寒い。冬は近づいている。

靴を脱いで下駄箱に預けると、台所から物音がする。そこに足を向けると湖山先生がいた。エプロンを着けている。似合うが、かなり珍しい。どちらかといえば可愛い。その姿に、昨日の言葉を一瞬忘れてしまった。僕は一歩踏み出した。

「先生、僕が……」と声をかけると、おっ、と振り向いた。それから歯を見せて笑った。

「いいところにきた、青山君。お腹減ってない？」声が弾んでいる。

普段は誰かがいるので、先生が料理することなんて、まずない。しようともしない。ということは、今は独りきりなのだろう。雪平鍋でラーメンを作ろうとしていたが手が動いていない。メガネをおでこに上げて、目を細め、袋の裏面を見ていたようだ。先生はこちらを見るためにメガネを眼前に戻した。

「もう、ぺこぺこです。先生が作っていたのですか？」

「ああ、独居老人だからね。たまにはやってみようと思って。でも、小さい字が見えなくてどうしようかと思っていたんだ」

独居老人というほど一人でもない気がするけれど、

「僕やります。よくやってるので」というと、素早く袋を渡された。

「私より巧みかもしれないね」機嫌のいいときの声だった。

「インスタントラーメンを作る技術だけなら」

おどけて言うと、先生は笑った。白い髭が躍っている。エプロンまで渡してくれた。即席ラーメンを作るのにエプロンは要らないけれど、とりあえず着けてみた。

「二つあるから、よろしくね。ストーブいれておくよ。平屋は寒いんだ」

寒いのは平屋だからじゃなくて広すぎるからだろう。それを話す前に先生は教室に消えていた。

袋を見ると醤油ラーメンだった。僕は持ってきたシイタケに手早く包丁で十字に切り目を入れた。形は不揃いだが厚みがありしっとりと湿っている。

お湯の中に入れて煮て食べることも考えたけれど、厚みを考えると食べ方が少し違う気がした。冷蔵庫の中にバターがあることを確認すると、すぐにフライパンを火にかけた。

たぶん、美味いものができるはずだ。

手際よくラーメンを二人前作り上げたころ、シイタケも焼けた。白い身が芳ばしい香りと共に飾り切りの痕から覗く。海苔とネギを入れた醤油ラーメンの上に、肉厚のシイタケを載せると途端に豪華なものになった。僕は丼を二つ抱えて教室に入った。

石油を燃やす香りに満ちた空間は、すぐに醤油の匂いに満たされた。丼は湯気を上げている。お茶と箸を持ってくると食事はすぐに始まった。食べながらやっとまともに先生の顔を見た。血色もよく元気そうだ。メガネは真っ白く曇っている。

シイタケに齧りつくと、ほほと声をあげた。僕も似たようなことをしている。熱いのが美味い。男同士、黙々とラーメンを啜り、口を開いたのは丼が空になってからだった。先生はよく食べた。

「このシイタケ、美味いね。貰い物？」

「西濱さんからです」笑顔を作ると、嬉しそうに、

「まだある？」と訊かれた。僕は頷いてから、お代わりを作りに席を立った。すると、

「ここで食べよう。シイタケ持ってきて」と石油ストーブを指差した。ストーブの上に煮炊き用のコンロが付いている。なるほど、と頷き、フライパンとバターと醬油とシイタケ、ナイフを持ってきた。シイタケは大きなビニール袋いっぱいにある。僕は手早く調理して、フライパンにシイタケを入れた。碁盤を挟むように僕と湖山先生はストーブを囲んだ。シイタケを焼きながら途中、お茶も淹れた。湯気が心地よい。

「お疲れさま」

と湖山先生が言った。ひどく深い声だった。先生はシイタケを見ていた。

僕は「いいえ」と答えたあと、照れ笑いした。

「小学校では大活躍だったらしいね」

「いいえ。何もできずに時間だけが過ぎてしまった感じでした」

「そうでもないだろう。学校の人からは一人、生き生きと描いていた子がいたと聞いたよ」

水帆ちゃんの真剣な横顔が思い浮かんだ。

「連絡があったのですか」

「ああ。君たちが小学校を出たあと、電話があったよ。子どもたちが楽しんで水墨画を習っていた、とても喜んでいた、とのことだった。あそこの校長先生からだったよ。とくに青山君がよくやってくれていたと聞いた。大変だったね」

僕は首を振った。

「失敗ばかりでした。水墨画はほとんど何も伝えられなかったし、教室で右往左往していただけです。もうちょっと僕に技術や知識があれば、良かったのですが」

先生は顎鬚を撫(な)でた。

「技術や知識はそんなに大事なことだったかね?」

僕は俯いた。それがなかったからこそ、昨日のようなことになった。

「私や西濱君、千瑛みたいな人間は別として、水墨画の知識や技術なんて人生の役に立つのか。ましてや子どもたちの……」

僕は驚いて先生の顔を見た。冗談を言っているふうではなかった。

「いや、でも昔から受け継がれてきたものだし、伝統だから……」

と特に何も考えず思いついたことを口にすると、先生は首を振った。

「どんなに素晴らしいものでも、何の役にも立たないものを押し付けているのでは意味がないよ。それじゃあ私たちの自己満足に過ぎない」

「そういうものですか」

先生の声が硬くなっていく。

「そうだよ。子どもたちが、それをやる価値が本当にあるのか。私たちは、真剣に考え、問わなければならない。大切なものが何なのか見定めないと。答えはないけど、問い続けることが大事なんだ」

そこで先生と目が合った。僕は慌てて視線を逸らした。小さなため息が聞こえた。

「だから技術や知識や形が、本当に大事かも考えなければならない。子どもたちはそれを楽しんでいたかね」

僕は何も答えられなかった。大きく息を吸いこんで、僕は話し始めた。

「今日出逢（であ）った子。水帆ちゃんというのですが……」

「小学生のかい？」

「ええ。巴山水帆ちゃんといいます。今日僕は彼女にしか水墨画を教えられませんでした。他の子は大騒ぎして遊んでいるだけ。でも彼女は真剣に向き合って、笹竹を一枚描き上げました。歴史に残る名画でもないし、描いたことすら本人は忘れてしまうかもしれない。でも彼女が描き上げた絵を、僕は忘れないと思います」

「それはどうして？」

僕は微笑んだ。この質問だけ、はっきりと答えられる。

「彼女が喜んでくれたから」

僕にはそれだけが本当のことのように思えた。

「それは言葉じゃなくて……、今日、水墨画がそこにあって良かったと思いました。彼女も笑っていました。技術や知識を楽しんでいたかはわかりませんが。だから、僕にもっと力があって、もっと深く教えられればと思いました」

先生はまばたきをして、一度目を閉じた。シイタケから少し煙が上がっている。

僕は急いで箸をつかんだ。シイタケを次々ひっくり返すと、香ばしい匂いがした。バターは焦げ始めている。先生は、僕の手元を見つめていた。

「相変わらず、綺麗な持ち方だね。いい手だ」

先生はポツリと言った。そしてシイタケを一つ自分の箸で持ち上げると、じっと見つめた。

「お手元」と、先生は呟いた。同じ言葉を、訊き返した。シイタケは宙に浮いている。

「年をとってきたせいか。私も終わりが近くなったせいか。最近、私の師の言葉をよく思い出す。先生は、お手元とよく言われていた」

お手元、お箸がなんだというのだろう。

「私たち絵師はお手元だ。小さな用を果たせばそれでいい。私には何を言われているのか、分からなかった。だが、最近ふと思い至ることがある。答え合わせが始まったんだな」

そう言うと、そのままシイタケに齧りついた。

僕は手元をじっと見つめた。初めて会ったときも、先生は箸の持ち方を褒めてくれた。あのときはただ箸の構え方のことを言われているだけだと思っていた。

先生は何を話しているのだろう。

「これ、本当に美味いね」と言われて頷いた。僕もシイタケを口に運ぼうとした。すると見事に、すり抜けた。先生のようにうまくつかめない。もう一度、持ち上げて口に運ぶと、僕も笑顔になった。湖山先生はその様子をしばらく見たあと、笑った。

「さっきの話の続きだけれど、来週もきてくれないかと言われたよ」

「小学校にですか」と訊ねると先生は頷いた。シイタケはもう食べ終わっている。

「ああ、ぜひ、君に来てほしいと言われたんだ。西濱君が約束した授業の回数もまだあるらしいからね」

「僕で大丈夫でしょうか。全然うまくいかなかったと思うのですが」

「椎葉先生という担任の先生たっての頼みだそうだ。君がいま言っていた子をはじめ、子どもたちが青山先生にもう一度会いたいと言っているらしい。校長先生も大賛成だそうだ。若い感性の人に教えてほしいということで」

すぐには答えられなかった。

「正直な話、私は断ってもいいと思っている。君も西濱君も休んだほうがいい。できれば筆を振るわせたくはないというのが本音だ。特に君には……」

そう言われて少し俯いてしまった。やはり先生も昨日のことを気にしているのだ。

「だから、いまのところ返事はしていない。君がやりたければ、椎葉先生の連絡先を聞いておいたから、そこに連絡してほしいそうだ」

湖山先生は電話機の前のホワイトボードを指差した。そこには携帯電話の番号が書かれていた。メールも可、とも書いてある。可の字が、草書体になっていて、妙に味わいがある。す、の頂点の角がない形なのだけれど、クルリと回った円の部分がカッコいい。僕はそこに近づいていって、携帯電話で写真を撮った。とりあえずこれで連絡先は分かるはずだ。

「最近は、便利だね」と背中に声がかかった。

「ええ、これがあるから」と、小さなカメラを見せた。先生は何度か頷いて、知っているという顔をした。外国の文化を見たときのような表情だ。

「私たちなんて、覚えるかメモを取るしかなかったのにね。私は大抵、覚えたけれど」

その言葉だけが、少し苦々しく聞こえた。

僕も、この小さな円を覚えていようと思った。さりげなく描かれたものにこそ、本当に美しいものがある。そんな気がしていた。僕がいま撮ったのは、この小さな『可』の文字だった。それが今の僕が心から望むものだった。


どれほどくたびれて家に帰っても、今日は筆を持とうと思っていた。

描くなと言われれば、描きたくなる。抗いがたいものが自分の中にあることを感じて、それにしがみついて、足を動かした。

マンションの玄関で郵便受けを確認すると、大量のチラシが入っていた。そういえば最近郵便受けも開けていなかった。公共料金の明細書や地元の商店の広告の中に、ハガキが一枚舞い込んでいた。

表書きは達筆な字で、青山霜介様、と書いてある。筆だ。それも筆ペンではなく、墨で書かれている。かすれと、微かな凹凸が文字にある。ひっくりかえすと、鳥の絵が描いてあった。何の鳥かはわからない。鳥に詳しくないというのもあるけれど、特徴がはっきりしない。はっきりいうと、とても下手だ。

エレベーターに乗り込み、ボタンを押して壁にもたれて、また絵を見た。見なくても、頭に浮かんだからだ。下手だけれど、なんだか目が離せない。柔らかさと、丸みと、拙(つたな)さがどれも心地よい。筆数は少なく、墨色も優しい。使われた墨と完璧な白ではない生成りの和紙との雰囲気がよく合っている。

枝で休んでいる鳥を背後から見た図で、嘴(くちばし)を自らの羽毛の中に刺して目を閉じている。羽ばたき続け、動き続ける小鳥が休む姿が愛らしい。僕はハガキを見つめたまま廊下を歩き、自室にたどり着いた。歩いている間にもずっと絵を分析していた。

大小の丸を二つくっつけて尾をつけただけの小鳥の図だ。小さな丸のほうにくちばしが申し訳程度についている。そして、あまり器用には描かれていない足と止まり木の枝、背景に描かれた湖を思わせる恐る恐る描かれた横線、横棒一つで描かれた簡単な目、どれも難しくない。線というよりも筆を置く程度の技術しかいらない。

教室で十分も習えば、誰でもが描けるだろう。

絵を見つめたまま、片手で扉を開けて、荷物を下ろし、明かりをつけてテーブルの上にハガキを置いた。何かが引っ掛かる。お茶をポットから入れて、カップを手に取り、一息ついた。

一口(ひとくち)飲んだ後カップにハガキを立てかけて、じっと眺めていると、その絵の異質さを発見した。

構図だ。余白が完璧なのだ。絵の技量と、余白の巧みさがまるで釣り合っていない。

美しさが簡単には見えないところに隠されている。いや、最初から見えてはいるのだが、思いもしないところにある、と言ったほうが正しいだろうか。だが、まだ引っかかる。

僕は絵に一歩ずつ近づいていった。

「思いもしないところにあると思うこと自体、間違っている、ということか」

絵が拙いから余白も拙い、と思い込んでいる自分自身の意図の裏側をこの絵は突いていたのだ。見えない場所になど置かれていない。隠されてもいない。ただ、自分がそれを見ることができない。それだけのことが、一枚の絵から見えた。

相変わらず、鳥は何も見ていない。そして、休んでいる。いったい鳥は何を見ているのだろう。絵を見つめていると、どこか諫められているような気さえする。心地よさはそれでも変わらない。間違いない。これは、言葉よりも雄弁に絵で語ることのできる達人が書いている。これほどの手紙を『書ける』人は、そう多くない。僕はもう一度、表書きを見たが差出人の名前はない。裏面を見ても手掛かりはない。落款もない。

誰だかまるで思いつけない。

なぜ自分の名を書かなかったのだろう。何もかも分からなかった。

そのまま絵を眺めていると、眠り込んでしまいそうだったので、力を振り絞って道具の準備を始めた。道具は全て、お盆の上にまとめて置かれている。

準備が整い、何を描き始めようかと思ったところで、描くべきものが思い浮かべられない。迷ったときに、手が動くのは、これまで一番描いてきた画題だ。

春蘭。『蘭に始まり、蘭に終わる』とまで言われる重要な画題だった。

穂先に濃墨をつけ、根元を釘の頭のように逆筆で作り、弧を描きながら線を進め、カマキリの腹のように膨らませ、ネズミの尻尾のように鋭く逃がす。

その一本の枝垂れた鋭い線が、それぞれの特徴を表すように穂先に掛かる力を変えながら運筆していく。出来上がった線が、空間を作り、風を作り、重力を作る。

何もないはずの場所に、突然、枝垂れた一本の葉が現出するように描けなければならないのだが、根元を作り筆を進めた途端に線がねじれ、明後日の方向へ飛んでいった。画面の中に強風が吹いているかのごとく、葉になりかけた線はねじれ、かすれた。

なぜそうなったのだろうと、手元を見ると、指先から筆が転げていた。

今日はさすがに疲れすぎているのか、と思い筆を拾って、お盆の縁に置いた。眩暈がしているのは確かだ。

揮毫会の日まで、毎日、半紙が束になるほどは描いていた。

何を描けばいいのか分からなかったから、自分の知っている何もかもを描くしかなかった。だが、それもすべて無駄になった。肉体労働のツケも回ってきて肩こりもひどい。

僕はハガキを手に取り、もう一度、鳥の絵を見つめた。

見ているだけで眠気を誘われそうな絵だ。

僕は硯の蓋を閉めた。筆洗に注いだばかりの透明な水で、筆を洗い、描き損じの絵の上に突っ伏した。これまでに描いてきたすべての絵が次々に眼前を通り過ぎていった。真っ白い空間に、同じ色の壁があり次々に絵だけが映されていく。春蘭から始まり、派生していくすべての絵が現れては消えていった。僕の三年間が消えていくようだった。消え去っていく時間がいつまでも続き、昨日の揮毫会のところまで来た。

大きな失敗が描かれ、ゆっくりと輪郭から溶けて白くなった。

最後に、さっき描いた出来損ないの春蘭の葉っぱが現れた。

蘭に始まり、蘭に終わったのだろうか。

「がんばったけど、うまくいかなかったんだ」

と、その絵を見つめながら呟いた。出来損ないの蘭も白い空間に消えて、闇が押し寄せてきた。意識は曖昧になっていく。

ふいに暗闇(くらやみ)の中に母の顔が浮かんだような気がした。

母に会いたいと、思った。そんなこと思わないほうが楽なのに、そう思ってしまった。

独りぼっちでいることを感じないためにがんばってきたけれど、

「うまくいかなかったんだ」

と、夢の中でも呟いていた。

第二章

大量のシイタケが空から降ってきて、街中が大混乱に陥る夢を見た。

なんで地面に生えているものが空から降ってくるんだろう。夢の中でさえそんな疑問を感じていた。

僕はまるで雪のように降り続けるシイタケやその胞子を眺めながら、家の中でシイタケを描いていた。混乱をあきらめ半分に見つめて絵を描き続ける。荒唐無稽だけれど僕らしい夢だった。独りで絵を描いていられればそれでいい。

身体を起こしてみると、真っ白な画仙紙の上を、よだれが染みになって広がっていた。紙を無駄にするわけにはいかないと思い、慌てて硯の蓋を開けて筆を持った。昨日の残りの墨がカサカサになって海にたまっていた。墨の砂漠みたいだ。僕はそこに数滴、水を垂らして、穂先で擦り濃墨をつけた。墨汁はすぐに出来上がった。

そして、そのままよだれの染みの上で穂先を寝かせると尖った先を軸にして、穂の根元まで付けてゆっくりと回していった。すると湿った面の上に、あまり綺麗ではない墨が不均衡に溶かされて回転し、シイタケのようなカサカサしながらも滑りのある円ができた。

僕は、その円に軸をつけて形を整えた。

たった二筆で描いたものなのに、不思議とシイタケに見える。そこらあたりで、やっと目が覚めてきた。

「この大量のシイタケをどうにかしなければならない」と思い立ったのはそのときだった。絶対食べきれない。部屋の中が、夢で見た景色と同じくシイタケの胞子だらけになるのではないかとさえ思った。

ビニール袋に入ったシイタケは玄関に置きっぱなしにしてある。湖山先生にも分けたのだけれど、そんなに食べないから要らないと大部分は突き返された。このままではまずい。

背伸びをすると背骨がギシギシと鳴っているのが分かった。机で眠るといつもこんな感じになる。僕は着替えを済ますとシイタケをリュックに入れて、家を出た。あの二人に昨日のお礼もしなければならないし、朝ごはんを食べなければならない。

両方を満たせる場所は一つしかなかった。僕は近所の喫茶店に向かった。この時間ならモーニングがあるはずだ。


店に入ると「いらっしゃいませ」ではなく「おはよう」と聞こえた。川岸さんだ。緑色のエプロンをつけている。

カウンターの席に着くと、いつものようにホットコーヒーが出てきた。

「朝ごはんは？」と訊ねられたので、「まだ食べてない」と答えると、トーストが出てきた。このやり取りをほぼ三年繰り返している。

相変わらずマスターはいない。朝は弱く、昼は外に遊びに出ていて、夜も早くに帰ってしまうので、ほとんど顔を見せない。実質、川岸さんの店のようだ。お店を譲渡する話を持ち掛けられたというのを、去年聞いたけれど、あながち冗談ではなかったようだ。

僕たちは、いつもこのお店にたむろしている。僕たちというのは、僕と川岸さんと古前君の三人だ。今日はまだ、古前君はいない。僕は周りを見回した。彼女はこちらを見ずに、

「巧なら、大学のジムに行ったよ」

「ジム？　身体鍛え始めたの？」

「そう。バリバリやってるみたい。週七でやってる」

振り返ってコーヒーのお代わりを入れてくれた。なくなっていることに僕自身気づかなかった。「知らなかった」と答えると、「隠してたからね」と言った。なぜ隠す必要があるのか、分からなかった。

「週七日ってやりすぎじゃない？　むしろ休ませたほうがいいって聞くけど」

「それがあの人だからね」

「そりゃたしかに、そうだけど。でもどうして」どうして、という言葉を彼女は笑った。

「警察官になるためだよ。柔道部の子たちに頭下げて、柔道も習い始めた」

「ほんとに？」奥の席から気難しそうなお爺さんの咳払いが聞こえた。僕は声を潜めた。彼女は頷いただけだった。

どうやら、彼は未来に向けて努力を続けているようだった。未来を日々の努力と行動で勝ち取ろうとしていた。

「食べたら」と言われたので、僕はトーストに齧りつく。バターの風味が鼻先を通り抜けた。焼

けたパンの香ばしい匂いもする。バターの香りで思い出した。僕は大量のシイタケを取り出そうとした。リュックを半開きにして中を覗かせると、「なにこれ」と彼女は疑問の表情を浮かべた。

眉毛を片方つりあげた川岸さんは、とても賢そうだ。実際そうなのだから当たり前かもしれない。僕はたどたどしく昨日のことを説明し始めた。彼女は要領を得ない僕の話を我慢強く聞いてくれる。カウンターの向こう側にある椅子を持ってきて座って向かい合って話した。彼女もコーヒーを飲み始め、話し終わるころには、店には誰もいなくなっていた。

「で？」と彼女は言った。こういう少しぶっきらぼうな応対をされるとき、僕は彼女に友情を感じる。彼女の冷たくも鋭い部分を誰かのために使おうとしているときだ。

「それで、ここにシイタケを持ってきたんだ。受け取ってもらえるかな」

「そうじゃなくて、小学校の話どうするの」

僕は少し考えてから、

「断ろうと思っている」と答えた。訊ねられて、そう答えようと決めた。はっきり言葉にすると悪くない決断のような気がしてきた。僕には向いていない。昨日も散々な結果だった。

「いまは、揮毫会での失敗もあるし、画業に専念してまだ腕を磨(みが)こうと思ってるよ」

「それで」声は重くなった。

「それでって……、それだけだよ。ただ単に断ろうと思うだけ。子どもの相手は僕には向いてなさそうだ」

ここでまた、ため息が聞こえた。小さな肩が大きく揺れた。演技過剰だ。

「それは向いてないんじゃなくて、やったことがないだけじゃないの」

「それは……、やったことはないけれど」

「やったことないことの向き不向きなんて、やってみないと分からないんじゃないの」

僕は黙った。彼女は少し突っかかってくる。沈黙は刺々しい。空気が悪くなったことに、彼女は気づいて、笑って見せた。これも演技過剰だ。

「私が巧を好きなのは、そういうとこなんだよね」

なぜここで古前君が出てくるのだろう。僕はとりあえず、頷いて見せた。冗談を言っている雰囲気ではない。

「普通に考えたら絶対できないし、誰もやろうとしないし、やっても意味ないし、みたいなことに、ひたすら突進していく。目隠しされたサイみたいに」

「そうだね」僕の頭の中に白い鉢巻で目を覆った大きな角のサイが浮かんでいた。とても危険な状態に思える。

「でもね、彼はそれは真似をしているだけだって言うんだよ」

「真似？　他に彼みたいな無茶をしている人がいるの？」

彼女は首を振った。

「彼はね、十九歳のとき、大学に入学してあなたに出会って思ったんだって。こんなに生きることの何もかもが怖くて、毎日ギリギリなのに、死ぬ気で日常に体当たりしてる。ただ単に普通の暮らしをするのでさえ辛そうなのに、弱音を吐かず挑み続ける。馬鹿みたいだなって思ったんだって」

「それは、なんだか、ちょっとキツい言い方だね」

彼女はエプロンを取って、ため息をついた。

「それでね、彼は、あなたみたいになりたいって思ったんだよ。中途半端に何でも投げ出してしまう自分を蹴っ飛ばして、馬鹿みたいに挑み続ける。大学三年間で、それをやってみようって思ったんだって。私が巧を好きなのは、そういうところだよ」

彼女の声が少しだけ震えていた。

「だからね、青山君。つまんないこと言ってちゃダメだよ」

僕が答えられないでいると「はい、これ」とビニール袋を手渡された。

「これって何？」

「巧の朝ごはん、大学の武道場まで持っていってあげて」

中を覗くと、アルミホイルに包まれた温かそうなものが入っている。僕はビニール袋を手に持ち、このまま席を立つことにした。お代はカウンターの上に置いた。僕らはそれ以上会話しなかった。

喫茶店を出ると、まだ朝の冷たい風が吹いていた。


大学まで歩いて、体育館に着いた。受付の人はいなかった。

そのまま靴を下駄箱に預けると、スリッパも履かず武道場の方へ進んだ。遠くで微かに威勢のいい掛け声がする。声がするのはそこだけだった。

朝日が差し込む中、武道場への長い廊下を歩いた。たしか、うちの柔道部は全国大会レベルで、スポーツ推薦まで受け付けている強豪校のはずだ。偏差値は最底辺だが、スポーツにかける情熱は凄まじく、オリンピック選手もときどき出てくる。当然、練習は過酷なものだ。町道場でならした人でもついていけない、と聞く。そんなところに本当に古前君がいるのだろうか。

武道場の入り口あたりで、太鼓を叩くような、規則的な鈍い音が聞こえてきた。扉を開けて覗くと、入れ替わり立ち替わりやってくる大柄な男に、小柄な丸坊主の男が投げられまくっていた。

古前君は宙に舞い、叩き付けられたかと思うとヨロヨロと立ち上がって、また次の屈強な男に投げられる。投げた男たちは、古前君を励まし「もういっちょ!」とか掛け声をあげながら、彼はそれに応える。だが致命的なまでに受け身が下手だ。下手すぎる。素人の僕でさえ分かった。彼の性格そのものと言ってもいいのかもしれない。立ち上がりは早いのだが、とにかくぶつかる。ダメージを負う。それでも彼は「お願いします!」と声をあげる。

僕は武道場にそっと足を踏み入れた。脇で見ていた部員の一人が「青山さん、お久しぶりっす」と、招き入れてくれた。そういえば、湖山賞公募展の飾り付けにきてくれた学生かもしれない。ボソボソと小さな声で状況を説明してくれた。

「古前先輩、自分でやるって言い出したんですよ。やめとけってみんなで説得したんですけど、俺は強くなるんだって聞かなくて。自分は小さいから警察の採用試験、不利だって思い込んでるんですよ。みんな先輩には飯奢ってもらったり、遊びに連れていってもらったりで、世話になってるから断れなくて」

なるほど。双方、無茶をやっているということらしい。太鼓を叩くような鈍い音は続いていく。彼はこちらに気づいていない。

じっと眺めていてわかったのだが、よってたかって投げにいってはいるけれど、投げるほうも彼が受け身をとりやすいようにリズムを作って、手心をくわえている。あれで怪我をしていないのなら、投げるほうの技量とも言えるかもしれない。とはいえ、国内最高クラスの選手が次々に投げにきているのでフラフラだ。

もう頃合いだというところで、柔道部も「止め」と号令を入れたのだけれど、彼は立ち上がって構えを崩さない。「お願いします！」と叫ぶ。何が彼を突き動かすのだろう。

柔道部は彼の根性に敬意を払いまた一列に並んだ。もう立っていることもできないはずなのに、彼は動く。そして投げられる。カッコいいのか、悪いのかすら分からない。

ついに、柔道部は列を解いた。限界はだいぶ前に通り越している。彼は構えを解かない。柔道部は、もう誰も挑まない。みんなで、やめろと声をかけている。僕の手がまた震えた。胸も震えた。彼は前を向いている。彼が望んでいるのは、優しさじゃない。厳しさなのだ。

僕は走り出した。なぜ走っているのかさえ、自分でも分からなかった。

そして、彼に縋りつくと、道着の襟を取り、見よう見まねで投げようとした。僕よりも小柄な彼ならば簡単に投げられると思った。彼の望みを叶えてやろう。

だが、彼はまったく動かない。地面に杭でも打ち込んであるみたいだ。次の瞬間、彼の身体が消えた。緑色の畳が一瞬、視界に広がり、緑がそのまま歪んで白色の光に変わった。僕は宙を回転した。鈍い音が僕の身体の中から鳴った。

僕は投げられた、のか。

判じることのできないまま、白色の光を確認していると、宙から大量にシイタケが降ってきた。僕の身体中に雨のように直撃する。

「なんだこれ」と道場の全員が声をあげた。どうやら僕は半開きのリュックを背負ったまま投げられてしまったようだ。隣では、肩で息をする古前君が倒れていた。

「あれ、なんで青山君が？」間の抜けた声を出している。僕はまた天井を見た。僕は息を吐いた。何もかもが身体から抜け落ちていく気がした。

「小学校に、教えに行こうと思ってね。それを報告に来たんだ」

「なにそれ、よくわかんないんだけど」彼は眉を寄せた。そうだろうなと思った。

「それと、シイタケを持ってきたんだよ」と僕は言った。彼はあたりを見回した。

「こんなにいっぱい、どうやって集めたの。なんで空から？」僕は首を振った。

「シイタケが空から降ってもいいじゃないか」

そう言うと彼は、「青山君、たまにはいいこと言うなあ」と言って笑った。

一呼吸置いた後、「そういうのが好きなんだ」と、彼の大きな声が武道場に響いた。

夕方、椎葉先生に連絡すると、とんとん拍子に話が進んだ。理由は分からないけれど、声が弾んでいて元気いっぱいだった。子どもたちに向けるような溌剌(はつらつ)とした声だ。

「何をやっていただいても結構です。プロの方にお任せします」

そこで僕は黙り込んだ。彼女は話を続けた。

「準備で必要なものがあれば前もってご連絡下さい。子どもたちは青山さんの授業楽しみにしています」

「子どもたちが、ですか」

「ええ、水墨画を習わせてくれってご両親にお願いした子もいたみたいですよ。でも教室がなくて無理だったみたいです。お習字の教室でも教えられる人はいないみたいで」

悲しいけれど、それが水墨画の現状だった。どんなにやりたくても教えられる人は少ない。

「そうですか。ご期待に副えるよう頑張ります」

それから彼女は「あの……」と声を発した。僕は待った。この流れだと、何か厳しいことを言われるのだろうと覚悟していた。

「昨日、西濱先生も凄いと思いましたが、青山さんも凄いと思いました」

「僕は何も……」

「水帆ちゃん、大人しいんだけど、ちょっとだけコミュニケーションに問題があって……。気難しくて、周りのお友達とも打ち解けない子なんです。だから、私もあんなふうに生き生きと目を輝かせてる姿、初めて見ました。嬉しそうな顔も。あんな笑顔を初めて見ました」

彼女が抱えている問題について訊ねたかったけれど、あえて質問しなかった。その問題がなんであれ、外部講師である僕にできることは限られていた。僕は伝えるべきことを話した。

「いえ、それは偶然ですよ。あの子に才能があるからだと思います」

「あの短時間で才能が分かるんですか」

「ええもちろん。筆を握って一筆描けばわかります。観察すれば、だいたいは」

僕は彼女の線を思い浮かべていた。一度見れば、どんな線も覚えていられる。

「それは、青山さんだから、ですか」

「いえ、僕でなくても分かりますよ。ある程度の訓練を積めば、誰だって」

たぶん、そうだろう。教えるための訓練など一度も受けたことがないけれど、僕ができることは大抵、西濱さんや千瑛ならもっとうまくできる。

「本当ですか。あんなちょっとした仕草を見ただけで、子どもの笑顔を引き出せるものでしょうか……。私はなかなか信じられませんが」僕が答えられずにいると、

「では来週、よろしくお願いします」

と彼女は言い、電話は切れた。僕はどっと疲れていた。プロと言われたことに引っ掛かりを感じていた。その微かな引っ掛かりが、躓きに変わる前に、湖山先生に連絡し、授業を引き受けることを伝えた。叱られるものだと思っていたけれど、

「君の思う通りにやんなさい。手助けがいるなら、またおいで」

と言われ、電話は即座に切れた。この電話でもまた疲れた。


受話器を置いた音から一週間、とにかく子どもたちのための授業の内容を考えた。

他のことはなにも考えなかった。不思議と、それが気分を軽くした。僕にはこういうことが合っているのかもしれないと思えた。朝から晩まで一つのことを考え続けて、他のことは何もしない。目的に向かって、ゆっくりとだけれど地道に進んでいく。一つのことを、とにかく深く理解しようとして思いを巡らせ、自分のことすら考えない。

筆を振るい、自室の床に積み上がっていく画仙紙を眺めながら、十七歳のころと同じ空虚感が

今も室内を満たしていることを感じた。

両親が亡くなり、僕らが暮らしていた家にこもり、心の内側のガラス張りの真っ白な部屋で記憶を思い浮かべながら暮らした二年間、あの部屋に流れていた空気がここにある。無機質で空虚で透明すぎる世界の中にいたあの感覚はいまの僕のなかにこびりついている。僕は心のどこかで、あの時間を心地よいと感じていたのだろうか。自分自身を消し去り、何もかもを真っ白にしてしまいたいという衝動をどこかに隠し持っているのかもしれない。

いや、そうじゃない。一つ一つ丁寧に考えようとしているだけだ。

真っ白な空間に何かを思い浮かべて大切に抱きとめる。それだけだ。

その衝動や傾向は、うまく水墨と結びついた。

筆を持たせてくれたのは、湖山先生や僕を支えてくれる皆だった。真っ白な世界を生かす方法を、僕は伝えられ、教えられた。

この世界は、いまも僕の中で生きている。

「無駄な時間ってないのかもしれないな」と思った。あれほど何もせず、自分の内側に閉じこもり続けただけの時間さえ、いまは力に変わっている。空虚な日々は、心の内側に広さを与えた。その空間に大きな力が満ちていることが分かる。広大な空間に何かが一つポツンと置かれると、思いもかけないものが始まるような気がする。

僕は子どもたちの可能性をそこに置いた。大きなことについて考えるには、大きな空間が心の内側に必要だろう。

描くべきものは無限に心の内側に浮かび、消えていく。

作業に没頭するあまり、空虚になっていく生活の中で、心地よさを感じていた。暖かい日と寒い日が交互に続き、秋の装いも冬の支度（したく）も難しい日が続いた。水は冷たくなった。

約束の授業の日はすぐにやってきた。


僕は図工室にいた。

子どもたちがやってくる声が聞こえた。足音と胸の鼓動との区別がつかない。それでも僕は集中していた。たぶんこれが楽しんでいるということなのだろう。少しの間、目を閉じて開けると、子どもたちが入ってきた。

「わあ、また水墨画だ」「やった〜!」「今日も竹」「学校でならえるんだ」声を以前より心地よく感じる。どうやら彼らの中に水墨画は、浸透しているらしい。飛び跳ねながらやってくる子どもたちの中に、水帆ちゃんもいた。こちらを少しだけ見て、道具を見たあと素早く席に着いた。それからもよく目が合う。本当に楽しみにしていてくれたのかもしれない。

全員が揃い、椎葉先生の助けを借りて着席したあと、

「青山先生、よろしくお願いします！」と全員に声を合わせて言われた。僕は、その声の大きさにびっくりしたけれど、笑顔で受け止めた。臆（おく）しても、驚いても、何の役にも立たない。彼らはもう次の瞬間を楽しみにしているのだ。

僕がやるべきことを、いま始めるのだ。誰かに向かってではない。僕は空間と、ここに満たされている純粋な意思に向かって話を始めた。

「みんな、こんにちは！　湖山会の絵師の青山霜介です。今日はまた皆さんと水墨画の勉強をす

るためにやってきました。よろしくお願いします」

全員の目がこちらに向いている。

「今日は、なに描くの？」と声がとんできた。この前の揮毫会の記憶が鮮烈に残っているのだと分かった。ボソボソと私語も聞こえるが、こちらに集中しているのがわかる。

「今日もみんなの目の前で絵を描きます。今日はちょっと変わった描き方をするので机に集まって下さい」

椎葉先生にアイコンタクトをすると彼女は頷いて、全体に号令をかけてくれた。気づくと子どもたちは僕の周りを囲んだ。周りというのは文字通り、僕の隣や足元に引っ付くような形で囲んでいて、身体にしがみついてくる子もいた。僕は彼らを少しだけ離して道具の周りを動けるように空間を作らなければならなかった。

僕は硯の蓋を開けた。子どもたちの声が香りと共に広がった。

「いい香り」「なんか気持ちいい」「うわあ、俺これ好き」と隣の子同士見つめ合って感想を言う様子を見て嬉しくなった。この瞬間のために、湖山先生に良い香りの墨を選んで貸してもらったのだ。墨の値段は訊かなかった。十丁型の大きな墨で、とびきりいい香りがして、磨り心地も最高の古墨なんて、いったい幾らするのか考えたくない。

「さて、みんな。この前、描いてもらった笹竹は覚えてる？」

弾むような大きな声が聞こえる。呼びかけると彼らは素直に答えてくれる。

「そうだね。でも、あれはとっても難しいところもあるので、今日は、別のものを描いてみたいと思います。今日はこれを描きます。これ何か分かるかな？」

僕はポケットから、それを取り出した。もう一週間も経ったのでしっかり乾いている。この前、僕の顔に墨を塗った男の子が声をあげた。

「おれ、それ好き！　シイタケ〜〜！」

「そう、シイタケです。これ、見たことある人！」

手を上げて見せると、皆、笑顔で大きくそれにならった。水帆ちゃんは左手を上げた。

「そう、シイタケです。笹はあんまりじっくり見たことない人もいたかもしれないから、今日は、このシイタケを特別な筆で描いてみようと思います。さあ、筆を探してみて！」

彼らは僕の周りを探した。作業机にある道具を眺め、身をかがめて足元も探し、なぜだか僕の背中に飛び付き、足にしがみついた。その間に、水帆ちゃんはそっと僕の傍に来て顔を見上げた。僕は彼女に、

「巴山さん、筆は見つかったかな？」

と訊ねた。すると彼女は、首を振った。そして、

「みずほ」と言った。どういう意味だろう。じっとこちらを見ているので、同じ言葉を返した。すると、にっこりと笑った。「みずほと呼べ」ということだったのだ。僕は、

「水帆ちゃん、筆は見つかった？」と訊ねた。彼女は口を開けて笑って、

「わかんない！」と答えた。大きな声だった。周りの子がびっくりしていた。

「みずほちゃんが、ちゃんと話してる」と彼女の隣にいた女の子が言った。僕は驚いて、椎葉先生を見た。先生は小さく頷いた。何か理由があるようだ。僕は、子どもたちの注意を水帆ちゃんから逸らすために話し始める。

「さあ、筆は見つけられたかな……、そうだね、どこにもなかったと思います。でも実は、みんな、すでに筆を持っています」

僕はそれだけ伝えると、作業机に置かれた画仙紙の前に立った。

子どもたちは僕の動きに注目している。

西濱さんのような大掛かりなことはできない。プロフェッショナルな技量も望めない。でも、僕にできることはまだあるはずだ。

半紙大の画仙紙の傍（かたわ）らに、干からびかけたシイタケを置き、硯の海に指を浸した。

柔らかな冷たさが人差し指に触れる。墨液は指先を染める。

爪の中に墨が入り込んでいく。指先を引き上げ、筆洗の水の中に落とす。指は洗われ、墨は水を泳ぐ。いつもよりも乱れた粒子が舞っている。同じ作業を繰り返し、梅皿の中に水を落として、濃墨を足し、中濃度の墨を指先に浸けると指をあげた。

指先は調墨されている。されていなくても良かった。どちらだろうと、この技法に失敗はない。僕は線を引き、弧を描きたい衝動をグッとこらえて、真っ白な画仙紙を見た。画仙紙がガラスの壁のように見え、濁りながら白くなり、もやもやとした霧が回ったあと、完成された形が浮かび上がる。僕の心の内側にある像と同じだ。これを見るために、時間を費やした。手が震えている。武者震いだと思うことにした。

人差し指をそっと画仙紙に置き、円形になるようにポンポンと叩いていく。円の下方が描かれていく。薄い墨が小さな丸になって画仙紙の上に載り、その丸は次第に小さくなり、縁の弧を形作った。完全な半円にするには少し墨が足りなかったけれど、これでいい。

僕はもう一度、薄い墨と中濃度の墨を指先に浸けて、最初に描き始めた場所から上方向の弧を作り上げる。すべてが終わると、円盤ができ、墨つぎができなかった部分だけ擦れて残った。そこにもう一度、調墨した指を載せて、シイタケの軸を鉤型になぞり、最後に乾き始めた指で指紋を押した。するとそこには、味のあるシイタケが現れた。

僕は周りを見回した。

「おお〜」という歓声を期待したのだが、誰一人声があがらない。なんだか、みんな妙に知的な顔をしている。黙っていると全員とても賢そうだ。僕は不安になり、

「どうかな」と呼びかけてみた。すると、女の子のうちの一人が、

「指で絵を描いてもいいの？」と大きく首をかしげながら訊ねた。子どもの身体は大人よりも大きく動く。存在全部が声を発しているようだ。

「指で描いても大丈夫だよ。これは指墨画とか指頭画っていって、昔からある絵の描き方なんだ」すると「昔ってどのくらい？」と返ってきた。

「そうだね。指墨画とかって名前が付いたのは数百年前だと思う。はっきりとは分からない。分からないのは、はるかに昔から人は指で絵を描いたからなんだよ」

「おお〜、千年前？」と男の子が質問する。僕は首を振った。

「いいや、もっと昔だよ。人が何かを燃やして煤を手にしたときからだと思うよ。数えられないくらい昔だよ。何万年も前から」

「何万年！」声をあげた子もいれば、ポカンとしている子もいる。数の単位が分からない子もいたかもしれない。

「何万年も前の人は指で絵を描くこともあったらしい。煤、何かを燃やしたあとに残ったものを使うこともあったみたいだ。そう考えると、人が持っている一番古い筆は指先かもしれない。地面に落書きしたりすること、みんなもあるでしょう？　……そう、僕も昔やったことがあるよ。あれと同じ感覚で遥かに昔の人も指で絵を描いたはずだ。それが人が何かを描くことの始まり。そして今も、指で絵を描くやり方は残っている。指墨というのは、水墨画家の間ではやっている人がいるよ。僕の先生もこの前、大勢の人の前でやっていた」

　僕は先生のサワガニを描く姿を思い出していた。先生は、自分が子どものころ、教えられた技法だと言っていた。何人かの子は、自分たちの指を見ている。僕は真っ黒にした指先を見せた。目を丸くして見ている子もいる。

「じゃあ、みんなやってみよう」

　と言うと、彼らは一斉に机に向かって散っていった。どうしてあんなに速く、狭い場所をぶつからずに進めるのだろう。感心していると、最後に水帆ちゃんが残っていた。

「どうしたの」と訊ねると、「筆を使いたい」と言った。なるほど、筆を使うのが好きな子にはつまらないかもしれない。僕は、

「これをやると、もっと筆を使うのがうまくなるよ。先生を信じてやってみてもらえるかな」

　と伝えた。彼女は、僕の目をじっと見ていた。言葉を聞いているというよりは、話す雰囲気を見ていた。話し終えた後も、しばらく僕を見つめていて、頷いたあと席に戻った。

　他の子どもたちは、すでに描き始めていた。

　もっと騒がしく絵を描き始めるものと思っていたけれど、教室は静かだった。全員が一気に集

中を始めた。僕はそれぞれの机を回って、助言をしようと思っていたけれど、どうやらその必要はなさそうだった。その代わり、一人ひとりにシイタケを一個ずつ配った。こちらに気づく子もいれば、気づかない子もいた。

僕はただ素直にすごい、と思った。一人の絵師として羨ましいとさえ思った。

僕ならシイタケを描けと言われても、こんなに本気になれないし、ましてや面白がることはできない。

子どもたちの絵をそっと覗くと、誰も僕が教えた通りには描いていない。シイタケの笠を点々で描かず、ぶきっちょな線で描こうとするし、淡墨では描かずすべて濃墨を使おうとしたりする。形などまとまりもないものも多く、シイタケではなくてお化けのようにも見えたりする。だが、どの絵も大人では決して描出できない何かがある。その何かは、水墨画では最も大切な『何か』だ。

僕の顔に墨を塗った男の子が、指先だけでなく、手の全部で画面いっぱいにドバッと線を引いた。僕は目を見張った。いい線だ。僕が教えたことなど何一つ模していない。勝手に描いて、勝手に僕よりいいものを作っている。返す手で、擦れながら軸を描いた。

現実には存在しない巨大なシイタケがたった二筆でできあがった。

「すごい」と僕が声を出すと、大きな口を開けてこちらを向いた。正確には、真上を見上げて僕を真下から覗きこんだ。僕は彼が汚さないうちに半紙を取り上げた。

僕はホワイトボードの前の作業机に彼を案内し、名前を訊ねた。すると、

「ゲンキ！」と答えた。「そうだね」と頷こうとしたが、もう一つの可能性を考えた。

「ゲンキ君っていうの？」

彼は大きく頷いた。

「友田元気です！」と大声を張った。なるほど、名前に似つかわしい精神の持ち主のようだ。僕は小筆を渡し、下の名前を書くように指示した。彼はすらすらとは自分の名前を書けなかったけれど、大きく力強く書いた。絵に似つかわしい字だった。

「素晴らしい絵でした。びっくりしました。力強い線に、先生は感動しました」

と伝えると、照れくさそうに笑って、下を向いたり、横を向いたり、上を向いたりした。ほんの少しだけ僕の方を向いたときに、微笑むと「へへ」と言った。その声はとても可愛かった。彼は、「また描く」と言って自分の席に戻っていった。僕が、ホワイトボードに彼の作品を貼ると、全員から声がもれる。真似をして大きな作品を描き始める子も現れた。

「ああこれはいいな」と思った。もし、失敗しても次々に紙を替えることができて、良いと思えば隣の子の真似をし、それがうまくいかなければ、また本物のシイタケに戻る。それを繰り返している。

全員が、千差万別、無限の変化をするシイタケの究極の形を探しているようにも思えた。水墨画というのは、もしかしたらこういうふうに発展したのではないかとさえ思ってしまう。僕は次々に子どもたちの作品をピックアップしていった。

みんな違う。そして、描き始めれば、それぞれが比べようのない個性なのだと分かる。椎葉先生はこのことを言っていたのだなと思い至った。慣れてきたところで、僕も少しずつ助言をはじめて、なるべく手が止まらないように指導した。

いつのまにか子どもたちの中に、年配の女性が一人混じって指墨を始めている。年季の入ったデニム地のエプロンを着けていて大量の染みや汚れがついている。ペンキか絵具(えのぐ)か墨か、ともかく夥(おびただ)しい汚れが模様に変わっているエプロンだった。他のクラスの先生かもしれない。僕が驚いて見つめていると、

「青山先生、私も教えて下さい」

と品のよい声で促(うなが)された。状況はよくわからなかったが、子どもたちに与えているものと同じような助言を彼女に与えることにした。

「形は思うままに描いて下さい。この通りじゃなくてもいいんです。描きながら、楽しそうだと思うほうに手を動かして下さい。新しいやり方をみつけたら、それを試してみて下さい。紙はいっぱいあるんだから」

そんなことを、相手の動きを見ながら伝える。彼女は絵画の心得があるようで、目の前にあるシイタケの形を意識して綺麗に描いていた。その分、線に少し面白みがない。器用すぎるのだ。僕はシイタケを取り上げた。彼女は驚いた。僕は微笑んだ。

「形ではなくて、心に浮かんだものを、今度は描いて下さい」

そう言うと、彼女は大きく微笑み、

「青山先生、ありがとうございます」

と深く頭を下げた。僕はその仕草にあたふたしてしまった。驚いた僕を視界から外し、彼女は描き始める。僕はその姿を見て取り、次の席に移動した。目の前に、大苦戦を強(し)いられている子がいた。

水帆ちゃんだ。

手が止まっている。何枚か描いたようだけれど、どれも小さく生き生きとしていない。僕が傍に来たときも首を傾けて、つまらなそうに紙を見ていた。僕は彼女の目線に目を合わせるため屈(かが)んだ。

「水帆ちゃん、どうしたの？」と訊ねると、眉をひそめた。話す気はないようだ。筆を持てないことと、うまくいかないことがつまらないのかもしれない。

「指墨画は面白くないかな」コクンと頷く。「どうして？」と訊ねると、

「きれいな線じゃない」と言った。僕は思わず微笑んでいた。この子の心は絵師なのかもしれない。

「僕も最初はそう思った。でも指墨画をやっているうちに、これは絵を描いていく上ですごく大切なことをいっぱい勉強できるなあって思ったよ。先生と一緒に少しだけ描いてみよう」

彼女はまた無表情のままこちらを見ていたけれど、僕が微笑むとやっと頷いてくれた。

「じゃあまず普通に描いてみよう」

僕は彼女の前にシイタケを置いた。彼女はそれをじっくりと観察したあと、指先に墨を浸けるとサッと線で描いた。面白みのない円と軸が二筆で描かれた。他の彼女が描いたものとほぼ同じだ。

「同じ」彼女はボソッと言った。つまらない、という意味だろう。たぶん物足りないのだ。あれだけ筆を使う楽しみを感じていた子なら当然かもしれない。

「じゃあ次に、ちょっと手を洗ってみて」

僕は筆洗に入った綺麗な水で手を洗うように指示した。真新しい布巾で水分を拭(ぬぐ)い、指先はさっきよりも綺麗になった。僕はシイタケを手渡した。

「指先で触ってみよう」

彼女は小首をかしげた。何を言っているんだ、という表情だった。そして、

「見たものを描くんじゃないの？」と訊ねた。

僕は首を振った。

「目で見たものを描くなら、見てるだけでいい。でも、手で触れた感触はどうやって描く？」

しばらくして、彼女はハッとしたように言った。彼女は瞳を輝かせながら、

「手で触る」とはっきり言った。その答えが欲しかった。僕は本当に微笑んだ。子どもと一緒にいるときにだけ現れる『伝わる』という感覚だった。

「そうだよ。手で触った感触を描くには、触るしかない。目で見たものだけが、絵になるんじゃないんだ。形だけが絵になるんじゃないんだよ。目には見えないものさえ絵になるんだ」

彼女はうんうんと何度も頷き、シイタケに触れた。小さな指先で、襞(ひだ)に触れ、笠に触れ、軸に触れ、石づきに触れた。笠の周囲のでこぼこに触れたとき、大きく目を見開き、光にかざしてシイタケを全体から眺めた。

これこそが、おそらく子どものころの湖山先生が師に指墨を遊びとして授けられた意味なのだろう。彼女はもう一度、シイタケの全体に触れる。すると、こちらを見向きもせず指に墨を浸けて絵を描き始めた。

絵が変わった。

筆致は遅くなり、墨つぎは増え、線はでこぼこになった。形はさっきよりも歪で、整わなくなった。けれども、さっきよりも面白味があり、生き生きとしたものになった。

僕は微笑んだ。

彼女はさらにそこに水を足して、墨をボケさせ、笠を完成させると軸を描き、濃墨で、軸の切れ目の石づきを塗った。墨面にかすれを与えるために布巾に墨を吸わせることまで思いついていた。

絵には明らかに形以上のものが描き加えられていた。形を超えたものを表現しようとしていたといってもいいかもしれない。

彼女の感覚が絵の中にはあった。

「手で触れてみてどうだった？」と僕は水帆ちゃんに訊ねた。すると、

「でこぼこだ！」と、また大きな声で答えた。僕はまた嬉しくなった。これまで感じたことのない喜びだった。

簡単な言葉だけれど、そうじゃない。彼女が描いたのは、でこぼこ以上のものだ。そして彼女が指先で触れて感じ取ったものは、言葉にはしようのない複雑な感覚や、もっといえば生命感そのものだ。それが、瞬く間に、小さな指先から絵になった。

それを描出しようとすることで、より深く感じ取り、一つにまとめようとすることで新たに感覚を生み出す。惜しみなく、彼女はそこに注ぎ込まれていく。それは、絵を描く喜びだった。喜びがたった一個のシイタケに溢れていた。この直截性（ちょくせつせい）は、筆ではとても再現が難しい。けれども、指先なら誰でもが達人のような感覚で描くことができる。

「気韻生動……」と僕の口から、思わず言葉がもれた。

「きいん、せいどう……?」と彼女は言葉を繰り返す。その拙い声の響きが、また僕に大切なことを教えてくれた。

「言葉なんてどうでもいいんだよ。生き生きとした線を引くことや絵を楽しむことが、一番大事だってことだよ。僕も昔、それを教えられたんだ。ずっと忘れていたけどね」

「先生でも忘れることがあるの」

「忘れちゃうよ。どんな大切なこともね」

彼女が澄んだ瞳でこちらを見て微笑んだ。大人が微笑むときのようだった。彼女の知性が微笑んだのかもしれない。

「じゃあ、私がときどき思い出させてあげるね」

彼女がその日一番、優しく微笑んだ。突然、光芒(こうぼう)に射られたような眩しさに目を細めた。微笑んだり、頷いたりしなければならない。彼女は待っている。けれども、何も言えない。

不自然なほど彼女を待たせた後、

「ありがとう」と僕は小さな声で言った。

なぜだか、涙が堪えられなくなった。そして、上を向いて大きく息をした。呼気が震えていた。母さんは、ずっとこんな仕事をしていたのだ。

この時間の中に、母さんは生きていたのだ。

授業が終わると、片づけもそこそこに校長室に呼ばれた。

事務職員の方にお茶を出されて、緊張しながらソファに腰かけて待った。お茶を飲み終え、これまで感じたことのない爽快感の入り混じった疲れにがっくりとうなだれていると、誰かが「お待たせしました」と明るい声で入ってきた。顔を上げると、先ほど教室にいたエプロンの年配の女性だった。今は着けていない。僕はゆっくりと立ち上がろうとしたが、

「いいえ、そのまま、青山先生」と制止された。状況が飲み込めないまま、また座った。どうしたらいいのか分からず、何か問題を起こしてしまったのかとも思い、

「あの……」と口を開くと、彼女はにっこりと笑った。装飾品は何も身に着けておらず、大きなメガネだけが輝いている。とても小さな人で、血色がよい。さっきの声も小刻みではっきりしていて、とても聴き取りやすい。

「申し遅れました。私、校長の矢ケ瀬弥生です」

「あっ、校長先生、こんにちは。湖山会の青山です」僕は頭を下げた。何か本格的にまずいことをしてしまったかもしれないと思った。とりあえず力を尽くして授業を行ったけれど、目に見える結果はほぼ残していない。全員分、作品が仕上がったわけでもないし、水墨画の指導をすると約束しているのに、この分野の中でも端っこにある『指墨画』を教えてしまった。お叱りを受けるのも仕方ないかもしれないと思えた。

僕は緊張したまま、矢ケ瀬校長の目を見ていた。彼女もなぜだか真面目な顔をして、こちらを見ている。謝るべきか、逃げるべきか考えながらじっと見ていると、

「やっぱり、青山先生そっくりですね！」と言われた。

僕が誰に似ているのだろう？　と訝しんだ後、すぐに母のことを言われているのだと気づいた。

「母をご存知なのですか」校長は破顔した。

「もちろん。四年前までここに居られましたから、よく存じ上げております。実は私、あなたにもお会いしたことがあるんですよ。斎場でしたので、覚えておられないのも仕方ないかと思いますが」

「そうですか」と答えて何も思い出せないことに気づいた。それを不自然だとも思わなかった。僕は両親の葬儀では、ずっと俯いていたのだ。誰の顔も見ていなかった。唯一覚えているのは夥しい数の百合の花の香りで、あの香りを嗅ぐといまも葬儀の日を思い出す。僕は彼女に、「生前、母が大変お世話になりました」と頭を下げた。彼女は目を細めた。

「あのとき学生服を着ておられて、俯いていらしたことを覚えております。あれから四年、本当に大変だったでしょう。あのときは私たちも心配していました。あれほど、うなだれて、深く傷ついた少年がどうやって生きていくのだろうって。でも今は、たくさんの人に必要とされる人になりつつある」

「いや、それは違うと思います。僕はそんな人間になれているとは思えません。いつも誰かに迷惑をかけながら生きているような気がします」

　彼女は首を振った。

「子どもたちはあなたを必要としています。椎葉先生から話を聞いていて、私もぜひ授業を受けてみたいと思いました。どんな感じなのだろうと。すると本当に素晴らしいものでした。あれほど子どもたちが生き生きと学んでいる姿はめったに見られるものじゃありませんよ」

「ですが、大した成果は上げられませんでした。作品も仕上げられなかったし、筆を持って何かを描けたわけでもないです。ただ墨で遊んだだけかもしれません」

僕がそう伝えると、彼女は驚いて声をあげた。

「とんでもないです。私も図画工作を専門で教えていたのですが、生徒たちの才能や、やる気を引き出すには余程の訓練と観察眼が必要です。それに集中力と興味。あなたは、そのすべてをお持ちです。やっぱりどこか青山敬子先生に似たところがあると思いましたよ」

「母とですか？」

「ええ。なんというか、力強く引っ張っていくタイプではないのですが、不思議と子どもたちが注目して一緒に動いてしまう。ベテランの青山先生は、問題を抱えた生徒を相手にすることも多かったのですが、彼女に出会って大きく成長し、見違えるようになっていった子どもたちをたくさん知っています。生徒だけでなく、我々教員も影響されました。ご存知でしたか、椎葉先生は青山先生と同じ学年を受け持っていたのです」

「いいえ、知りませんでした。あまりゆっくりと話す時間もなくて……」

「そうですよね。今日は、たぶん、少し余裕があると思うので、お母様のお話を彼女としていただけますか。青山先生が亡くなられて、その後のクラスの担任を引き継がれたのは椎葉先生です。お二人は仲が良かったのです。それと、ここからが大事なお話なのですが……」

と、校長先生の長い話が始まったのだけれど、僕はその話に頷きながらも母のことをずっと考えていた。僕の母をよく知っている人と話すのはあの事故以来初めてだった。叔父夫婦も当然、母のことは知っていたが、少し遠い親戚付き合いという感じだった。父の話題はあっても、母の話題はあまりない。母が土日も学校の行事などで忙しい人だったことも関係しているのだろう。感慨にふけりながら話を聞いているうちに校長先生の提案は終わった。僕は最後に、

「僕一人ではお返事いたしかねますので、篠田湖山と話してみます」と答えた。校長先生は頷き、

「どうぞ、湖山先生にもよろしくお伝え下さい」と頭を下げた。僕も頭を下げ席を立った。

校長室を出るとき、こちらを見て懐かしそうに微笑んだ。その微笑みは大人に向けたものではなかった。誰かとやっと温かい会話を交わしたような気がした。

校長室を出ると、「お疲れ様でした」と声がした。

椎葉先生が立っていた。手には図録のような大ぶりな本を抱えている。「せっかくですから、どうぞこちらへ」と促されたのは教室だった。

小さな椅子や机が並び、木の温かさがある。古い学校だ。空調やテレビなどは新しいけれど、箱は古い。子どもたちの帰ってしまった後の教室は、それでも広く思えた。

ここにいると自分が急に背が高くなってしまったような気がする。夕方の光が窓から差し込んでいた。時間はまだ早い。冬が近づいていた。静かに話をするのならよい空間だなと思っていると、彼女が口を開いた。

「ここが、当時の青山敬子先生のクラスでした。ここで授業をされていたんですよ。一年生でし

た」僕はもう一度、目を見開いてここを見た。けれど、さっきと変わらない。当然だ。母はもう去ってしまったのだ。僕の様子を見て彼女は微笑んだ。

「教員をやっていると、時の流れを否応なく感じます。毎日毎日子どもたちは大きくなり、成長していくし、出会えたと思えば、別れていきます。時間が早送りになっているみたいです。だから、私も青山先生と過ごした時間は昨日のことのようですけど、同じだけ遠い昔のようにも思えます。私、なんか変なこと言っていますね」

彼女の微笑みにほんの少しの憂いが混ざった。僕を気遣うような微笑みではなかった。彼女は自分の哀しみについて話しているのだと分かった。誰かの哀しみを聞いて喜んだことなどないけれど、いまは僕はそのことに親しみを感じていた。

「僕も同じですよ。でも、昔のことってことにして、毎日過ごしています。そうじゃないかもしれないけど、そのほうがいい。話し始めると別の何かを失ってしまいそうで……」

彼女は本を抱きしめていた。

「私もです。敬子先生のこと、今日までちゃんと誰とも話したことなかったんです。先生と仲良かったから、だからたぶん余計に話せなくて……」

僕は何も言わずに頷いた。そのほうがいいと思った。

「それで、あなたが来られるって聞いたとき、とても驚きました。一昨年の湖山賞の展覧会であなたが入賞したっていうのを新聞で知って、私たちはとても喜んでいました。絵も見に行きました。五輪の菊。あの場所にあるどんな絵よりも美しくて、心打たれました。ただ綺麗ってだけじゃなくて、派手じゃないんだけど、向き合って生み出された心がそのまま描かれたような絵でした。湖山賞をとられた湖山先生のお孫さんの絵よりも好きでした」

僕は微笑んだ。千瑛には聞かせられないなと思った。椎葉先生も目を赤くしたまま微笑んでいた。涙が少しずつ溢れていくのを見ないようにしていた。僕は黙っていた。

「あんなことがあった人が、前を向いてこんなに生き生きとした花を描けるんだって思って。水墨画に興味を持ったんです」

「それで……」

「そうそれで、水墨画の授業をやってみたくなって湖山先生に突然電話をかけてご連絡を差し上げました。すると、西濱湖峰先生が来て下さることになって私たちも驚きました。あれほど有名な先生が足を運んで下さった。でも、本当は青山さんに来てほしかったんだけれど、あなたは学生だし、指導するような立場ではないから無理だろうって思って何も言わずにいました。すると偶然、西濱先生が体調が悪くなってしまって、あなたを呼ぶって言い始めて、奇跡だなと思いました。ぜひお願いしますってことで。私、嬉しくて……」

彼女の言葉が少しだけ早くなっていく。

「ああ、それは、ほんとに偶然ですね、西濱さんはかわいそうだけど」

「ええ、偶然です。でも、本当に会いたかった人に会えました。そして、あなたに会って、あなたが子どもたちに向き合う姿を見て嬉しくて、敬子先生がいるみたいで……。私、もう一回この姿が見たかったんだって思いました。あなたが本当に素敵な人で嬉しかったです。気づいていますか。子どもたちに向き合うときの視線や仕草が敬子先生にそっくりです。子どものことすぐに分かっちゃうようなところ」

僕は首を振った。ただ思ったことをやっているだけだった。

「敬子先生が言っていました。誰かのすごく良いところは、実は欠点のように見えるものの中に隠れてるって。大きな可能性は簡単に見てとれるようなところには、隠れていないんだって。それは子どもたちの中では大きすぎるから。あなたが子どもに向き合う姿を見て、先生がそう言っていたことを思い出したんです」

僕もその言葉に母のことを思い出していた。母はこう言っていた。

「誰かにダメって言われても、自分が素敵だと思ったものを信じなさい。そこにあなたの宝物が見つかるから。あなたにしか見えない宝物がこの世界にはたくさんあるから」

彼女に伝えられたものよりも、ずっと簡単な言葉だった。どうして、今まで忘れていたのだろう。何かを見つけた後だからこそ分かる。宝とはその言葉そのものだった。

いま彼女が目の前で話しているものと同じものだ。その温かな言葉の響き、心の動き、編み込まれた知恵、母さんが自分の人生で見つけたことを教えてくれていたのだ。

僕はそれを今日、繰り返していただけなのか。彼女は胸に抱いていた本を僕に渡した。

「これは、青山敬子先生の学習指導計画書です」

「学習指導計画書？」

「私たちの日誌や学校での日記みたいなものです。敬子先生のクラスを私は引き継いだから、これを校長先生に頼んで譲り受けました。あの当時の子どもたちのことが書いてあります。ずっと私のお守りでした」

手渡された厚手のノートはズシリと重かった。表紙には学習指導計画書と書いてある。その下に母の名前があり、母が亡くなった年の日付が記載されている。椎葉先生との距離が近い。子どもたちと接するような距離だった。彼女の表情だけが大きく見える。

「私、新任時に青山先生に出会って、一緒に一年生のクラスを担当したんです。右も左もわからない私を先生はずっとフォローして下さいました。とっても優しくて人気のある先生で、学校では朝も放課後もずっと一緒でした。だから、実はお葬式にも行けなかったんです。ごめんなさい」僕は慌てて「いえ、それは……」と答え、目を伏せた。

「ご遺族にお会いする日があったら、お返ししようと思っていました。あなたに会えて本当に良かった。いつか、落ち着いたらお線香をあげに行かせて下さい」

彼女はそう言うと、ついに泣き出してしまった。僕は「ええもちろん」とか「ありがとう」とか曖昧な言葉を繰り返した。どちらも同じ言葉のように思えた。気づくと、ノートを脇に挟み、彼女の手を取って同じように頭を下げていた。僕らは混乱していた。そして彼女が視線を上げたとき、教室は夕陽で真っ赤に染まった。僕は震えながら、

「僕もあなたに、椎葉先生に会えてよかった。ここに呼んで下さって、ありがとうございます。母を想って下さって……」と伝えた。

誰かと哀しい話をして喜んでいるなんて、奇妙なことだと思った。

だが、僕は嬉しかった。哀しいことから、嬉しいことが生まれてくるなんて、うまく理解できない。だが、母ならそのことを分かってくれると思った。この人のことを、母は大好きだったろうな、と思った。

そして、僕は意味不明なことを口走った。

「よかったら、これからお線香をあげにいきませんか」

椎葉先生の目が点になっていた。僕もたぶん同じような表情をしていたのだろう。だが、彼女は、「ぜひ」と言った。僕は、

「行きましょう」と大きな声で言った。

たぶん、まだ間に合うはずだ。早く動いたほうがいい。立ち止まって、また動けなくなる前に。不完全でも、ふんぎりがつかなくても、誰かに会いに行くことを躊躇ってはいけない。

次の瞬間、会えなくなることも、この世界にはあるのだから。


彼女が校長先生に事情を説明してから準備をすると、僕らはバンに飛び乗った。陽が沈む少し前に学校を出て、僕は二人が眠るお寺まで車を走らせた。

途中のドラッグストアで慌てて、お線香と花と水を買った。プラスチックの数珠も買った。お供え物のお酒も買った。そんなものが必要なのかどうかも分からなかった。

彼女は「こんな服装で良かったでしょうか」と助手席でスポーツウェアを着ている自分を気にしていたが、「そんなことを気にする人たちじゃないですよ」と僕は伝えた。人の見かけなんて両親とも気にも留めなかった。どんな顔をしていて、どんな気持ちでいるかということだけをいつも見ようとしていた。どこまでも善人で、まったく強い人たちではなかったから、他人を嘲ることも非礼を咎めることもなかった。

寺院の場所は知っていた。お墓の位置も聞いていた。だが、僕もそこに行ったことは、一度も

なかった。去年までは行きたくなかった。ずっと、そこに眠っていることを認めることができなかった。今年に入り、叔父に墓参りに誘われていたけれど、忙しすぎて足が向かなかった。月に一度は電話があるけれど、叔父を避けるように誘いを断り続けている。

彼に会うとどうしても、両親が亡くなったときのことを思い出してしまって、落ち込むのが怖かった。僕にとっても、今日しかないような気がしていた。

西濱さんが、「ぶち当たったものが形を決めるんだよ」と言っていた。

僕はその言葉に従おうとしていたのかもしれない。今日でなければ、この場所は永遠に遠い。

僕らは墓の前に立っていた。陽はまだ沈んではいなかった。小高い丘の上にある寺院の裏の墓地は、暗い赤に染まっていた。

二人で墓石の前に立つと、「間に合った」と思った。

それから、やっとたどり着けたのだと思った。墓は綺麗に掃除され、花も供えられていた。華美ではないけれど、美しく整えられていた。

お供え物を並べて、自分たちが持ってきた菊の花も供えた。手を合わせる前、

「やっとここに来られました」と彼女は嬉しそうにこちらを見て笑った。学校を出ると彼女の表情はさらに柔らかくなっていた。僕らはもう一歩だけ墓石に近づいた。

「僕も同じです、やっとここに足を運べました」と告白した。そのことに彼女は驚いたけれど、すぐに理解してくれた。

僕は線香に火をつけて手を合わせた。すると、彼女もそれに倣(なら)った。この場所で、彼らに話したいことは何もなかった。いつもどこかで、彼らに語り掛けていたからだ。

この場所は特別な場所じゃないと思い込もうとしていた。もうずいぶん長い間、手を合わせることを遠ざけて、突然やってくる暗い気持ちに耐えようとしていた。

僕が恐れていたのは、十七歳のころと同じように、また動けなくなってしまうことだ。賢い方法じゃなくても、正しいやり方でなくても、不条理な出来事に打ちのめされて、何にもできなくなってしまうよりずっといい。

未来を上手に見据えられなくても、夢を描けなくても、いまを生きているほうがいい。それしか、僕にはできないと思って、数年が過ぎた。また手が震えていた。

僕はすぐに合わせた手を解いてしまった。隣では、まだ手を合わせ続けている彼女がいた。僕は一歩下がって彼女を見た。彼女は静けさを纏(まと)っていた。

僕はそのことを羨ましいと感じていた。僕はまだそこにはいけない。

湖山先生や千瑛や西濱さんやおまけに古前君や川岸さんに出会って、立ち直ってきたけれど、あともう少し、心から『大丈夫だ』と報告できない。二人に会いたいと思わないようにするために、僕は背中を向けた。少し離れて、空を見た。

空が最後の赤に染まり始めた。ムクドリの群れが宙を過ぎていく。墓所の裏山の森から、澄んだ風が運ばれてくる。眼下に見える街の明かりが動き、今日もたくさんの人たちが働き、家路をたどっている。僕は自分の手を見た。はじまったばかりの夕闇の中、輪郭が消えかけた指先が影と混ざっていた。爪の中に墨が入っているからだろうか。背後で彼女の足音がして、振り返った。彼女は心配そうな顔をしていた。

「ありがとうございました。あなたは、やっぱり辛かったですか」

と、疑問とも、呟きともとれない声を聞いた。僕は答えられなかった。それが答えになってしまいそうで、何かを言おうと思ったけれど、声が震えてしまうかもしれないと思った。憐れむような目を向けられて、いたたまれなくなり、僕は、

「今日は、本当にありがとうございました」

と言った。やっぱり声が震えていた。すると、彼女が僕の手を取った。彼女も泣いていた。

「ありがとうございました」と、僕はまた馬鹿みたいに同じ言葉を繰り返した。彼女も同じことを言った。繰り返してばかりだ。だからここに来るのが嫌だったのかもしれない。

でも、今日は来られて良かった。

この人のために、ここを訪れて良かった、と思った。

菊が揺れていた。

墓参りをして、椎葉先生を送り届けたあとひどい疲れを感じていた。

湖山邸に車を返すために走り始めたときには、意識が朦朧（もうろう）としていた。車線をフラフラと走り、減速し、変なタイミングで加速した。このままでは自分が交通事故を起こしてしまうと考えたとき、急に怖くなった。

郊外のやたら広い駐車場のあるコンビニに車を駐めて、ハンドルに寄りかかり目を閉じた。眠ってしまうのも悪くないと思うほど疲れている。

絵を描く疲れなら慣れているのだけれど、これはまた違う疲労感だ。頭を使いすぎて言葉が消

えていってしまうような感じではなく、緊張が解けたあとどっと押し寄せてくるような虚脱感とワンセットになっている。これが先生の疲れなのかと思った。

何か甘いものが欲しいと思い、コンビニに足を運ぶと缶コーヒーが目についた。なるべく温かく甘そうなものを手に取り外に出ると、すぐにタブに力を込めた。この前、これを飲んだときからそれほど時間は経っていないけれど、ずいぶん昔のことのように思えた。

西濱さんは元気だろうかと立ち上っていく呼気を見つめながら思った。コンビニの明かりに照らされて白く輝いている。体調を崩してからも、ときどき湖山邸に出てきているようだが、湖山先生が仕事を差し止めているようだ。当然、先生自身の仕事も減らしている。教室も二つほど閉じることを決めたらしい。

僕はコンビニの喫煙所付近で立ち尽くしたまま、夜空を見上げていた。コンビニから漏れる光が眩しすぎて何も見えなかった。見えるのは駐車場の向こうを走っていく車のヘッドライトの明かりだけだ。働き始めるときっとこんなふうになってしまうのだろうなあと、温もりを失くしていく缶コーヒーを握りしめながら思った。

たぶん、絵師としての高みなんて見ることさえなく、目線と同じ高さの眩しい課題をこなしていくうちに、遠い光を見失ってしまう。そこに星があることすら忘れてしまう。

もし就職してしまえば、今年か来年で、絵師としての活動は終わりだなと思った。

人と触れ合うと僕はこんなふうに疲れてしまうから、きっと絵筆を握ることはなくなっていくだろう。たぶん、千瑛もそのことが分かっていて、脚光を浴びているタイミングで全力で道を進んでいるのだ。

僕は不完全な情報をあてにして、未来を測っていた。実際に働いたこともなければ、社会に出て人と関わったこともないのに、今の自分ならこうだということを、ただ頭の中だけで予測していた。こういうのが一番よくないなと、またコーヒーを口に含んだ。

やってもいないことを考えることが、一番あてにならない。それは、手を動かして作業し、毎日何かを創り続けているからこそ感じることだった。

夜眠る前に、明日は何をどんなふうに作ろうと思い予定を立てて、次の日、それをそのまま行おうとしてもうまくいかない。その日、目覚めたときの自分の気分も予測できないし、気温や湿度も予測できない。墨の磨り具合も分からなければ、画仙紙を見つめたときに浮かんでくる像が昨日と同じである保証もない。だいたい何もかも、うまくいかない。

墨も紙も筆もそこに止まってはいるけれど、すべて元々は自然の物だ。僕でさえそうだ。だからこそ、止まってはいるけれどほんの少しずつ流れていて、使い始めたとき、予測を超えたり、外れたりする。

結局、頭で考えても駄目なのだと思う。

やってしまったことを頭で考えることはできる。だがやってもいないことを予測しようとしても、ほとんどの場合うまくいかない。白と黒とその中間の色しかない、こんな限定的な世界でさえそうなのだ。世界を推し量ろうとするなんて最初から間違っているのだろう。

今日だって、何が起こるかなんてまるで予測できなかった。子どもたちがあんなに喜んでくれたことも、校長先生に温かく見守られていたことも、椎葉先生が涙を流したことも、どれも頭で考えても分からなかった。僕が子どもたちに少しずつ親しみ始めていることも、最初は思いつきさえしなかった。

「まるでそれは……」と思ったとき、突然、携帯電話が鳴った。

まだマナーモードに設定していなかった。画面を見ると千瑛からだった。きっと良くないことだなと思いつつ、ボタンを押した。こういう決めつけ方も良くないのかもしれない。

「青山君、突然ごめんなさい。お願いがあって連絡しました」敬語になっている。余程深刻な事態なのだろうか。「どうしたの？」僕は簡潔に訊ねた。

「実は……」と話し始めた瞬間に、確信に変わった。千瑛の声は続いている。

「あんなこと言っちゃったあとだから、こういうお願いをできないのは百も承知なんだけど、青山君しかいなくて」そこで声が途切れた。僕は車に乗り込んだ。

「聞いてるよ」

「いまから私の言う場所に道具を持ってきてほしい。できるだけ早く」

「道具って、どれ。筆、墨、硯、紙？」僕が訊ねると彼女は「全部」と答えた。

「全部って、筆墨硯紙（ひつぼくけんし）、全部？」彼女は黙っていた。「あの……」と口ごもった後、彼女は事情を説明し始めた。

今からテレビ番組の収録があり、軽い揮毫会を行わなければならないのだが、インタビューのことで頭がいっぱいになり道具を全て忘れてしまったのだという。

これから、そのインタビューが始まり、終われば筆を持たなければならないけれど、その道具がない。藁（わら）にも縋る思いで、西濱さんや湖山先生に電話したけれど、二人とも出ない。西濱さんは療養中、湖山先生はそもそもまともに電話に出ないのだ。

最後に、僕のことを思いついた。

こればかりは、絵師でなければ用をこなせない。だが、いまから湖山邸に帰って道具を持って行っても間に合わないはずだ。それを伝えると、

「仕方ないから、時間は待ってもらうことにする。私自身が看板に泥を塗るなんて思いもしなかったけど」と寂しそうに言った。僕は時刻を確認した。ここから、高速道路に乗ってしまえば、ギリギリ時間には間に合いそうだ。僕はエンジンをかけた。

「その道具一式、ぜんぶ千瑛さんの物じゃないとダメかな。僕の物ならいま車に積んでいて移動中なんだ。飛ばせば間に合いそうだよ。紙は、画仙紙の全紙も半切(はんせつ)もあるよ」

「半切があれば十分、掛け軸を描いてくれって依頼だから。筆も、なんとか使えると思う。でも、いいの?」

「何が?」

「青山君の筆を私が使っても」

「そんなこと言ってられないよ。千瑛さん困ってるんだろ」

千瑛は少しだけ黙ったあと、「ごめんね」と言った。僕は電話を切った。

ありがとう、と言ってほしかった。大きく息を吸って、パーキングブレーキをキックし、ドライブにギアを入れた。眩暈のことは忘れることにした。ヘッドライトが照らす数メートル先だけを見ていればいい。他のことはたどり着いてから考えよう。

それが今のところ、僕が進むためのたった一つの方法だった。

彼女が指定した場所は美術館だった。

「長い一日だ」と、搬入口にたどり着き、段ボールを抱えたまま思った。美術館のスタッフの女性が搬入用エレベーターまで降りてきてくれて、挨拶もそこそこに揮毫をする場所や水場の位置、インタビューの進行具合などを教えてくれた。

こういうやりとりにもずいぶん慣れてきた。僕もだんだん西濱さんのようになってきたのかもしれない。水墨画家の仕事の大半は、案外こんなものなのだろうと思い始めてもいた。はじめて彼に会ったとき、「企画が二割、搬入が八割。余力で鑑賞かなあ」と言っていたのを思い出す。あのときは何処にも創作が入っていないことが謎だったけれど、いまなら分かる。大きな企画をやればやるほど、純粋に何かを創り上げるための時間は削られていく。西濱さんが普段練習している姿を見せることがないのは、練習する時間がないほど皆のために働いていたからなのだろうか。

エレベーターで上がり、美術館のエントランスに足を踏み入れた。そこにステージは用意されていた。ステージといっても大掛かりなものは何もなく、椅子が二つ向かい合わせにあり、隣に絵を描くための長机が置かれているだけだ。

長机のまわりには、いちおう観葉植物が置かれ背景を飾っている。当然、机には道具はない。僕はそこに段ボールを置いた。

画材をすべて広げ終わった後、千瑛が小走りでやってきた。今日はモノクロでデザインされたノースリーブのワンピースを着て、白いカーディガンを羽織っていた。

たぶん絵を描くときは脱ぐのだろう。ばっちり濃いメイクをして、異彩を放つ若手美術家のように見える。実際にその通りだ。だがなぜだか水墨画家には見えなかった。千瑛らしくないなとも思った。

疲れに耐えながら、ぼんやりと彼女の服装を眺めていると、

「青山君、ほんとごめん」

と手を合わせながら、僕のすぐ近くに来た。僕の表情を見て、ほんの少し浮かべていた笑顔さえ、押し込めてしまった。

「迷惑だったよね」僕は表情を元に戻したつもりだったが、うまくいかなかったようだ。

「いや、いいんだ。疲れているだけなんだよ。もう準備する。描かなきゃ……、でしょう？」

「そうね、あと十五分くらいで始めなきゃいけない」

「いいものがあるんだ」僕は、授業で使うために借りた大きな硯と墨を取り出した。

「これなら、十分もあれば磨れるよ。こっちは僕に任せて。千瑛さんは他のを用意して」

「ほんと、ごめん」ずっと同じことばかり言っている。

「そうじゃないよ」と僕が言うと、鋭いもので刺されたような表情をしていた。僕は笑顔を作りたかったけれどできなかった。代わりに、「いまは絵に集中しよう。失敗できないんだろう」と言って顔を背けて、箱から他の道具を取り出した。「そうね」とだけ彼女は言った。

道具の準備は案外早く終わった。

墨を磨（す）る作業も、十五分と見込んでいたけれど、硯自体が大きいことと、授業で使った後でそれほど丁寧に洗っていなかったので、硯の陸に薄くこびりついていた膜のような墨がそのまま素

早く液化してくれた。

本当はあんまりよくはないのだろうが、そもそもの墨の性能に助けられた。

今回は仕方ない。慌てて磨った割には、いい磨り具合になっていて、どうしてだろうと思ったけれど、たぶんもう手に力が入らないくらい疲れ果てているからだと思い至った。

墨を磨るは病婦の如く、という言葉もある。

病気の女の人くらい軽い力で磨れ、という戒めなのだけれど、ちょうどいまの僕の力がそんなところだ。

僕の隣で彼女はカーディガンを脱いで、真っ白な腕をあらわにし、画仙紙をじっと見つめていた。机に手を付き構想を練る彼女の姿はいつものように美しかった。真っ黒な瞳が真っ白な紙を見つめ、淡い光をうけている。その光が、彼女の黒髪に反射して、白い肌にもっと白い光をまとう。

この世界に選ばれた人なのだと、こういうときに思う。

筆を持っていなくても画仙紙の前に立つだけで、表情が変わる。

幼さや若さが消えて、目に年齢とはかけ離れた知性が宿る。彼女の表情からは感情が消えていた。もう笑わない。

僕はそっと彼女の右手の先に硯を置いた。

硯が大きすぎるせいで、手元の空間を圧迫していたけれど、なんだかそれが逆に大先生の余裕のようにも見える。皿も、梅皿ではなくて、平皿だ。これ一つあれば、どんな調墨もできるのだと訴えているようだ。千瑛ならそれも可能かもしれない。

どうせならと思い、僕は筆洗も大きなものを持っていった。これですべての道具は大きい。彼女が支配する空間も大きくなった。

最後に筆を持っていった。僕がずっと使っていた筆だった。かなり先細くなって痩せている。貰ったときから三割くらいは細くなっているのではないだろうか。その代わり、毛は研ぎあげたように鋭く尖っている。彼女はこちらを見ないまま、

「本当にごめんなさい」と言った。もう、聞こえないふりをした。

作画はもうすぐ始まる。

彼女は半切の長い画仙紙を脇に置くと、半紙を取り出して、僕の筆を執った。筆管の上を持ち手を掲げる。かつての千瑛とは違う。この構えをどこかで見た。線を描き始める身体の動きで、いつこの所作を見たのか思い出した。彼女に直接、技術を叩きこんでいた斉藤湖栖さんの筆の持ち方と動きだった。彼女は湖山会最高の技術を持つ絵師の領域にまで近づいているのだろうか。

筆洗になみなみと注がれた水の中に穂先が落ちた。ポンと柔らかな音がしたのは、水鳥が水中に潜るときのように素早く筆を飛び込ませたからだ。水面に気泡があがるのと同時に彼女は筆を引き上げ、平皿に水を注いだ。冷たい目をしていた。

そして、濃墨を穂先に付けると、画面下部に持っていき、逆筆から一気に線を描き始めた。描き始めた瞬間は春蘭だと思った。

筆の性能や、その日の調子を確かめるにはこの画題はとてもいい。彼女もそうやって自分と道具の相性をチューニングしているのだろうと思った。だが、素早く線を持ち上げて下ろすとき、春蘭とよく似てはいるけれど、軌道が違うことに気がついた。彼女は同じような線を根元をまと

めながらも、古典にはない軌道で描く。

いつのまにか線は、パイナップルの頭に載っている葉のように、まとめられてはいるが、手前や奥や左右に向かって枝垂れて飛んでいった。

ただの墨の描線でこの複雑な空間を描けること自体が奇跡だった。

それは穂を操る抑揚（よくよう）と軌跡が、ほんのわずかに狂っていてもできない。人の目は簡単にはごまかせないのだ。自然に見えるということは、自然と同じく寸分たがわぬ寸尺で空間を作り上げているということだ。

フリーハンドの、たった一回の調整もなく、他の誰かの筆でさえ、それができる。

どういう訓練をしたらこんなことが可能なのだろうと思わずにいられなかった。僕の筆を使っているのに、僕が描く線とはまるで違う。柔らかさがあり、華やかさがあった。気づくとカメラは回っていた。

彼女は描いた葉の上に、再度調墨をした筆でゆっくりとねじるように、穂先を置いた。

それを同じ位置に三度、角度を変えながら繰り返すとそこに大きな蘭の花びらができた。その花びらの上にまた角度を変えながら蘭の花を描き足す。次第に花は一本の茎を軸にしてたわんでいき、枝垂れていく。蘭であることは間違いない。だが春蘭ではない。花は先端に近づくにつれて丸味を失い、最先端では尖った。

そのときには、花の正体はもう明らかだった。

最後に千瑛は、濃墨を穂先に付け、描かれた花の周りに春蘭のときと同じく心字点を打った。

濃墨の点が打たれると、花びらの丁寧なグラデーションがさらに際立った。真っ黒なものが傍にあると、わずかに白いものでさえ、純白に見える。

単純な明暗のトリックだが、巧者がそれを行えば効果は測りがたい。白はさらに際立ち、黒はより深くなる。つまり絵が輝き始めた。心字点にここまでの意味があるのかと思い、ため息をついた。彼女と自分の技量の違いを見せつけられた。

シンビジウムはできあがっていた。

彼女はそもそもあった技術で新しい花を描いたのだ。その創意や技術の完成度に僕は目を奪われていた。

僕はなくなった墨汁を補充するために、彼女の傍らに立った。すぐに彼女は紙を替え、半切を敷いた。「いい絵だったね」と僕は言った。彼女は小さく「ありがと」と言った。それ以上は話せないのだとすぐに分かった。描きながら話をすると、急激に疲れてしまうことがある。言葉を操ることと、形を生み出すことは容易には両立しないだろう。会話はこれで終わりだと思ったとき、ふいに彼女が、「私はこの筆を使いたくない」と言った。

「絵師にとって筆がどういうものか分かってるから。これだけ大切に育てられた筆を私が使って崩してしまいたくない」

「でも千瑛さんが使えそうな筆はこれしかないよ」彼女は筆を持ち上げようとはしない。

「もし壊れちゃっても、筆はまた換えればいい。でも今日のこのチャンスは今しかないよ。僕も少しくらいは千瑛さんの役に立ちたいんだ。いいんだよ」と、伝えた。そう思おうと決めた。彼女は頷いて、筆を持ち上げた。

僕は彼女の傍らを離れ、カメラの横に立った。するとカメラマンの男性が、

「あなた、この前、湖山先生の揮毫会で失敗した人ですよね」と訊ねた。「ええ、それです」と答えた。すると「いつもはアシスタントなのですか」と訊かれたので、首を横に振った。

それから自分が彼女にとって何なのか分からなくなった。肩を並べる絵師になりたかったけれど、彼女はあまりに遠くにいるような気がした。

彼女が動き始めると、カメラマンは僕から離れた。カメラマンの背中で彼女はすぐに見えなくなった。場所を変えて彼女の技法を見ていてもいい気がしたけれど、あまり気分がよくはなかった。

彼女が言った「筆を崩す」というのは、筆の毛先のバランスを壊すことだ。毛筆は、使い込めば使い込むほど、持ち主の特性に合わせて成長していく。どういう原理でそうなっているのかは分からないけれど、その人の指先と思えるほど心が通い、神経の通ったものになる。それを本人以外の誰かが使うということは、その育て上げたバランスを壊してしまうということだ。とりわけ、彼女の技法は筆に大きな負担をかける。彼女に筆を貸すと決めたときから、こうなることは半(なか)ば覚悟していた。だが、実際にその現場を見るのは忍びない気がした。

背後から歓声があがった。

たぶん、彼女の絵が成功したのだろう。僕は彼女に指先を差し出した気がした。でも、これでいいのだとも思った。彼女が守りたいものを守ることもできる。

僕は疲れ果てて、フロアの脇にあるベンチに腰かけた。ため息をついて、天井を見上げると、同じ方向に向かって天井が揺れていた。「今日はよく働いているな」と思わずぼやいた。

自分から言い出したことなのに、理由もなく彼女に傷つけられているような気がして、彼女を少し嫌いになった。そのとき、僕はこれまで気づかなかった気持ちに、気づいた。その気持ちを言葉に変える前に、目を閉じた。言葉に変える力も僕には残されていなかった。

目を閉じていても、彼女が描く姿が思い浮かぶ。彼女はどんな困難にも立ち向かっていく。振り返らず、完璧を目指して、強くなっていく。僕は歩き続けてはいるけれど、強くはなれない。歩き続ける力を、歩くことで生み出しているだけだ。

自分の道を歩いている人は強いな、と思った。いまは、はじめて僕は、彼女から目を逸らしたくなった。目を閉じていると彼女のことばかりを考えてしまいそうで、目を開けて、何処でもない場所を見つめていた。揮毫会はいつの間にか終わっていたらしく、彼女を囲んでいた人たちはちりぢりになっていった。もう一度、こめかみを押さえて目を閉じると、

「大丈夫？」と声が聞こえた。千瑛が隣に来ていた。

「大丈夫だよ。終わった？」

「ええ。ちゃんと終わった。いい絵が描けたよ」

僕は軽く頷いた。それは良かった。だが彼女は俯いた。それから、

「ごめんなさい」

とやっぱり言った。僕は苦々しく思いながら彼女が差し出したものを見た。

彼女の掌（てのひら）には、根元から穂がぽっきりと抜け落ち、柄と分離した筆が置かれていた。

「私が牡丹を描くときに叩いてしまったから……。もうそもそも限界だったみたい」

僕は彼女から筆を受け取って、首を振った。それ以上は何も言えなかった。僕は、

「ありがとう」

と言った。彼女に言ったのか、筆に言ったのかさえ分からなかった。ため息は堪えて、外れてしまった毛先を撫でた。まだ湿っていた。

「修理すれば、なんとか使えるかもしれないけれど」と彼女は言ったが、僕は首を振った。

「君の言う通り、もう限界だったんだよ。毎日、休むことなく働いてくれていたから。僕を育ててくれていたんだ」

そして、僕は立ち上がり、道具の片づけを始めた。

机の上に載っている彼女の牡丹は良いものだった。それは僕が描く線にどこか似ていた。これまで、彼女の絵では見たことのないほどの切なさだった。

僕の筆が最後にこの絵を見せてくれたのだと思った。

翌日、湖山邸に来ていた。

昨日の夜は、あまりに疲れていたので、美術館からタクシーで帰った。翌日またタクシーで美術館に戻ってくると、すぐに湖山邸に向かって、先生の書斎にいる。

昨日の出来事をあらかた話すとまた「思う通りやりなさい」と言って、腕を組んだ。

湖山先生は濃紺の作務衣を着ている。作務衣の下の黒いタートルネックのシャツが柔らかそうだ。和室の書斎の文机(ふづくえ)を挟んで僕らは相対していた。文机といっても描くものがおおぶりなこともあるので、お茶の間にあるただの長いテーブルに見える。

先生は視線を上げないまま、渋い顔をしていた。髭も眉毛ももともと白かったけれど、ここ最近はさらに真っ白になった。新品の羊毛筆みたいだ。「それで……」と僕は切り出した。

「筆のことなのですが」

先生はやっと視線を上げた。ハッとしたような表情になり、

「そうだったね」と言って立ち上がり、背後の書棚から高級そうな桐箱（きりばこ）を取り出した。桐箱の表には、『篠田湖山用筆』と書いてある。なんて大仰なと思ったが、そこは黙っておいた。そして、僕の目の前に置いて、「これを使いなさい」とわずかに差し出した。金塊でも入っていそうな、高級そうな箱なので受け取るのに躊躇（ちゅうちょ）した。

「あの、これは、なんだか物凄（ものすご）く高そうというか、受け取り辛いというか……」

僕が目の前にある桐箱の威圧感を説明しようとすると、先生は意にも介さず、

「最近、どれくらい練習してる？」

と訊ねた。僕は桐箱から視線を離し、「いつも通りです」と答えた。先生は顎鬚を撫でて「というと？」と訊き返した。

「ほぼ毎日です」そう答えても、言葉は足りなかったようだ。先生は、ジト目でこちらを見ている。僕はそこでやっと先生に言われていた言葉を思い出した。僕に「筆を置け」と言っていたのだ。僕は、

「一日、三、四時間くらいです」と過少報告をした。本当は、子どもたちの授業の内容を考える時間を含めると六、七時間くらいは練習していた。すぐに、先生はため息をついた。ジト目は消えない。怒られるかと思ったが、代わりに桐箱を素早く引っ込められた。

またこちらに背を向けて桐箱をしまい込むと、その下の段に無造作に置かれていた筆塔から、

真っ黒な筆を摘まみあげた。そして、文机の上に軽く音を立てて置いた。

「どうぞ」と先生は言った。

僕は筆を眺めた。筆を摘まみあげようとしたが、その前に動きが止まった。無意識のうちに僕はその筆の顕著な特性に反応していた。

ボロい。あまりにも、ボロい。

筆管から穂先まで真っ黒なその筆は、黒いのではなく使い込まれて汚れているだけで、元々の色が分からなくなっていた。それだけなら年代物だと思い込む手もあるのだけれど、穂先はねじ曲がり四方八方によれて跳ね、毛も痩せている。そもそもそれが何の毛なのかもよく分からない。白くもないし灰色でもないから、羊毛でないことだけは確かだ。だが、鼬なのか、馬なのか、山馬なのか、狸なのか、それすら分からない。もともとそれほど筆に詳しくはないけれど、見た目からは描き心地すら想像できない。

そもそも、これは何か描けるのか。使用に堪えうるのだろうか。

恐る恐る視線を上げて、お伺いを立てようと口を開きかけたとき、

「なんだ」とばかりに先生はこちらを見ていた。笑ってはいなかった。その表情を見て、僕は何も言えず、平身低頭し「ありがとうございます。頂戴します」と頭を下げた。すると、先生は、

「あげるなんて、一言も言ってないよ」

と言い放った。筆を受け取ろうとした僕の手が固まった。その表情も冗談ではなかった。

「これは、ある意味、この書斎にある筆の中で一番よい筆だ。手を休めろと言っても、どうやら無駄みたいだから、この筆を預ける。私も誰も、君には教えられない。教えない。だから、今度

はこの筆に教えを請いなさい」

「いえ、僕は先生から教わりたいことが、まだまだあります」

そう言うと、先生は目を伏せながら微笑んだ。妙な静けさが場に広がった。

「まだ早い」

先生はそれだけ言った。そして、

「描こうなんて思うな」と続け、独り言のように、

「完璧なものに用はない」とこぼし、お茶を飲んだ。

その日、僕の心に残ったのは、その三つの言葉だけだった。

僕は頭を下げて、筆を受け取り、書斎を出た。頭の中では、もうすでに次の授業の内容をまとめ始めていた。次がいよいよ大詰めだ。

子どもたちに最善のものを伝えられれば、と思った。


帰ろうとして、玄関に向かうと車庫から車の音が聞こえた。

特徴的なスポーツカーのエンジン音がして、僕は少し緊張してしまった。そのまま帰ってしまおうかと悩んだところで、玄関から入ってきた千瑛と顔を合わせた。僕を見ると目を見開いた。今日は化粧をしていない、はずだ。たぶん、そうだと思う。

「おはようございます」と僕は言った。なぜ敬語なんて使っているのか、分からなかったけれど、それが自然なことに思えた。彼女は、

「こんにちは、だよね」と返してくれた。全然笑えなかった。

意識しているわけではないけれど、二人の間にこれまでとは違う何かが置かれているのを感じた。冷たいものでも、温かいものでもなく、遠いものだ。千瑛がこちらをまっすぐ見て微笑んだ。僕はその微笑みを見て、妙に疲れてしまって頭を下げながら「じゃ、これで」と通り過ぎようとした。

彼女の肩を過ぎて、足先も身体からすれ違おうとしたとき、僕は袖をつかまれた。

「あの……」と僕らは声を合わせたあと、視線を合わせた。千瑛の言葉は出てこなかった。僕はただ待っているだけだった。

振り払うことは簡単なことだった。急いでいる、と言えばそれで十分だった。誰だって急いでいるから、嘘にはならなかった。ただ、そう言ってしまうと彼女が本当の他人になってしまうような気がして、言い出せなかった。彼女は僕よりも困った顔をしていた。そして、ついに袖から手を離し、腕を下ろした。

いまここで、どうすれば正解なのだろうと考え続けていた。正解を探していることが、すでに間違いのような気もしていた。

勇気を出したのは、彼女だった。

「青山君、お腹空いた」

何を言われているのかわからず、僕は「お腹？」と訊き返した。

「朝から何も食べてない」と彼女は言った。僕はため息をついた。そういえば、僕も何も食べてない。

「僕もだ」と言ってしまった。彼女の目が輝いた。何かを待っていた。僕は仕方なく、

「わかった」と、言った。彼女は料理をまったくしないのだ。

荷物を下ろし、僕は台所に戻った。たぶん、朝食の材料くらいはあったはずだった。湖山先生のエプロンを探した。

朝食を作っている間、彼女は何か手伝うと言って、僕の傍に立っていたけれど、何もできなかった。気が利かない人ではないし、複雑な手順を覚えるのは得意なはずなので、手伝おうと思えばできたはずだけれど、ぼうっと突っ立っている。

普段はどうして料理をしないのか、と訊ねると、「指先を怪我したら、絵筆を握るバランスが狂うから」と答えた。なるほど、一理ある。だが、僕は、

「やらないを繰り返してたら、そのうち、できないになっちゃうよ」と言ってしまった。

言ったあと気づいたけれど、嫌味そのものだ。西濱さんのことが頭をよぎったのかもしれない。千瑛がやらないことを西濱さんがやっていることは多い。料理も、大工(だいく)仕事も、搬入搬出の力仕事もだ。いまは、僕が代わりつつある。

その言葉を彼女が聞くと「じゃあ私も」と言って隣に立った。そして、黙っている。僕は米に水を注いだばかりのボウルを指差した。やっぱり、彼女は動かない。

「どうしたの」と訊ねると、「やり方を教えて」と言った。真面目な顔をしていた。すでに、「できない」だったのかもしれない。

僕は簡単に米の研ぎ方を教えた。最初にさっと研いで、水を捨てて、後は手早く水が透明にな

るまで数回繰り返す。プロではないので、難しいことは何も知らない。数えるほどしかこなさなかった家事の手伝いで覚えただけのものだ。彼女にはその記憶さえないのだろうか。ないのかもしれないな、と思った。

青春のすべてを犠牲にして、あらゆる時間を注ぎ込まなければ、手に入れられないものがある。ただその手に入れたいものまでの道をまっすぐに進んできたのだろう。道順が分からなくて、悩んだり挫折したりすれば、その途中で余分なものを吸収できるかもしれないが、彼女が目指すものはあまりにも明確すぎた。

祖父、巨匠篠田湖山。そして、直接の師はその巨匠から天才と認められる技量を持つ斉藤湖栖だ。CGかと見紛うような完璧な調墨の椿や牡丹を描いた。最後に見せてくれた蔓薔薇の技術は湖山先生に比肩するほどの大技だった。おまけにその斉藤さんがどう転んでも勝てない西濱さんがいつも目の前にいた。

天まで届くほどの階段が眼前に敷き詰められているようなものだ。道を楽しむ余裕はなかったのかもしれない。米を研ぐ時間もなかったのだろう。

僕は彼女のぶきっちょな手つきを見ながら、味噌汁を作り始めた。先日、先生とラーメンを食べた雪平鍋を持った。昆布と煮干しをお湯に浸して火にかけて、余っていたシイタケも入れた。他に何かないかと探したけれど、買い出しをサボっていたせいで野菜類は不足している。冷蔵庫の横に、新聞紙にくるんで置かれていたサツマイモを見つけて、丁寧に洗った後、輪切りにして煮込んだ。だんだん色の変わっていくサツマイモを眺めているると、

「慣れてるね」と彼女が言った。本当に慣れている人の手際を見たことがないのだろうなと思っ

た。川岸さんなら、この手間の間にもう一品造作もなく作るだろう。それに難しいことなど、何もしていない。ただ切って入れただけだ。僕からすれば、千瑛の牡丹や椿のほうがはるかに難しい。ほとんどの人にとってもそうだろう。返事をしないと彼女を傷つけているようで、僕は、なるべくどうでもよい話をし始めた。

「独り暮らししてれば、誰だってできるようになるよ。こんなのは料理ともいえない」

言ってしまった後で、また嫌味を言っている自分に気づいた。彼女がうつ伏した目をしたので、慌てて話を続けた。

「僕も最初は全然できなかったけど、絵を描いているとお腹も空くし、何か食べないで過ごしていると最後にはみんなに迷惑がかかるから、簡単な料理を覚えたんだよ。川岸さんにおすすめの料理本なんかを教えてもらって、手早くできそうなものだけやってみた。墨を磨るのと同じだよ、最初は手間だって思うけど、慣れればその時間を有意義に使える。それに最後にはちゃんとご飯も食べられる」

早口で話しているうちに、お湯が沸騰してサツマイモが煮えていた。出汁(だし)も十分出ただろう。香りが変わっている。僕は火を止めて、味噌を溶いた。

彼女は湯に溶かれていく味噌を眺めながら、目を見開いた。香りを感じていたのだろう。甘く重くなっていく液体を見つめながら、何を話せばいいのか分からなくなって、彼女を見た。彼女も何も話してくれない。

湯気が立って、彼女がさっきよりも白く見える。僕は手元にあったお玉で、小皿に味噌汁をすくった。それを黙ったまま差し出すと、彼女は両手で受け取って口をつけた。

「おいしい」と、とても小さな声で言った。小皿をこちらに返したので、僕も同じ皿で味を見た。偶然、よくできていた。

「なにかコツがあるの？　上手に作るための」と彼女が訊ねた。

僕は首を振った。

「特別な方法なんて知らない。そんなの、ないものもあるよ。僕はうまくもない。でも、このくらいなら、作ってあげたいと思ったら、できるんだ」

彼女は一歩近づいて、雪平鍋を眺めた。それから、

「ありがとう」と言った。僕は一度だけ頷いた。同じ言葉を彼女はもう一度繰り返した。

ありがとう。

僕もやっと彼女をまっすぐ見た。

「さあ、食べよう」と言って、やっと微笑むことができた。

彼女の瞳が潤（うる）んでいた。広すぎて、寒すぎる日本家屋で、味噌汁なんて作れば湯気が立って当然だ。だが、この寒さは香りを引き立てる。彼女は食器を用意しながら、

「私に料理の本、貸してもらえるかな。ときどきお祖父ちゃんにも作ってあげたいから」

と言った。「いいよ」と僕は答えた。ごはんが炊き上がると、卵焼きを作って、料理を運んだ。

湖山先生が、教室でストーブに火を入れて待っていた。「いい匂いと声がしてね。朝飯だろ」と笑っている。

「千瑛さんが手伝ってくれました」と伝えると、感心しながら顎鬚を撫でた。

「なんだ、やればできるじゃないか」と先生は言った。

それから一週間、大したことは何も起こらなかった。

なぜなら、ほとんど部屋に閉じこもっていたからだ。必修科目の講義のときだけ外に出て古前君と川岸さんに会った。教室に入ると、相変わらずひそひそ話が聞こえ、冷ややかな視線がとんできたけれど、まったく気にならなくなった。僕の頭の中にあるのは子どもたちの授業のことだけだった。

「いい顔になってきたね」と古前君が言った。何を言っているのか分からなかった。僕は何に向かっているのかだけを知っていた。

母の学習指導計画書は、なぜだか開く気にはなれなかった。ただの興味や関心だけでひもとくことのできない重みが過去にはあった。それよりも、差し迫った問題があった。

湖山先生から借り受けた筆だ。

見た目通りまったく使い物にならない。線はかすれ、穂先はばらけ、まっすぐ引けず、面を引いても輪郭は立派に尖った。これまで、培ってきた技術のほとんどすべてに適さない筆で、何を描いても、ワイルドになるか、枯れた雰囲気を出してしまう。繊細に描けば描くほど、下手くそに見える。

筆に訊ねろと言われても、教える気のない筆だなあと、感じずにはいられなかった。半ばあきらめながら筆管を握り続けていた。以前使っていた筆は、優しく柔和な女性のイメージだったけれど、今回使う筆は頑固で偏屈な中年男性のようなイメージだ。

うまく会話できないし、こちらの言うことを聞いてはくれないし、ここが欲しいと思ったところであっちを向いてしまう。僕自身が筆に振り回されている。しまいには、湖山先生の悪趣味な冗談だったのではないかと疑い、無理やり訓練を繰り返していた。どうにかして、使いこなさなければ、授業で必要になったときに振るえない。

答えは出ないまま、当日を迎えた。

前回と同じように学校にやってきて墨を磨った。授業が始まるまで、まだ三十分以上ある。不安は消えない。僕は硯箱（すずりばこ）の蓋を閉めて、外に飛び出した。学校のすぐ近くにある小さな川の傍を歩いてみたかった。こんな晴れた日には、母さんもきっとそこを歩いただろう。そんな話を聞いた気もする。

気分を落ち着けていれば、見えないものが見えるときもある。

見えないものを見ることが、ここで僕がやるべきことなのだ。

「みんな、こんにちは。今日は僕の最後の授業です」

と言うと、クラスがざわついた。なんで、どうして、という声に笑顔だけで答えて、授業の目的を明確にするために、

「今日はここにいる全員！　みんな、作品を作ってみましょう。僕も頑張りますからよろしくお願いします」

と呼びかけた。静まり返るかと思ったけれど、なぜだか拍手が湧き起こった。びっくりしてみ

んなを見つめると、笑顔のままで、「青山先生、何描くの？」と訊かれた。なるほど。僕もみんなの中に入って作品を描き上げるという前提で拍手が生まれたのか。

「じゃあ、僕は最後に皆さんに水墨画の技法をお見せしようと思います。いつか、大きくなってこれを覚えていたら、水墨画教室に習いに来て下さいね。そして、どこかで水墨画を見つけたら今日のことを思い出して下さい」

子どもたちの顔が真剣味を帯びている。期待に胸を膨らませるときの彼らの顔って、どうして人を元気づけるのだろう。

「とは言ったものの、これなんだよな」と、真っ黒で毛先がねじ曲がった筆を見て思った。筆管をそっと持ち上げると、

「仕事なのか」と横着な声で返事されたような気がした。手が震えている。穂先に少し触れて、どうにかならないものかと思案していると、いつの間にか真っ白な部屋の中にいた。

心が逃げ場を探している。ガラスの壁に何かを必死に思い浮かべようとするけれど、どんな像も浮かばない。手元を見ると、黒い筆を握っている。僕は筆を構え、剣を振るように穂先を叩きつけた。白い壁に濁った墨の線が刻まれた。まるで傷跡のようだ。鋭い剣で切った傷ではなく、二度とふさがらない凹凸のある傷だ。僕はその傷跡に触れた。そしてまた、心の内側でも目を閉じた。触れることで、僕は思い出そうとしていた。見ることだけじゃない。触れること、感じること、心を線でつなぐこと、森羅万象(しんらばんしょう)とは、この世界にあるすべての現象という意味だ。

それを描く。

僕はこの手触りを知っていた。この凹凸と不規則な乱れと、決して人の手が作ることのできな

い造形にすでに触れたことがあった。僕はいつの間にか、筆の穂を握っていた。

「ああ、こんな単純なことだったのか」と、思った。

僕は目を開けた。

目を閉じていることにすら気づいていなかった。右手にはすでに筆がある。

もう子どもたちは僕の周りに集まっている。作業机の上に置いてある大きな画仙紙を囲んでいる。椎葉先生もこちらを見ていた。

僕は身体を鎮めると、大雑把に調墨をし、濃墨を硯から穂先に付けそのまま水に浸した。浸す時間や、墨の重さを手で測らなかったので本当に適当だ。ここまで考えなしに、調墨をしたことは一度もない。そして、筆を持ち上げると、画仙紙に滴(したた)り落(お)ちる雫も気にせず、画面の左端から力を込めて筆を押し上げるようにゆっくりゆっくり右斜め上に向かって、極大の線を描いていく。それは線というよりも面で、面よりも大きな流れだった。手は激しく震え、それを抑制する力でさらに力がこもる。筆はまったく壊れない。いや、壊れないのではなくそもそもが壊れているのだ。繊細に扱う理由が何処にもない。

抵抗が少しずつ消えて、線が擦(かす)れ、穂先が軽くなっていく。筆がお腹を空かせている。僕は穂先をイジメるつもりでさらに線を押し上げた。擦れがさらに良くなっていく。

最後の瞬間まで払わず、ゆっくりと筆を上げていく。意識は画面を離れ、離陸していく。画面の少し上の空間に向かって筆意は飛んでいき、やっとそこで筆を払った。筆に込められた大きな力が三次元的な軌道で宙を描くように見える。

実際にそこに線は存在しないのだが、力の流れが目に浮かぶ。

描かれなかった線が目の中で描かれる。斜めに向かって押し続けていたので、穂の形はカッターの刃のように鋭角に揃えられ尖っている。僕は驚いた。

はじめて筆がまとまった。

そのまま尖った穂先のみに調墨をし、先ほどの線の終わり付近から今度は右斜め下に下がるように筆を押していく。出来損ないの『へ』の字のようだ。線はこれまでで一番鋭く、軽い。それでも、のこぎりで切ったように尖り、力強く映る。手に込めた力以上の効果が線に表れる。僕はそれから、『へ』の字の周りにさらに細かい直線を二、三本足した。形はほんのわずかに複雑になり『へ』の字を離れていく。そしてしなやかにまとまったままの穂先にだけ、ほんのわずかに調墨を施すと、根元の大きな線の中ほどからスタンプを押すようにチョンと穂先だけを叩きつけた。

「お花だ」と誰かが言った。僕はそちらを向かないまま微笑んだ。そうだ、尖った穂先を調墨し叩きつけると小さく可憐（かれん）な花に見える。遠目に見る可憐な墨の花だ。それを何度か繰り返すと、一ヵ所に花が密集しているように見える。僕はそれを全体に幾つかのまとまりを作りながら付していった。

すると、大きく真っ黒な幹に小ぶりな薄墨の花をつける豪華な絵ができあがった。

四君子の中で、ある意味もっとも単純な絵であり、同時に異質な線の訓練を要する画題。厳しい冬にまず最初に春を告げる花が目の前で咲き誇っていた。

僕は全体に、夜空の星のように無数の点を付していきながら話し始める。

「この画題は、みんなのことを想って描きました。僕にとってはみんなが一つ一つの花に思えます。そしていつか大きな幹に育ち、天をつくほど力強く咲いて下さい。この絵は、厳しい冬の寒さを耐え実を結ぶということで、おめでたい絵として遥か昔から東洋では親しまれてきました。いつかきっと良いことがあるんだよ、というような意味の絵です。花を咲かせるには力強い幹が必要です。大きく強く育って下さい。墨梅です」

子どもたちから、また拍手が起こった。今度の拍手は弱く、柔らかかった。絵に見入って、うまく手を叩けない子もいるからだ。みんな近寄って絵を上から眺めている。

椎葉先生は大きな笑顔で手を叩いてくれた。

そのとき、子どもたちのうちの一人が絵を覗こうとした子に押されて、「あっ」と声をあげた。画面を見ると幹の傍の墨だまりに指が触れて跳ね、小さな指先の跡がついている。

その子の顔を見ると水帆ちゃんだった。事故だった。子どもたちが「あ～！」と声をあげながら彼女を指差している。彼女は泣きそうな目でこちらを見ている。

真っ白な空間に指紋が残り、絵は確かに汚されている。真っ黒な幹の隣にある少し薄い色の小さな指紋はやはり目立つ。どうしようかと一瞬、筆を離しそうになったが、僕の目と身体は前に乗り出そうとしている。

「やれ」と何かが言っているようにも聞こえた。感覚がそこに線を与えようとしている。絵はもう僕の目の中では生まれている。僕は指紋の場所を睨(にら)んだ。穂先には、まだかすかに墨は残っている。絵は終わっていない。僕は水帆ちゃんに微笑んだ。今日は髪を後ろで結んでいた。絵を描くためにまとめているのかもしれない。

「大丈夫だよ。いまからみんなでそれをやろうと思ったんだ」

僕は思いつきを言葉にした。そして、彼女が指紋をつけた場所を縫うように細かい枝を描き点を付した。不思議なほど筆はいうことをきいてくれた。「やればできるんじゃないか」と思ったけれど言葉を頭に浮かべるのはやめた。いま、へそを曲げられては困る。

彼女の指紋は花びらに変わった。

彼女の目が輝いた。子どもたちから歓声があがった。僕は、

「さあ、水帆ちゃんがいまやってくれたみたいに、この梅に花をいっぱいつけて下さい。みんなで花を満開にしましょう」と全員を見ながら呼び、一歩下がった。

僕が下がった足音を号令に、子どもたちは絵に近づき次々に指に墨を浸けて、枝や幹の周りに押していった。枝や幹から離れた場所には、僕が枝を足した。

水帆ちゃんは呆然と立っている。

「ありがとう」と僕は彼女に言った。本当にそう思った。彼女がいてくれたから、ただの絵にはならなかった。みんなで作品が描けた。

そして、この満開の花にも劣(おと)らない笑顔がここに咲いている。

彼女もやっと微笑んでくれた。

僕は筆の穂先を握り、汚れた指先を見せた。大きな目がさらに大きく見開かれた。

「指をもっと汚して」と言うと、また、抜けた歯が見えた。彼女は僕に抱き着いた。子どもといるとき、温もりはいつも突然やってくる。それが当たり前であるかのように、子どもたちは世界に触れる。

僕は幸せだった。

たくさんの花が咲き続けていた。

梅が描き上がると、みんな席に戻った。三度目になると、自分で墨を磨り始める子が出てきて、なかには上手に磨れる子も多かった。僕がやっていることを真似したいと思っていたらしい。筆墨硯紙が目新しい道具でもなくなってきたのか、道具そのものに対する興味は薄れてきて、その分、絵に対する関心が現れてきたようだった。

前回は、シイタケにあれほど苦戦していたから、今日の画題はさらに難しいかもしれないと思っていたけれど、案外すらすらと描ける子が多く、枚数を重ねて何作も作る子が出てきた。子どもの適応力と成長の早さに驚いてしまった。

今日の画題は、サワガニだった。

僕がバケツの中に入れたサワガニを取り出すと、みんな次々に見に来た。授業が始まる前に小川の傍を歩いたとき、偶然見つけたのだ。僕は、サワガニを摘まみあげて、説明を始めた。

「今日は、このサワガニを描いてみます。ここに置いておくから、優しく触ったり、じっくり観察して、墨で描いてみて下さい。僕は今日は何も用意していません。自分の目で見て、絵を作ってみて下さい。ただ、ここには一匹しかカニはいませんので、先生の机で見て、それから自分の机で描いてみて下さい」

僕はまた、思いつきを口にしていた。本当は、どんなサワガニでも描けるように、ありとあらゆるパターンを訓練してきていた。けれども、小川で実際のサワガニを見つけたとき、描いて伝えるよりも大切なことがあると気づいた。

僕が描きやすい方法を伝え、無理やり作品を仕上げるよりも、描きたいと思う心を生み出し創意工夫を手で学ぶほうが大切なことのように思えた。彼らはそれを遊びの中でやってしまう。ただのカニ一匹渡されても、子どもたちは声をあげてそれに向かっていく。迷いすらない。描けると信じ、全力で楽しみ、結果を忘れて、できあがれば次のものに向かっていく。

教室は奇妙な静寂に満たされていた。

熱もあり、息も聞こえ、物音にも満ちているのに、声は聞こえない。椎葉先生は歩いているだけだ。何もしない。僕も何もしない。することがない。

僕らは目を合わせた。彼女は何度も頷いている。

「これでいいんだよ」と言ってくれているようだった。

本当によい授業というのはこういうものかもしれない。彼らが自身で学ぶことに勝るものはない。教えたいという欲求を堪えることのほうが、教えることよりも難しい。

振り返ると湖山先生もいつもそうだったことに気づいた。技術についてはほとんど何も教えない。あれが失敗だ、成功だと細かくは言わない。そもそもそんなものは存在しないかのように振る舞っている。ただ、それがどんな思いから描かれたのかだけを見ていた。それ以外のことは、つまらなそうに眺めている。

なぜだろうと思いながら、教室内を見ていると、限りなく答えに近いものが目の前に広がっていることに気づいた。

誰ひとり、同じ絵を描いてはいなかった。

誰ひとり同じではないということが、当たり前のように示されている。ものを線で捉え、面で捉え、大きく捉え、小さく捉え、歪に捉え、正確に捉えたりもする。精緻にものを捉えるのをやめて、思いのままに眺め、描き始めると、無限の変化がそこに起こる。その変化を僕は予測できない。無限は無限を生んで、元の形を超えて、さらに無限を生んでいく。これはいったい何なのだろう。

思いつめ、子どもたちを見つめると、たった一つのことに思い至った。

「生きている」

彼らは生きているものを描いていた。生きているものを描けと僕が言ったから、生きていること自体を描いていた。でも、そんなこと思いもしなかった。

彼らがありのままを生きているから、生きていることが描けるのだ。そのすべては線の中にあった。彼らが指先から生み出すものが、彼らの存在と違わない。

彼らは自然だった。心を遊ばせ、無限に変化し続けるゆらめきがそこにあった。そこにありながら、変化し続けるものが揺れていた。それが何なのか見つめているうちに、授業が終わった。

「ほんとうにありがとう。素敵だったよ」と彼らに言った。

美しいものしか、そこにはなかった。

授業が終わると、奇跡的に全員の作品が出来上がっていた。

数枚の作品を仕上げる生徒もいて、一枚だけ取り上げるべきか迷ったけれど、結局どれも捨てられなかった。その様子を椎葉先生が見て微笑んでいた。僕は彼女がこちらを見ていることに気づいて頭を下げた。

「本当に貴重な機会をいただきました。ありがとうございました」

彼女は何も言わず、

「作品をよろしくお願いします」と丁寧に頭を下げた。僕らの間で会話がとまり、それがなんだか不自然な気がした。授業や子どもたちのことについてもっと話すべきことがあるはずなのに、その言葉は出てこない。彼女は目の前で微笑んでいるだけだ。僕もその微笑みに応えている。僕たちは記憶をなくしてしまったのだろうか。いや、そんなはずはないだろう。はっきりと意識しているからこそ、黙っているのだと思えた。

今日のことを、言葉にしない。それが大切なことなのだと教えてくれているようだった。僕は手早く片付け、「では、また後日、揮毫会で」と大きな笑顔で伝えた。

僕は湖山邸に戻った。

教室のテーブルで僕が持ち帰った大量の作品を眺めながら、湖山先生は、「これだけ描ける子が揃っていたら、水墨画の未来は安泰だね」と言った。目を細め、一枚一枚丁寧に向き合い、ため息をついたり、「子どものころの私より、うまいじゃないか」と言って驚いたり、笑ったりしていた。そのうち、水帆ちゃんの絵で手が止まった。

「この子だけ、絵が違う」と言い、明かりに透かして眺めた。そして、僕の方を向き、

「ああ、この子が君を育てたんだね」と言った。

聞き間違いか、と思ったけれど、そうではないようだ。彼女が僕を育てたのだろうか。意味を

はっきりと理解できないまま、先生を見つめると、

「この子の絵だけ、誰かに何かを伝えようとしているように見える。こんなにもできるんだ、こんなにも楽しい、と訴えてくる。この子は絵が好きになったんだね」と語った。

「きっと、そうだと思います。彼女は描くことを誰よりも楽しんでいました」

それだけ聞くと頷いて、また一枚ずつ絵をめくっていった。

「うまくいくといいね」と先生は呟いた。僕もそう願っていた。うまくいかない可能性のほうが高いなと思った。

「本当は筆を置いたほうがいい。私の気持ちは変わらない。だが、そういうわけにもいかない。心のどこかで分かってはいるが、踏ん切りがつかない」

かすれた声だった。その後、少し咳をして湯呑を持ち上げお茶を飲んだ。僕は道具の数を数えていた。

「私と同じだな」と寂しそうに呟いて、湯呑を置いた。


五十四以上のカニが一面に並ぶ様子は盛観でさえあった。

どれも好き勝手に動き、生きていた。

一枚一枚眺めていたときには、これを描いたその子たちの顔が浮かぶけれど、こうして並べて飾り付けてみると、全体が一つの抽象画のようにも見えてくる。子どもたちと大人との差異が、否応なく目に飛び込んでくる。大人はそれがどんなモノであるかを描こうとする。けれども、彼

らはそれがどんな感じかを描こうとしていた。

サワガニを描くとき、僕はあえて何も教えなかった。正解を示さないことで、自分なりの答えを作り上げてほしいと思った。それは僕にはとても難しいことだった。かつて、四君子の卒業画題である菊を描いたときも同じ方法で描き上げるように指示された。あのときは何ヵ月も菊を見つめて絵を描き続け、やっと一枚描けた。

けれども子どもたちに同じ方法を示すと、頭を抱えることも不平を訴えることもなく、いとも簡単に形にし、喜びを探し当ててしまう。水墨画が線の芸術であり、結果を追うのではなく過程を示す絵画なら、子どもたちの絵はあまりに優れている。うまくいきすぎているといってもいい。彼らは本物のサワガニを触り、触れた感覚をそのまま絵にし、そして、遊んだ。遊びながら繰り返し、描くことを学び、誰にも思いつけない形を残した。

プロの作家がこうありたいと望むスタイルを、彼らは体現していた。

抽象化されたカニは、具象化されていないがゆえに、想像力とよく馴染(なじ)む。僕は一人ひとりの作品をもう一度、じっくりと眺めながら『拙』という、たった一文字の言葉を思い浮かべていた。学びたてのころ、湖山先生に、

「必ずしも拙(つたな)さが巧みさに劣るわけではないんだよ」

と教えられたことを今さらながらに思い出す。いまこうして彼らの作品を見ると、拙さも巧みさも見分けられない。本当にその区別が分からなくなった。僕の目が、水墨画を始める前よりも衰えているのかもしれない。訓練するほど見えなくなってきたのだろうか。たとえそうであっても拙く、あどけなく、優しいものの価値を信じていたいと思った。

何より、この絵を見ていると元気になった。人を元気にさせる絵なんてなかなか描けない。

水辺をイメージした青い台紙の上に貼られたカニたちは心地よさそうにそこに佇んでいる。気づくと校長先生と椎葉先生が隣に立っていた。

「朝からありがとうございます」校長先生は今日はスーツを着用している。実は僕もそうだが、校長先生の姿を見て背筋が伸びた。大げさではない短い挨拶が、親しみを感じた。

「体調が悪いんですか。お顔の色が優れないようですが」

「いいえ。準備で少し疲れてしまっただけです。いつものことです」

「そうですか、ご無理をなさらず、と言ってもそれが無理ですね」

「ええ、今日だけは」僕は右手を少し動かした。寝不足になると、余計に調子が悪い。中指を動かすと微かな痛みが走る。病院に行ったほうがいいのかもしれない。不安を振り払うように笑顔を作った。

「いいえ、こちらも水墨画をたくさんの地域の方や保護者の方に知ってもらう機会をいただけて、とても光栄です」

そんなセリフが口をついて出たとき、いつの間にか自分が湖山会の一員としての言葉を発していることに気づいた。

「子どもたちの作品展のお話をさせていただいたとき、ご迷惑になることを言ってしまったかもしれないと思っておりましたが、こんなに立派に飾り付けていただいて感謝の言葉もありません。あれは、湖山先生に書いていただいたものですか」

指差した先にあるのは、僕と子どもたちが描いた巨木の梅の花だ。その絵の端に先生は画賛を入れてくれた。絵を褒め称えて、価値を上げるために書き加えられるものだ。直接の師や目上の人間が書き加えることが多く、自分で書く場合は『自画自賛』ということになる。長すぎる賛で僕には読めない。それを伝えると湖山先生は笑っていた。

「読めなくてもいいじゃないか。私の気持ちだ」

そう言って、画賛に落款まで押し、裏打ちをして額装までした。

「湖山はこちらに寄贈すると言っておりました。すべて終わったらお納め下さい」

校長先生は驚いて声が出ない。僕も苦笑いしてしまった。だが、それだけの価値がある作品だと信じているからこそ、冗談めいたことは言えなかった。そして、校長先生も、

「ありがとうございます。大切に飾らせていただきます」と言ってくれた。僕は、

「保護者の方々が会場に入場されるのは、もうそろそろですか」とあたりを見回した。

体育館の半面は作品展となり、ステージ近くは入学式のように椅子が並べられている。昨日、小学校の高学年の子どもたちが配置してくれたらしい。全校児童の席も用意されている。

「ええ、もうすぐ入場されると思います。今日は本当に描いていただけるのですか」

と訊ねられる。はい、とすぐに答えたかったけれど、校長先生の表情を見て戸惑った。僕の先日の揮毫会での大失敗を知っているのだ。

「大丈夫です。今日は、心強い味方もいますから」

と、ステージの袖に視線をやった。そこには、腕組みして画仙紙を眺めている千瑛がいた。

今日は二人でこの場所にやってきた。湖山邸の教室の電話の前に置いてあったホワイトボードに今日の予定が書かれているのを見つけて、千瑛が手伝いを申し出てくれた。昨日の夜のことだ

った。実はすごく助かった。椎葉先生に飾り付けを手伝ってもらう予定ではあったけれど、それでも手は足りなかった。かといって、完全に部外者である古前君と川岸さんに助っ人を頼むわけにもいかない。湖山会の誰かが手伝いをしてくれればと考えて休養中の西濱さんに電話を入れるべきかギリギリまで悩んで、携帯電話を見つめていたときだった。

「実は、揮毫会を頼まれているんだ」と電話口で話すと、

「じゃあ、今回は私がサポートする」と、すぐに彼女は言った。

てっきり反対されるものと思っていた。もしくは自分も描くと言い出すのだと思った。僕が黙っていると考えを見透かすように、「美味しい朝ごはんのお礼だから」と言われた。それで彼女はステージの脇に立っている。今日は僕と同じような黒のパンツスーツを着ている。長い髪は後ろで結ばれていた。

「では、準備をしてきます」と二人に告げ、僕はステージに向かった。椎葉先生は去り際に、「がんばって」と口パクで応援してくれた。僕が失敗しない保証はないと誰もが思っている。

千瑛の隣に立つと、一度だけこちらを見て、また難しい顔を続けた。

「できそう？」答えられないでいると、「って訊いても、わからないよね」と笑顔を向けられた。視線は僕から外れない。優しいのか冷たいのかわからない言葉だなと思った。

「そうだね。自分でもわからない。でも、嫌だとは思わないし、できないとも思わない」

微笑もうとしてから、無表情なままでいる自分に気づいた。朝なのに、夕方のようにくたびれている。

「私が揮毫会の前にいつも思っているのはね……」

彼女がこちらを向いた。スーツを着た彼女の肩はとても小さい。

「特別なことなんて、何一つしないって思うこと。それでなんとか気分を落ち着けて描けるときがある」

僕は驚いた。

「揮毫会は特別なことだよ」

「でも特別なことは何もしないって思うこと。いっぱい描いていると気づくときがあるよ。特別なことをしようと思って、特別なことができたわけじゃない。絵師にとっての本当に『特別なこと』は意識してできるようなものじゃないから」

「では、勇気は……」

優しい微笑みだった。どんなときもこんな表情でいてくれたらいいのにと思わずにいられなかった。

「勇気は、ここに立っていること、立ち向かったこと。それで十分。だから、本当はあなたはあの場所に立つ資格があった」

「ありがとう」

「久しぶりにあなたの絵を私も見たくなったよ。私はあなたの絵が好きだった」

彼女は僕の目を見つめていた。僕も彼女の言葉に答えようとしたとき、扉が放たれ光が差し、子どもたちが入ってきた。元気のよい黄色い声が響いている。

僕たちは顔を見合わせて笑った。

揮毫会が始まった。

一年生は画面の正面付近に並んでいた。そのほかは、学年がよくわからない。小学生の背後に保護者の席があり、教員は脇に立っていた。全体で三百人に満たないほどだろうか。

校長先生からの紹介が終わった後、マイクを渡された。僕が持った瞬間、ハウリングが起こり子どもたちの笑いが起こった。

「ただいまご紹介にあずかりました湖山会の絵師の青山霜介です。一年生のクラスの図工を少しの間ですが担当させていただきました。僕自身、まだまだ未熟でとても人に教えられるほど上手くはないのですが、矢ケ瀬校長先生をはじめ轟清水小学校の教職員の方々のご支援もあり、外部講師として授業を行いました。今日は一年生のクラスが指墨画によって描いた作品も後ろに展示してあります。どれもとても素晴らしい作品です。お帰りの際、ご高覧下さい。それと、こういう場でお話しさせていただくのが正しいかは分かりませんが、個人的なことを一つだけ……」

僕は会場にいるすべての人を見渡した。静かで穏やかな空気だった。

「僕の母は、四年前まで、この学校の教員として勤めていた青山敬子です。当時は一年生の生徒を担当していたと聞いています。四年前、母が亡くなったとき、僕自身、どうしていいか分からず自暴自棄になっていたことがありました。それからしばらくして水墨画に出会い、少しずつ立ち直り、絵を描き続けているうちに、ここにたどり着きました。皆さんにお会いできたことを母もきっと喜んでくれていると思います。母は残念ながら、皆さんにお別れの挨拶ができないまま旅立ってしまいました。ですから今日、僕が母に代わりご挨拶（あいさつ）をさせていただこうと思います」

小学校高学年の子どもたちのうち何人かの瞳がこちらに釘付（くぎづ）けになっている。保護者の視線にも温かいものを感じる、ような気がする。本当はどう思われているのかなんてわからない。ただ想像するだけだ。だが、ここでいつもの自分なら決して話したりしない話を始めることが大切なことだと思えた。

　思いを伝えられるとき、伝えなければ、その機会は永遠に失われてしまう。失われてしまった後、どんなに呼びかけてもそれは二度と帰ってこない。こんな、小さな出来事の中にも、それは潜んでいる。今日、母のことを話さないこともできた。けれども話すには勇気が必要だと感じたとき、話さなければならないように思えた。これが、僕の線だ、と思った。

　この判断が、僕の線になるのだ。小さな心の在り方、日々の態度、発する言葉、誰をどんなふうに思うのか。

　千瑛がそこにいた。彼女は僕をじっと見ていた。僕の小さな勇気を彼女に知ってほしかっただけなのかもしれないとも思えた。

「皆さん、母のこと大切に思っていただきありがとうございました。母は皆さんに出会えて本当に幸せだったと思います……」

　最後の言葉はかすれて消えてしまった。頭を上げたとき、保護者のうちの何人かが涙ぐんでいるのが見えた。そして高学年の子どもたちの目にも涙が浮かんでいた。

「言葉はこれだけです。僕は絵師なので、あとは絵で……。今日は冬の入り口、とても寒い秋の終わりです。僕が皆さんにお見せできる一番よい画題を描きたいと思います。吉祥を意味する花でもあります。どうか、最後まで……」

　顔を上げると、千瑛と目が合った。彼女が足早にこちらに向かってくる。僕らはステージに上がった。彼女は道具の置かれた台の横に立ち、硯箱の蓋を開けた。

「いつかと反対だね」彼女は言った。僕は微笑んだだけだった。もう、言葉は消えてしまった。

目の前には絵だけが浮かんでいる。

僕は真っ白い毛氈と畳一枚分ほどの画仙紙の張られた壁の前に立った。正確には、それらを張り付けた木製の立て板の前だ。今日は落ち着いている。画仙紙を見つめる。

白い。

当たり前だ。何もかもが満たされていて、影すら及ばない空間、白すぎて汚すことさえ躊躇われる。なぜいつも、ここにあえて描かなければならないのだろうと、描き続けていると思うことがあった。白いものを黒く汚すなんて、どこか間違っているような気もする。

でも、今日はそれでいい。描かずにはいられないものが、手の中にある。

また、右手が小刻みに震えていた。描くことを手は恐れていた。心臓は少しずつ音量をあげていく。

千瑛は、「特別なことはしない」と言っていた。僕はそこまでは思えない。

僕にとって、水墨と出会ってからの今日までは何もかも特別なことだった。僕にとって描くことは当たり前のことではないし、描くことが生きること、ではない。

けれども今日は、失敗でも成功でもないもののために描ける。

母と、ここにいる人たちを繋ぐために筆を持つのだ。

僕は黒い筆を持ち上げた。相変わらず毛先は四方八方に跳ねている。きっということをきいてはくれないだろう。

筆洗に穂先を浸し、今日はあえて強く水の中で叩いてみる。溺れるように息を吐き、あぶくは水面で弾けた。それを合図に筆を引き抜くと穂先を硯の海の濃墨に浸した。

そして画面の左端に向かってしゃがみ込みながら、破れかぶれの線を多角形に描く。なるべく不均一に、ただ線だけを求めて、力強く。身体の動きは西濱さんを思い描いていた。腕も手もさらに震えている。

筆を右斜め上に押し上げ、下げたとき、薬指に力が入り手首の筋に強烈な痛みが走った。針で刺されたような痛みだ。だが、それも「特別なこと」ではない。そう思うことにした。それが正しいことだと思った、右斜め上に押し上げて、右斜め下に押し下げ、筆を寝かせて力いっぱい擦れさせながら、今度は手前に引ききった。

引ききると左斜め下に向かって線が払え、空間に向かって消えかかるような擦れが刻まれた。触れれば切れてしまいそうな岩肌が足元に現れ、目の中に硬さが伝わる。

僕は思わず微笑んだ。

今日は筆も調子がいいようだ。痛みのことは忘れていた。手はさらに震えている。もう止めることはできず、抑えるだけだ。

僕は筆を筆洗に戻し、水に浸す。大ぶりの穂は、敵を見つけた烏賊のように墨を吐き出す。筆が僕に抗っているかのようだった。僕は筆洗に穂先を浸けたまま柄を持って、画面を眺めた。そのまま、筆の重さで筆を引き抜き、中濃度の墨を平皿に作った。

もう一度、筆を洗い、ギリギリまで水分を落とした。穂先は研がれて、やっと少しましになっていく。中濃度の墨をほんのかすかに付けると、画面に向かい、描いた岩石の内側をなぞるように筆を寝かせて、ほぼ水だけの穂先をまた力を入れてこすりつける。さっきよりもわずかに小さな軌道で、手は不正確に動き続ける。狙(ねら)い通りに、もう手は動かない。だが、これが僕が狙っていたことだ。

狙いを外し、震え続ける手は穂先に伝わり揺れながら、岩肌を不均一に侵食する。

すると、濃墨と水が画面の中で揺れながら、叩かれながら混じり合い、濡れた岩肌の乱反射が画面の中で起こる。

写真のような正確な描写ではない。描かれたものの本質はたった二本の線、黒と水の染みとそれらが溶け合う乱れだ。穂で紙面をこすりながら、画仙紙の表面の繊維が破れてほつれる。それも岩肌をうまく再現している。

僕は筆ではなく、身体を離し、全体を眺めた。

そこには先ほどよりも、明るさと暗さを増した岩があった。黒だけではない、淡墨を足すことで、黒から白までの明るさが繋がり、より明暗が際立つ。

穂先はねじれ、ようやく細かく尖った。

手は刃物で刺されたように痛み始めた。もう、精密に描くことも集中して描くこともあきらめている。

ねじれて尖った針の山を手の先に握っている。僕はそのうちの一本の針に薄墨をつけて、筆を傾けながら画仙紙に着地させた。完璧な調墨も、美しい描線も、もう要らない。それは、僕の筆と共に死んだような気がする。

でもこれは献花だから、それでもいい。

泣くように乱れて絵を描くだけだ。花びらを恐る恐る針の先で手前に引く。子どもの指先ほどの塊（かたまり）になって乱れた穂の先の一本が、小指を擦りつけて線を描くように、菊の花びらの形を与えていく。ゆっくり細かく描いているのに、この筆で描けばかすれてしまう。

描かれた線は松煙墨（しょうえんぼく）、青系の薄い灰色なのに白く見える。白い中に描かれながら、より白く見えるなんて間違っていると思った。

痛みに耐えながらも、僕は笑ってしまった。

そう、間違っているのだ。この手の使い方も、筆の使い方も、描くこと自体も、何もかもだ。だが、時には間違っていると思いながら、筆を振るうことも、間違いじゃない。それは子どもたちに学んだ。心が思うなら、失敗や間違いから何かを生み出せるかもしれない。

僕は恐れなかった。正しくはない使い方で筆を振るい、震えていく穂先を抑えるために、右手を左手で支えた。痛みのことはもう考えない。花は泣きながら出来上がっていく。

花は風に揺れるように出来上がり、僕は調墨をしなかった別の穂先の針の束を濃墨に浸した。これ以上、筆管を持って穂先を制御できないと思ったとき、頭に浮かんだのは水帆ちゃんが行った穂の使い方だった。

僕は穂先に近い根元を握り、指で針の束を摑（つか）み根元を固定し、無理やり大筆を小筆に変えた。湖山先生の言う通り、僕を育てて教えていたのは、案外彼女だったのかもしれない。僕は摑んだ穂先を濃墨に浸し、斜めに払うように線を叩きつけ、葉を描いた。

もう何も考えられず、ただ夢中だった。

右に払い、左に払い、線は尖り、葉は虫食いだらけになった。菊のみずみずしい葉も、乾いた葉も何もかも描いた。それが岩の近くまでやってくると、もう一度、穂先を一度離し、調墨し直した。墨ももう尽きていた。小指の先ほどの小さな筆をまた作り、根元から茎を繋げていった。バラバラによれて擦れた穂先は、偶然、菊の角ばった茎を表し、固く結ばれた。最後に返す筆で、全体に点を打ち、絵に息をさせ、墨が失われて点が小さくなったときに、花の中心に心字点を打った。

ようやく一輪、描き上げた。

そう思ったとき、それ自体が失敗だということに気づいた。終わったと思ったことが、痛みを解放してしまった。悲鳴を上げてしまいそうな痛みが走り、筆を取り落としてしまいそうになるのを左手で防いだ。

僕は絵の前に、立ち尽くしてしまった。手はまだ震えている。墨で汚れた指先が、まるで鮮血を流しているように痛む。本当に、僕の手はどうなってしまったのだろう。

「青山君」と近くで千瑛の声が聞こえるけれど、反応できない。目がかすみ始めている。

このままでは、まずいと思っているけれど、もう身体が動かない。ここに立つまでに堪えていた何もかもが溢(あふ)れ出(で)てくるようだ。重さや辛さに立ち向かい続けてきた気持ちが、一輪の菊で解かれてしまった。まだあと少し。画面にはまだ何輪もの花が描けるほど余白がある。

いまここに筆は一本しかない。彼女は助けにはこない。

僕は一歩、絵から離れた。そしてもう一歩。なんとか全体を眺めて、次の手を考えた。そう思いながらもその場にしゃがみ込んでしまった。眩暈がする。僕は絵を見上げた。僕はまた失敗するのだろうか。

母に花を捧げることもできないのだろうか。

　そんなことを思ったとき、画面を横切る小さな影が見えた。それは子どもの影だった。髪を一つ結びにした女の子が立っていた。水帆ちゃんだった。彼女は指に墨を付けて岩の根元に僕が描いたものと同じ菊の花を描き始めた。千瑛が慌てて止めに入ったけれど、それよりも素早く次にゲンキ君が水帆ちゃんの横に並び、また同じように花を描き始めた。もうそこからは、次々に子どもたちがやってきて、花を描いた。みんなが僕の真似をしていた。教えられもせず、ただ見たものを心のままに描き続けている。

　僕は微笑んだ。それから高学年の子どもたちも、それに混じり始めた。僕を眺めて、一礼していく子もいる。ああ、この子たちが母の教え子なのだ、とすぐに分かった。僕は彼らの目を見て頷いた。彼らが指先で花を描いて、捧げてくれている。僕は千瑛に向かい頷いた。彼女は慌てて墨を磨り始める。子どもたちは一輪一輪丁寧に花を描き、画面を埋めていく。

　不思議なことに、僕が描いた花を侵食することはなく、包むようにさまざまな花が描かれた。指先で描く不完全な花だからこそ、無限の形が見てとれる。

　いつの間にか、全員が花を描き終わり、ステージから降りた。

　僕と作品だけがそこにあった。静かな時が流れていた。水墨画に出会って何度もこの感覚を感じていた。本当に優れた作品に出会ったとき、目を通して、心と体はほんのりと冷たい。そして切なさがある。美を畏れながら、称えている。絵が命を持っている。

　誰も予測できないことが起きた。無限の形をした菊の花が、眼前に現れた。すべての絵が乱れ、流麗な線は一つもなく、どれも巧くはなかった。けれども、どの花も生きていた。

これまで見た中で、一番美しい菊の花壇がそこにあった。

僕は振り返った。椎葉先生は涙を流していた。矢ケ瀬校長も同じだった。

僕は、姿勢を正し、ゆっくりと深く頭を下げた。

すると、弾けるような拍手が起こった。千瑛も手を叩いていた。僕は初めてそこで、自分が泣いていることに気づいた。何もかもが、そこで溢れ出した。

視界は乱れて、歪んでいった。

そして輝いていた。

さよならが、やっと訪れたのだと思った。

第三章

それから数日後、僕は突然、大学事務から呼びつけられた。

成績が振るわないので、お叱りを受けるのだろうか。けれど、うちの大学には僕よりも学業をおろそかにしている学生は山ほどいる。思い当たるのは、先日の湖山先生たちと行った揮毫会のことだ。メディアに取り上げられることはもうなくなったが、学内で噂(うわさ)になっているし、大学の評判を落としてしまったことは間違いない。

僕はため息をついた。

気づけば、あの大揮毫会以来、まともに休みをとっていない。肩こりは慢性化している。僕自身、第二の西濱さんになりつつあるようだ。

大きな山場を越えたことは確かだ。でも、イベントはこなした後のほうが大変だ。やる気は尽きているのに、細かい仕事が次々と降ってくる。片付けに作品の搬送、ちょっとした問い合わせ、関係者への挨拶など、終わりがない。

ふらふらしながら、学務事務室に向かうと、室長が出てきて、なぜだかすぐに理事長室に行けと命令された。最初から理事長室に呼べばいいのに、とは思わなかった。僕が時間通りにきちんと現れるとは思っていなかったのかもしれない。

僕はとにかく理事長室に向かった。たしか、名島さんという名前だったはずだ。たまに大学で見かけることがある。湖山先生が彼を若いころから知っていると言っていた。その縁で、この学校で揮毫会をしたこともある。

僕は命じられるまま理事長室に行った。

扉をノックし「どうぞ」と声がして、そのまま入った。そこには、背の高い白髪の細身の男性が立っていた。年齢は七十歳の手前というところだろう。立ち姿にも威厳を感じる。だが、湖山先生が「名島君」とこの人を呼ぶと、まるで就職試験に臨む若者のような態度になる。その落差に僕らのほうが戸惑ってしまう。お洒落なバーが似合いそうな年配の男性だ。

「青山君、久しぶりだね。さあ座って。湖山先生はお元気かな」と間を置かずに話し続ける。僕は適当な相槌を打ち、ソファに腰かけた。お茶は出てこなかった。

「さて、今日、来てもらったのは、先日の揮毫会のことなんだ」

やはり、と思い顎を引いて、唾を飲み込んだ。彼の顔も真剣だ。彼は背後から、タブレットを取り出して、動画の再生ボタンを押した。だが、うまく動き出さない。仕方なくそのまま話し始めた。

「実は問題はこの動画なんだよ。見られないけどね……。これが、昨日からアップされて、同業者から問い合わせが次々来ている。同業者といっても狭い界隈だから数は知れているんだが、私の知る限り、全員だ」

「全員、といいますと……」

「同業者全員からだ」

「いったい何の話をしていらっしゃるんですか？」

突然動画が再生されて、僕の声が流れ始めた。絵についての説明をしている。そして、筆を持ってしゃがみ込み、大きな岩を描いている。轟清水小学校での映像だった。

そして、大きな画面の前でまた僕はしゃがみ込み、全体を確認すると、合図したように子どもたちがやってきた。そこから指墨画の菊の花壇は咲き始めていく。

遠くから撮影された映像で、子どもたちの顔の判別はつかないけれど、僕には誰が誰だかはっきりと分かった。こうやって眺めると、何もかもが予定されていたような動きに見える。絵が完成すると大画面に花が満ち溢（あふ）れていた。遠目で見ると余計に良い絵に見えた。拍手がノイズのように会場内に響き渡る。そこで動画は終わった。

「同業者というのは教育関係者のことなんだよ。小学校の教員が多いけれど、高校、中学、大学の研究者もいる。この動画を見て、君に連絡をつけてくれないかと私に連絡してくるんだ。彼はいま何してるんだ、うちでも指導してくれないか、話を聞かせてくれないか、とね」

「なぜですか。確かにみんなよく頑張ったけれど、指で絵を描くなんてどこでもやっていそうだし、それほど特別なことを指導しているわけではありません」

「さあね。私にはわからんよ。でもね、この映像は感動的だ。誰が見ても美しい。出来上がったものも美しい。自分もやってみたいという気持ちを起こさせるんだ。指で絵を描く、かっこいいじゃないか」

「でもちょっと前までは、あまり好意的な目では見られていなかったと思いますが」

彼は両手をあげて、落ち着けと僕に合図した。なんだか演技がかっている。嫌な予感がしてきた。僕は目を細めた。

「私も湖山先生があの技法をカメラの前でやったときには驚いた。でも、君がこうやって子どもたちに示したものは、あのときの先生の行動も、君自身の価値をも高めることだ」

こういう褒め言葉は、よくない兆候だと経験的に分かってきた。ちょっと前まで、湖山先生や西濱さんに向けられていたものだ。

「ありがとう、ございます」

声が強張っているのが分かる。そして彼は、その言葉を聞いて大きく頷いた後、

「そこでだ。君に一つお願いがある」

聞く前に立ち上がって断ろうと思った。そのとき、ノックが響いた。

「失礼します！」不釣り合いなほど大きな声だ。理事長も、同じくらいの声量で、

「どうぞ！」と叫んだ。

扉は開き、軽快な足音と共に、いがぐり頭にサングラスをのせたスーツの青年が入ってきた。理事長の前で止まり、敬礼した。もう、警察官になったつもりなのだろうか。心なしか腕が太くなったようにも見える。

笑うべきか、逃げ出すべきか迷ったが、黙ってもう一度、ソファに腰を沈めた。嫌な予感はあたるものだ。

「さて、君たちふたりにお願いしたいのは……」理事長が話し始めると、

「何なりとご用命下さい！」と古前君は声を張り上げた。僕が席を立とうとすると、彼がアイコンタクトをする。「立ち上がるな。待ってくれ」と言っている。

「どうして？　なんで」と訊くと、「すまん、頼む」と返ってきた。

僕はまた、事情が分からないまま厄介ごとに巻き込まれることになった。

名島理事長が提案したのは、大学学園祭での大揮毫会と展覧会だった。そうなるだろうと分かっていて、席を立ちたかったのに彼が止めた。話を聞いた後も、即座に「無理だ」と断ったのだが、古前君がまたそれを止めた。

理事長室から出た後、彼はこちらに向かって手を合わせた。何度この姿を見ただろう。

「すまん、今回だけ！」このセリフも毎度のことだ。

事情を聞くと、うちの大学でも地域貢献や文化的な活動をアピールしたいらしい。地元の子どもたちに大学の学生が水墨画を指導しているというのは全国的にも他に例がない。平たく言えば、理事長が自慢したいのだ。そんなことのためにこれ以上仕事を増やすことはできないと思い、断ったけれど、「そこを押してどうか頼む」と食い下がられた。

憤りを古前君におごってもらった甘めの缶コーヒーで飲み込んで、事情を聞いた。大学の食堂のテラスでのことだった。

どうやら理事長は、地元の複数の企業に強力なコネを持っているらしい。そして大学への貢献度の高い学生が就職難に陥ったとき、知り合いの会社ならなんとか押し込んでもらえたりもするようだ。この企画を成功させたなら、それなりの数の学生の支援ができると理事長は言ったらしい。なぜなら、地域への貢献度を上げて大学の印象を上げ、学生の評価を上げられれば、それだけ地元企業も受け入れやすくなるからだ、ということだった。

「俺の後ろには、体育会と文化会に属する凄い数のダメ学生がいるんだよ。あいつらにちょっとでも未来を与えてやりたいんだ。打てる手は打ってやりたいんだよ」

答えあぐねていると、彼は続けた。僕が缶コーヒーを飲み干してしまうと、彼はまだ開けていない自分の分の缶コーヒーまでこちらに差し出した。僕はそれを受け取った。ミルク入りのさっきより甘い銘柄(めいがら)だった。

「あいつらはもちろん、就職活動をがんばる。がんばるけれど、みんなダメな奴だから、あとちょっと何かが足りないところがある。馬鹿で人がいいだけの奴らだから、ずるくないんだ。でも、ここで俺たちががんばれば、あいつらの『あとちょっと』を補ってやれるかもしれない。理事長にはその力がある。けれども、彼だって何の頑張りもない学生を推すことはできない。その『頑張り』そのものを作れるのがこの企画なんだ。頼む、この通り。これまでだって、展覧会では何度もあいつらの力を借りてきた。俺たちだけじゃできない力仕事はあいつらが手伝ってくれたから、なんとかなってきたんだ」

その通りだ。僕は黙って、缶に口を付けた。甘すぎて舌が痺(しび)れてきた。

「青山君がへとへとなのはわかる。だが今度は一人じゃない。俺たちがいる。無理はわかるが、どうかそこを曲げて頼む。頼む！」

彼はサングラスを外して、もう一度頭を下げた。僕は彼が次々に投げ飛ばされていた姿を思い浮かべた。彼をなるべく傷つけないように手加減して投げ飛ばしていた学生たちの顔が浮かぶ。人の良い濁りのない笑顔が眩しかった。

彼の言う通りだ。湖山会も、ずっと彼らの力を借りて展覧会をやってきたのだ。眩暈も肩こりも右手の疼痛も止まないけれど、僕は頷いた。

「やろう。できることはやろう。やってから、後悔しよう」

僕は缶コーヒーを飲み干し、立ち上がった。


思い立った日から学園祭まで、二週間しかなかった。

普通なら、展示なんて無理だけれど、今回は信じられないほど人手が集まった。体育会系サークルと文化会系サークルの間で、

『この企画を手伝えば就職できるらしい、理事長がコネでどこでも入れてくれるそうだ』

という、なんとも怪しい噂が広がり、我先にと手伝いに声があがった。

僕らは慌てて手伝いを申し出てくれた学生を水墨画サークルの部員に仕立て上げて、指墨を教え込み、作品をかさ増しした。その後、展覧会の準備を手伝ってもらった。

三年生の古前君の手際は見事なものだった。学園祭実行委員会をねじ伏せ、揮毫会のために一時間ステージを確保し、体育館を借りた。だだっ広い展覧会会場を確保し、トークショーまでセッティングした。

「トークショーなんて誰が出演するの?」と訊ねると、真面目な顔をして、

「千瑛さんと君だ」と言った。僕は絶句した。

「彼女の都合も聞いてみないと。湖山賞を獲ってからずっと時の人だから、とても忙しいはずだよ」馬鹿なことはやめろと暗に含ませた。だが、

「もう出演はオーケーしてもらったよ。昨日、美嘉がメールで訊いたんだ。二つ返事だったよ。

君のためならいつでも出てくれるそうだ」と、言い放った。何か間違っていると思いながらも、確認のため湖山会に連絡をすると、珍しく湖山先生が出た。

「名島君から話は聞いているよ。うちも学生さんのために協力したい。なに、君はそれほど頑張らなくていいよ。うちにある作品も何点か飾って華々しくやったらいいよ。千瑛のも西濱君のもある。なんなら斉藤君のも残っている。彼のは、見栄えがしていいんじゃないか」

眩暈はさらにひどくなった。

先生たちの作品を飾れば、作品自体を厳重に警備しなければならない。保管も簡単にはいかない。それが難しいから「大丈夫です」と伝えると「人員は足りていると聞いたよ」と明るい声で返された。反論できない。

「とにかく、それほど君が動かなくてもいいと名島君は言っていた。彼は大げさなところがあるけれど、言ったことは守る男だ。西濱君も回復してきたらしいし、もう心配はいらない。矢ケ瀬さんには私から連絡しておくよ。子どもたちの作品も借りてこよう」

そして、電話は切れた。

また大変なことになると思い、身構えていると、椎葉先生から連絡が入った。

「湖山先生からご連絡を頂きました。私も、あれだけの作品をうちで飾っておくだけではもったいないと思っていたんです。青山さんがいるなら安心して作品も預けられます。水帆ちゃんやゲンキ君は、授業のあとお家でまた作品を描いてきたんですよ。よかったらそれも展示してあげて下さい」

「もちろん」と、僕は頷くしかなかった。

彼らの作品を僕も見たい。飾ってもあげたい。そして、また仕事は増えた。小学校に作品を取りに行かなければならない。頭を抱えていると、千瑛から電話がかかってきた。「もしもし」と答えた自分の声はぞっとするほど濁ったものだった。

「大丈夫？　なんとなく状況は分かるけど」

「うん。もう、何がなんだかわからなくなってきたところだよ」

「そうだよね。で、その話なんだけれど、青山君が揮毫会をしている動画、どうやら誰かがネットにアップしてしまったらしくて、あなたが大学のステージで描くところを撮影したいって依頼があったの。いいかな？」

「いいかなって、僕にはわからないよ。また、前みたいに失敗するかもしれないし」

「大丈夫、今度は私が全力でフォローするから。一緒にやろう」

彼女と一緒に絵を描くのは魅力的なことに思えた。だがこれ以上、厄介ごとを増やすわけにはいかない。

「いや、やっぱりダメだよ。筆もないんだ。いちおうこの前、湖山先生に借り受けたものはあるけれど、あれ以上のものは描けないよ」

「あの筆で、あれだけのものが描ければ十分だと思うよ。あんな使い方するなんてお祖父ちゃんも思わなかったはず。揮毫会で描き上げた作品を見せたら見事だって言っていたよ」

「湖山先生が……、ほんとに？」

「まあ、それっぽいことを言っていたという感じかな。感心してたと思う。でも、『真面目すぎるね』って言ってた」

真面目すぎる。その言葉に引っ掛かり、まごついていると、千瑛は時間がないからと話を続けた。声が弾んでいるように聞こえたのは気のせいだろうか。

「とにかく凄いプッシュで、あなたを撮影させてくれって言われていて、私も社中展の揮毫会での不名誉を挽回(ばんかい)できるチャンスだと思ったから、もう引き受けちゃった。だから、申し訳ないけどよろしく。楽しみにしてるから」

電話は切れた。彼女も湖山先生のような強引なところがあるな、などと思いながら、撮影許可を取るために名島理事長に電話をすると、むしろやってくれ、と言われた。本当は心からやりたくなかった。

日に日にやることが増えていき、頭が回らなくなってきた。

目を閉じても気が休まることがない。ずっと耳元に自分の呼吸音が聞こえているような気がする。

学園祭を目前に控(ひか)え、さらに慌ただしくなってきた。午後のキャンパスで立ち尽くしていると、突然、背中を叩かれた。寒空に清々(すがすが)しい音が鳴った。振り返ると、川岸さんだった。

「どうしたの？」

泣き出しそうな顔をしていたのだろうか。彼女は真剣な表情になった。

「もう、何がなんだか、わからなくて」と伝えると、大きなため息をつかれた。

「なんだ、いつものことじゃない。大丈夫だよ。今回は巧も頑張ってるし、みんなついてる。私もサポートしてあげる」

「どうしてそんなにやる気なの？　勉強忙しい時期だよね。大学院の受験あるだろ」

「ここで頑張ったら理事長に恩を売って大学院への推薦をとれるかもしれないんだよ。少なくとも教授陣への心証はいい。私にも頑張る理由があるっていうわけ」

悪い顔をして笑っていた。

「頑張るよ」と力なく答えると、また背中を叩かれた。

「これまでにない凄いことが起こるよ」

これまでにない悪いことが起こりそうな予感がしていた。


それからの数日、記憶がない。

当日はあっという間にやってきた。どれほど人手があっても、膨れ上がっていく企画や規模には追いつけず、当日の朝まで作業をしていた。

開場まであと数時間しかない。こんなにも早起きをしたのは久しぶりだという学生たちを古前君がなだめながら、体育館で作業を始めた。

先日の小学校のときよりも数倍広い。

さすが体育会系に力が入っている大学だけあり、体育館は、何処までも高い天井と平面が広がっていた。大学側もセレモニーには慣れたもので、思ったよりもスムーズにパーティションや垂れ幕やパネルの手配などは進んだ。数週間前、西濱さんと二人で社中展の展示の準備をしたときにこれくらいの人手があったらと思わずにいられなかった。僕は動かず指示を飛ばすだけになっていた。生まれて初めて、誰かに向かって檄を飛ばしていた。

流されるままこの二週間、働き続けてきたけれど、自分がいまやっていることの違和感を拭い去ることはできなかった。ほんの数年前まで、家に閉じこもって真っ白い壁ばかりを見続けていた人間が大勢の学生に指示を出して、大きな企画を動かしている。それでいて問題は何一つ起こっていない。

自分自身の変化に僕自身が一番戸惑っていた。誰にも見つからない場所で、何のためになるかもわからない小さなことをコツコツやり続けていくのが僕だったのではないだろうか。

いま大声で指示を飛ばして、皆を急かせているこの青年は誰なのだろう。

なんとかぎりぎり、展示会場の設営が終わり、参加してくれた学生の労をねぎらうためスピーチをしている自分に気づいたとき、たとえようもなく不気味だと思った。

スピーチが終わると、皆が拍手をして歓声をあげた。彼らの笑顔を呆然と眺めながら、眩暈に耐えていた。視界は歪む。

それでも、一つ山場を乗り越えたという解放感は大きく、体育館に並べられた子どもたちや先生たちの作品を見るために、一周してみようと思った。作品を一つ一つ眺めたときには込み上げてくるものがあった。美術館の大規模な企画展にも劣らない立派な展示会場だった。子どもたちの作品は、大学生の作品とは別に、入り口近くの巨大なパネルに一枚一枚仮額をつけて飾られており、小学校で飾ったときよりも見栄えがした。まず彼らの元気のよい作品が入場者を微笑ませる。そして、立ち止まると目を見張るはずだ。どの作品もオリジナリティと生命感に満ちている、ように僕には見える。

中でも、追加で持ち込まれたゲンキ君と水帆ちゃんの作品は、仮額ではなく、湖山先生たちが出展用に使う本格的な額に入れられていて、大家の作品のような趣がある。パネルの中央に飾られていて、その周りを他の子どもたちの作品が囲んでいる。主役級の二作品というのが誰の目にも伝わる。

子どもたちの作品を見終わり、肩の力を抜いて、大学生の作品を見始めたところで、古前君が走ってきた。

「青山君、大変だ。会場に大量の花が持ち込まれているぞ！」

「花？」

「花籠とか、鉢に入ったやつとか、胡蝶蘭とか、よくわからないけど、凄いやつだよ！　ほら、君たちの展覧会でもあるだろ！」

僕は倒れそうになった。

完全に、忘れていた。

展覧会を開催すると、お祝いの花や花籠が届くことがあるのだ。

湖山賞のときも、凄い数の花が届くのであらかじめ、花を飾る場所を空けておかなければならなかった。今回は、僕が主体になってことを進めているので、そんなものは来ないだろうと踏んでいた。湖山先生が出展されているのを忘れていたのだ。それはつまり、湖山会の展覧会とも同じことだ。

人は、まばらに入り始めている。大学の催しなので入場規制などなく、出入りは自由だ。それなのに、入り口には大量の花が届き始め、置き場所もなくなりつつある。

「古前君、今からまた人手を集められるかな」

「無理だよ。みんな、自分の部活の出店で忙しいんだ。それに、出店していない学生は揮毫会の準備をやってる。誰もここには来られないよ。さっき、解散したばかりじゃないか」

「そうだよね」僕は覚悟を決めた。

腕まくりをして、会場の入り口に出ていった。自分でやるしかない。脚立を取ってきて作品を外し、パネルを動かし、花を飾る場所を確保するのだ。

これまでも一人でやってきたことだ。できないことはない。

僕は体育館の倉庫から二人がかりで抱えるような大きな脚立を持ってきて入り口付近の作品を外し始めた。パネルの角度を変えれば、どうにかなりそうだ。そのためにはまず作品を外さなければならない。僕に続いて古前君も慌てて駆け寄り、手伝ってくれた。あらかた作品を外し終わったとき、入り口の方を見ると、椎葉先生が立っていた。

周りには小学生たちが囲み、その外側におそらく小学生の保護者たちが立っている。みんな、絵を見に来たのだろうか。僕が挨拶すると、

「青山先生！」と子どもたちが駆け寄ってきた。椎葉先生は会釈した。少し離れたところに、ゲンキ君と水帆ちゃんもいる。

「絵を見に来て下さったんですか」脚立の上から声をかける。

「もう少しだけ、待って下さいね。見栄えが良くなるように、架け替えているところです」と言うと、彼女は笑顔で頭を下げてくれた。

子どもたちも傍で眺めている。僕は慌てて、彼らに注意した。

「いま作業しているから危ないよ。もうちょっとで終わるから、少し離れていてね」

離れてくれる子もいれば、近くをうろちょろしている子もいる。まずいことになってきた。花は増え続けている。僕は古前君に目配せをする。彼も状況のまずさを理解しているようで、手を

速めた。

　最後の作品を取り外したとき、携帯が鳴り始めた。おそらく、ステージの揮毫会の件だろう。今日は、湖山先生たちと行った揮毫会の半分の大きさのパネルを、分離して用意してもらった。これなら失敗したときに替えがきく。僕はズボンの右のポケットから携帯を取り出した。電話は千瑛からだった。

「もう、ステージに着いたよ。みんな、頑張って働いてくれてる。揮毫会の準備はできたみたい。あとは本番を待つだけ。どこにいるの？」

　僕は状況を説明した。すると千瑛は、今すぐ手が空いた人員を連れて手伝いに行く、と言って電話を切った。

　なんとかなった。

　そう思った瞬間、手元が緩んだ。携帯電話は手を離れ、宙を舞った。それをぼんやりと見ていた。宙を舞う携帯電話を見て、子どもが慌ててこちらに走ってくる。心臓が痛みを伴うような強い刺激と共に鳴った。

　危ない、と瞬間的に思った。

　大きな足音が響き、それが古前君にぶつかり、脚立にぶつかった。

　高鳴った心臓の音が鳴り止まないうちに、僕も宙を舞った。下を見ると、水帆ちゃんがいた。僕は落下しながら彼女を庇うために右手を突き出した。

　彼女を助けなければ……。

　それだけを強く思った。その後、視界が真っ白になり、重なるように二つの音が響いた。

「青山君！」

古前君の絶叫が聞こえ、僕の意識が途切れた。

僕の学園祭が唐突に終わった。


またガラスの部屋の中にいた。

ガラス張りの小さな部屋の壁を眺めていると、壁が揺れた。

外側から叩かれているようだ。叩かれた振動で、ガラスが白く濁り、足元が揺れるほどになると壁は真っ白になった。白さは明るさに変わり、次第に眩しさに変わった。目を開けていられないほど、眩しくなった後、やっとただの壁に戻った。

さあ何を描こうと、壁の前に立ち、見つめていると何も思い浮かばない。壁はただ壁のままだ。

これまでなら描きたいものや思い出したいことを浮かべれば、壁は即座に形を変え、そこに像を浮かべた。けれども、いまは壁は壁のままだった。

仕方ない。何も思い浮かばない日もある。僕は筆を取り上げた。いつの間にか、手には僕の筆が握られている。久しぶりに僕は自分の筆を手に取る。

描き始めれば、イメージが浮かぶときもある。

僕は壁に鋭い線を描いた。

壁にはナイフで切りつけたような切れ目が入る。薄い陰影を伴って、壁には亀裂が刻まれ、僕はその重い手応えに戸惑う。右手に握られていたのは、刃の欠けたナイフだった。

思わず手を離すと、ナイフはガラス細工のように砕けて割れた。何かが粉々に砕ける高い音がして、驚いた拍子に両手が動くと、右手に鋭い痛みが走った。

右手を見つめると、手首の少し下から風化するように崩れ始めている。崩れた場所は壁のように白い粉になり空間にさらわれていく。

僕は慌てて右手を押さえる。だが崩れ落ちていく手は止まらない。痛みはさらに強くなる。助けを求めようと視線をあげると、壁はいつの間にか真っ黒に変わっている。崩れ落ちていく、右手の白い粉が銀色に輝いて見える。

僕はいつの間にか、真っ黒な世界の中に立っていた。

ただの暗闇だ。本当はいつもこんな暗闇の中にいたのかもしれない。かすかな光を探そうと目を凝らしていたから、何もかもが白く見えたのか。

黒い世界の静けさは、ただ怖かった。何もかも見えていたときは温かかったのに、今は冷たい。輪郭はすべて消えてしまった。押さえていた右手の指さえ見えない。

いや、違う。

見えないのではない。右手がなくなっているのだ。押さえていた手首から先が消えている。失ったことに気づき、僕は声をあげる。鋭い痛みは、何度も繰り返される。

誰かに助けを求めなければ、と、視線を上げると母がいた。ガラスの壁の向こう側に立っている。

左手を伸ばすけれど、届かない。哀しそうに微笑んでいる。

「母さん、助けて」

やっと声にしたとき、彼女の像も消えてしまった。

残ったのは、僕の声の残響だけだった。

これは夢だ、と僕は信じようとした。この場所は幻想で、この痛みも幻想で、この孤独感も、絶望感も幻想だ。そのことに気づいていることで、ここから脱け出そうとした。

僕は暗闇の中、目を閉じた。

深い眠りの中で、もう一度眠るのだ。痛みに堪えながら、僕は意識が消えていくのを待った。

自分自身を消し去ろうと、心を研ぎ澄ませば、研ぎ澄ますほど、意識ははっきりしてくる。その研ぎ澄まされた感覚は、さらに強い痛みを僕に与える。

痛みはさらに膨れ上がり、白くなった。

また、何もかもが眩しくなる。

耐えられないほどの眩しさがやってきたとき、目を開けた。

そこに現実があった。


白い天井、蛍光灯の眩しい光、ひどい絶望感。

そして、続いている右手の鋭い痛み。頭が、まともに働かないからか、言葉はぶつ切りで浮かんでくる。

僕は身体を起こそうとした。無意識に突いた右手にまた鋭い痛みが走り、声をあげた。痛みに目を向けると、ギプスが巻かれていた。ほんのわずかに指を動かすだけで声をあげてしまう。

すべて、本当のことだったのだ。

僕は病院のベッドに寝かされていた。カーテンで仕切られた狭い空間で目を覚ました。体を起こそうとすると背中や肩に痛みが走った。そして、右手には夢の中と同じ痛みが続いている。それなのに、僕が一番強く感じているのは、疲れだった。ずいぶん、久しぶりに深く眠った感覚がある。

痛みをごまかすために、大きなため息をつくとカーテンが開いた。

「霜介、起きたのか」

そこには叔父がいた。久しぶりに会う叔父は、白髪が増えていてすぐには誰か分からなかった。気を遣うようにこちらに微笑んだ。僕はその笑顔が苦手だった。

「ああ、もう大丈夫」と身体を起こそうとすると、全身に鋭い痛みが走った。

「そのままにしていろ。いま先生を呼んでくる」

そして、またカーテンは閉められて独りぼっちになった。叔父がいるということは、余程のことが起きたのだと分かった。右手は見えない。動かしてみた後、ため息をついた。身体も起こせない。そして、ここが正確には何処かも分からない。何よりとても疲れていて眠い。しばらくして、叔父と医師がやってくると説明が始まった。

そのどれも予測した通りの内容だった。

右手は骨折、背骨やあばらも罅（ひび）が入っている。脳はこれから検査、何よりひどく疲れていたようで、あれから二日間ずっと眠り続けていたらしい。

「学園祭の片付けがあるから、いまから戻ってもいいですか」と若い医師に訊ねると、

「起き上がれるならどうぞ」と言われた。つまり、無理だということだ。彼は僕の発言に気分を悪くしたようだった。このまま検査のため数日、入院しなければならないらしい。説明がすべて終わると、叔父と二人きりになった。

顔を合わせるのは、ずいぶん久しぶりだった。一年近く会っていない。

二人で向き合うと、言葉が出てこない。他人行儀な挨拶も、世間話もないから、大事なことしか話せない。

するとお互いの言葉が消えてしまう。大事なことを、僕が素直に話せないからだ。

両親が亡くなった後、僕を引き取り面倒を見てくれていたのに、僕は彼と叔母さんのいる家には帰らなかった。両親と暮らしていた家に引きこもり、何もしない時間を過ごし、壁を見つめていた。そして、僕の進路を半ば強制的に叔父は決めた。いまの大学に進学させることだ。そのことを恨んではいない。むしろ感謝しているくらいだ。だが、彼はそう思っていない。彼は僕の面倒を上手く見られなかったことに負い目を感じている。

「そんなことは気にしなくていい。僕は感謝しているんだ」と伝えられれば、それで終わるはずなのに、それは言えない。

叔父と顔を合わせると、両親が亡くなったころのことを強く思い出す。そのことでまた無気力になってしまうのが怖くて、彼を避け続けていた。嫌いではない。ただ苦手だった。

ふいに目が合うと、力なく微笑んだ。やはり言葉はなかった。責任を感じている、と顔に書いてあった。責任を感じることの辛さも、少しだけ理解できるようになった。どんな小さなものでも、責任を背負わなければ、彼の微笑みは分からなかったかもしれない。

僕は、その笑みに少しだけ父の面影(おもかげ)を感じていた。よく似た兄弟だったから、そう思ったのだろうか。それだけに彼の感じていることが手に取るようにわかる。それが、また、嫌だった。身体中が痛くて、肩も重く、クタクタだったけれど、それよりも、この気まずさのほうがいたたまれない。

　どうすれば、この状態を抜け出せるのかと頭をひねりながら、なぜだか古前君のことが頭に浮かんだ。彼ならどうするだろう。彼なら、いまの僕と叔父のような関係を世界中の誰とも築かないだろう。彼は、僕がとても落ち込んでいるときも、厚かましい話やどうでもいい話をして関わってきた。でもそれが彼なりの優しさなのだと三年経つと分かってきた。

　彼ならいまどんな言葉を発するだろうと思ったとき、僕が一番苦手なことを思いついた。苦手なことをやってみようと思ったのだ。どうせボロボロだし失敗しても何も失うものはない。僕は、世間話をしてみようと思った。

「あのさ」

　と、僕が口を開くと、彼はまばたきをして姿勢を起こした。僕が話しかけるとは思っていなかったみたいだ。

「この前、墓参りしたんだ」

「霜介が……、か?」

　他に誰がいるというのだろう。

　だが、僕のこれまでの行動からは絶対に想像できない言葉が飛び出したのは間違いない。僕は先日、椎葉先生とあの場所に行くまで一度も足を運ばなかったのだ。彼が何度も誘ってくれたにもかかわらず、だ。彼を傷つけただろうかと思いながらも、話を続けた。これは世間話なのだ。

「いいところだね、あそこ。綺麗なお寺の裏で、空気が澄んでいて、花もきちんと供えられてあった」

「ああ。そうだな。お寺さんがよくしてくれているんだ。私も毎月行っている」

知らなかった。あの美しさは叔父が保ってくれていたものなのだろうか。

「ありがとう」と自然に言葉が零れ、彼が止まった。

会話が途切れた。

なぜだか、叔父が変なものを見る目でこちらを見ていた。訳がわからず、彼を見つめた。そして、瞳がゆっくりと潤んでいくのを見ていた。僕は世間話の内容を振り返っていた。何もない。当たり前のことを話しただけだ。

だが、たった一つだけこれまで叔父に言ったことのない言葉を伝えていたことに気づいた。

「ありがとう」

彼は、僕がそう言ったことに驚いているのだ。

僕はやはり間の抜けたところがある。そんなささいな言葉さえ、ずっと伝えてこなかったのだ。ずっとそう思っていたのに。

何も決められないときに、僕の進路を決めてくれたのも叔父だった。いまのマンションを用意してくれたのも、僕がいつでも帰ってこられるように実家の手入れをしてくれているのも、両親が亡くなった後、彼らが残したすべての問題を引き継いでくれたのも叔父だった。

それなのに、僕は何も言えなかったのだ。それどころか、彼にずっと責任を感じさせてしまっていた。それが、まずいことなのだと、気づいてしまった。ふいに飛び出した「ありがとう」のせいだ。数年前の僕には、そのことが分からなかった。そんな気持ちがあることを実感することはなかった。

　ありがとう、と言ってもらえなかったことが、ありがとうと言っていなかったことを教えてくれた。

「霜介、大人になったな」と彼は言った。僕は首を振った。

「なれないよ。なんでも、うまくできない。やろうとすると失敗するんだ。今回も、こんなになっちゃったよ」

「でもな」と彼は言った。

「始めただろう。自分で何かをやったんだ。本当の気持ちって、自分で何かやってみないと分からないものだろう。分かるってのは、失敗じゃないだろう？」

「そうだね。痛い思いもしたけど」

「次は、落っこちないようにしてくれ。お前が庇った子どもさん、無事だったよ」

　やっと叔父は微笑んでくれた。水帆ちゃんのことだろう。僕はホッとして、身体の力が抜けて目を閉じた。急に眠気が襲ってきた。

「お前の先生とか、お前の代わりにステージで頑張ってくれた同僚の女の子や友達から、また電話がかかってきそうだから、連絡してくるよ。お見舞いに来ると言っていた。とりあえず問題はなさそうだから、来てもらうことにするからな」

　僕は目を閉じたまま「わかった」と答えた。なぜだか千瑛の顔だけが浮かんだ。彼女に謝っておかないといけないと思ったけれど「ごめん」と言うのはやめようと思った。

「悪いけど、眠るよ」と僕は言った。

「ああ、霜介。おやすみ。よく頑張ったな」

と叔父は言った。目を開けて彼の顔を見たかったけれど、それはとても難しいことだった。

馬鹿々々しいことだけれど、脚立から落ちて良かったと眠る前に思った。

彼に大切なことを伝えられた。

右手の指先の感覚が消えていることは、しばらく黙っていようと思った。


もう夢は見なかった。

ただ眠って、目覚めるだけだ。照明のスイッチを落とすように簡単に眠りに落ち、目覚めた。

目覚めて身体を起こそうとして「うっ」と声を漏らすと、カーテンが開いた。

「起きたの?」

千瑛だった。冷たい目でこちらを見ている。

「おはよう」と戸惑いながら、呟いた。大きな瞳が、さっきの夢で見たナイフみたいに尖っていった。僕が何かしたのだろうか。顔が赤らみ、目つきはさらに鋭くなり、唾(つば)を一度飲み込んだ。

何かを堪えるような仕草だ。

揮毫会の代役のお礼を言おうと、

「ステージのことなんだけど……」と話し始めると、余計に顔が赤くなった。本格的に怒らせてしまったようだ。もう一度、何かを堪えると、

「お祖父ちゃんを、呼んでくるね」

と言ってカーテンから離れ、足早に病室を出ていった。

ベッドの周りのカーテンが開かれると、ホテルのように綺麗な部屋だなとぼんやりと思った。やっと周りを確認する余裕ができた。

彼女を追って立ち上がろうとしたけれど、やはり無理だった。何処ともいえないほど、背中全体が痛い。目覚めたときよりもひどくなっている気がした。

僕は諦めて横たわった。また目を閉じた。痛みに耐えるにはそうするしかなかった。すぐに扉が開き、誰かが入ってきた。

僕は目を開けた。

そこには湖山先生がいた。

「いつかと、逆になっちゃったね」と先生は、ゆっくりと言った。

先生が脳梗塞（のうこうそく）で倒れたときのことを言っているのだろう。あれは二年前の冬の出来事だった。

笑おうとしたけれど、難しかった。

「そのまま」と、僕を制止した。「すみません」と謝ろうとして自然に頭を下げたから、また痛かった。静かにこちらを見詰めている視線そのものが、同じものに満ちている。無理にでも笑うべきだったと思った。でも笑うと余計に悲しまれそうな気もした。大変なときにヘラヘラしようとするのはよくない癖（くせ）なのかもしれない。無駄なことばかり考えていると気づいたとき、自分が混乱していることを理解した。結局、なんて言えばいいのだろう。

先生も黙っていた。

ただ先生と向き合っていると、浮ついた心が引いて次第に身体の力が抜けていった。

晴れた日の緑の海で、浅瀬に立つような気持ちだ。波打ち際で、砂に埋もれていく足を見つめているような感覚に襲われた。顔を上げる気にはなれない。大きなものを見つめると背を向けてしまいそうだ。

こんなことは、先生の書斎でもよくあった。そのときは濃密な墨の香りや、陽当たりのいい室内の美しさがそれを与えているのだと思った。でもいまここに先生がいるだけで、それは起こる。向き合えば、とても美しいものを探し始める。でもそれに形はない。形は、いまここにある篠田湖山という人だけだ。そして僕がいる。

僕らはまた真っ白な部屋の中に二人だけで座っているような気持ちになった。

「いつかと、逆になっちゃったね」とは、いつかと同じだね、という意味なのだと思った。病室で向き合ったあの時間の続きが、またやってきたのだと思った。

心ある人が向き合えば、人は自分でも気づけなかったものに気づけるのかもしれない。篠田湖山というのは、水で山で森で自然なのだ、とこのときに思った。

何も言わないことが、この人の優しさなのだろう。僕はヘラヘラするのをやめた。話さなければならないことがあったのだ。

「先生、ご迷惑をおかけしました」と絞り出した言葉を聞いて、彼は静かに首を振った。

「これほどまでに、無理をしなければ、できない仕事をさせてしまったことを私も悔やんでいるよ。すまなかった」頭を下げた先生を見ていられなくて、僕も頭を垂れた。痛みはもう忘れることにした。静けさが訪れると、ようやく言葉も生まれた。

「本当にあのときとは反対だなと思います」

「どういうことかね」

「筆はお返ししなければ、なりません」

先生は一度だけ瞬きをした。閉じて開かれた目は、さっきよりもずっと憂いを帯びていた。秋が冬に変わるような寒さを見ていた。

「どうして」

「右手がきかなくなりました。まだ誰にも言っていませんが、感覚がないんです。筆を持つことはできそうにないです」

「右手を感じないのかい？　指先が消えてしまったように」

「ええ。そうです。指先が消えてしまったように。手から何かが失われてしまったのを感じます。何か重いものがふいに抜かれてしまったような、大切なものが奪われたような感じです。動きはしますが、消えてしまいました」

先生は自分の右手の指をゆっくりと握った。

「大切な筆だということですから、後日お返しします。本当に今までありがとうございました。僕の道はここで終わりのようです」

話しながら、ようやく自分の心の自然な在り方に気づけたことが嬉しかった。

もう、やめなければならない。

本当はそう思っていたのだ。僕が足を踏み入れるには厳しすぎる世界だった。そしてやはり、僕では及ばなかった。そのことに気づけてよかったと思えた。言葉にして、先生に伝えられたとき、これまでの数々の想い出が蘇ってきた。

水墨を始めたことに後悔はない。失うものなど何もないところから前に進むことができた。真っ白で無気力な場所から、真っ黒で重い現実に帰ってきた。それでも前には進んだ。その間に美しいものも数多く見てきた。

何よりこの人に会えた。

千瑛や西濱さんにも会えた。何気ない瞬間をいつもかけがえのないものだと感じていた。そんな思いを抱えている人の傍にいることができた。

「ありがとうございました」ただ微笑み、伝えた。腰の痛みに堪えて、身体を深く傾けて起こした後、先生を見た。彼は、僕の顔を見ながら大きなため息をついた。

「涙をとめて、そう言ってくれれば、私も頷くことができた。君には無理をさせてしまったと自分を責めていたから」

左手で頬に触れると濡れていた。

「君はまだ、見えていない」

僕は黙って先生を見つめていた。何を言っているのだろう。

「君はまだ、森羅万象を見ていない。あの筆をどう使うのか分かったかい？」

僕は首を振った。

「菊や梅を描きました。でも、もうあれを繊細にコントロールすることはできません。僕では技量が及びません」

「技量や手の技なんて、どうでもいい。無限に変化する形の一つをとりだして、騒ぎ立てているに過ぎない」

「ですが、僕にはあの筆は使えません」

「いいや。今の君にこそあれは、必要なものだろう」

それから湖山先生は大きくため息をついた。そして、諦めたように声を絞り出した。

「なあ、青山君。もう一度だけ、揮毫会をやらないか」

僕は痛みを忘れた。頭の中は真っ白になった。

「先生、何を……」

「君の目覚ましい活躍は、多くの人の関心を引いてしまったようだ。そして、大学での展覧会の成功はそれに拍車をかけた。千瑛が派手に動き回っていることも無関係ではないだろう。私のところにも、毎日電話がかかってくるようになった。君を名指しでかけてくる人もいる。君がいま大変な状況だということは誰も知らないからね。私はいまのところすべての申し出を断っている。けれども、やはりたった一つだけ仕事を受けようと決めたよ」

「それが、揮毫会ですか?」

「ああ。それが私にとっても最後の一歩だ。私の引退式だよ。美術館を借り切ってやろう。展覧会とともに。それが終わった後、君がどう生きるのかは、君にゆだねる」

「ですが、もう僕は描けません」

先生は首を振った。

「あと一歩だけだ。そこに線がある。そこに進まなければならない。そのときに辞めるべきか、進むべきか決めなさい。いま君が立ち止まった場所は、君が安らぐべき場所でも、たどり着くべき場所でもない。ここは君が通り過ぎるべき場所だ」

「最後の一歩、ですか」考えがまとまらないまま、言葉を絞り出した。

「ああ。おそらくね。そして、最後の一線だ。決心がついたら、私の山にある工房にきなさい。そこで静養をしてから揮毫会に挑むといい。きっと君の手も今よりよくなると思うよ。大切な場所を探すんだ」

先生は僕の手のギプスを撫でた。微笑んで見せたけれど、それが演技であることは分かった。先生は確かに見つめることで痛みを感じていた。

「君が回復するまで、私も引退しないでおくよ。もし辞めるときも一緒だ。疲れ果て、横たわった人に話すには酷だけれど……、歩きなさい。あと一歩だけ、進みなさい」

「歩くって……」冬のように冷たかった先生の瞳は、春の日差しのように温かく澄んでいた。

「絵は手が描くものじゃないよ。手はただのお手元だ。そして私たち自身でさえも……」

それだけ言うと立ち上がり病室を出ていった。扉が閉まる音がして、僕は取り残されたような気持ちを感じていた。涙はいつの間にか乾いていた。

もっと何もかもを訊ねたかったけれど、追いかけて問いただすには先生は離れすぎていた。いまは、歩き出すこともできない。

いまここで転げ落ちてしまえば、その一歩くらいはどうにでもなるのではないかと思えた。でも、そんなことを本気で考えている自分が怖くなった。

転がり落ちるのは一度でたくさんだ。

筆を置く。先生の言葉をやっと守れたのだ。

先生の足音は遠ざかっていった。

それから数日後、退院できた。郵便受けを久しぶりに開けると、大量のチラシが投げ込まれていた。僕が現実をなおざりにした分だけ、煩雑な情報が積み重ねられていた。

その分厚い紙の束の中に一枚だけハガキが紛れ込んでいることに気づいた。

差出人不明のあのハガキの主だと思った。僕はチラシを脇に抱えたまま、なんとかハガキだけを取り出した。

今度は鳥の絵ではない。

湖と山、それだけがたった二筆で描かれている。への字と鮮やかな水平線だけだ。どちらもうまくない。それなのに湖と山だと分かる。筆意がはっきりと読める。

「ああ、これなら子どもたちも描けるな」と瞬間的に思った。

どうしてこれを思いつかなかったのだろう。そう思った後、すぐに暗い気持ちが込み上げてきた。もう彼らに絵を教えることはないのだ。

素人目にはとても簡単な絵に見えるけれど、高度な減筆が施されている。減筆というのは筆数を減らして、筆致を際立たせること、だ。

エレベーターに乗り込みハガキを見つめながら、憂鬱な気分を忘れるために絵に集中している自分に気づいた。そのうち、自分の部屋の前にたどり着き、鍵を開けた。左手で鍵をひねると脇に抱えていたチラシをその場にばらまいてしまった。チラシは風にさらわれて飛んでいった。僕の手元に残ったのはハガキだけだった。何もかも追いかけることはできない。扉を開けると墨の匂いがした。

部屋は足の踏み場もないほど散らかっていた。学園祭のために徹夜続きだったので片付けもろくにしていない。画仙紙は床に積み上げられている。

「ただいま」

と語り掛けても物音ひとつしない。墨の香りだけが微かに残っていた。

散らかった部屋を片付ける気力もなく、そのまま床に座った。リュックを肩から下ろして寝転がると、ハガキだけを見上げてゆっくりと呼吸をした。寝転ぶと少し痛い。足を伸ばすと、その辺に山のように転がっている反故紙(ほごがみ)に当たった。小さな動物が動いたような音がする。

背中もあばらもまだ痛む。

絵を見つめていたはずなのに、あの若い医師の言葉が浮かんだ。

どうやら僕は、脚立から落ちた後、倒れてきたパネルに叩かれたらしい。水帆ちゃんを庇(かば)って折れた手で踏ん張っていたので、右手は治りが遅いそうだ。指先の感覚がないというのは、原因が分からないとのことだった。脳にも異常はないし、手は綺麗に折れているのでそのうちにくっつくし、しびれがあっても数日中にはよくなっていくだろうとのことだった。しびれなどなかった。感覚がないのだから、と訴えても、彼は首をかしげるばかりだった。僕は問い質(ただ)すのも面倒になって諦めてしまった。

実際にはそこにあるのに、本当に右手が消えてしまったみたいだ。もう震えることもなかった。陽にかざすと光が掌を透過(とうか)して見えるようだった。右手の輪郭だけがうっすらと輝いている。

気づくと僕は、ハガキの縁の真っ白な場所を見ていた。描かれた部分より、描かれていない部分のほうが多いのに、じっと見てしまう。描かれたものより、描かれた外側を眺めているからだ。描かれたものを、もう見たくなくなってきたのだろうか。

そうかもしれないとも思う。

ハガキは、重さを感じられないくらい軽い。かつての右手ならこの重さを感じられたはずなのに左手では分からない。

そしてこの絵が巧みなものでないことが心を安らげる。巧いものなら、見たくなくなっていた。子どもたちでも描けそうな拙いものだからこそ、落ち着いて眺めていられる。もう僕には描けないものだからこそ、巧い絵を眺めるのは辛くなりそうな気がする。

息を止めて絵を見ていた。

そして、また気づきたくもないのに気づいてしまう。

湖に黒い横線が引かれている。小指の爪で引いたような黒い線が一つ、いや二つ重ねられている。これは何なのかと、目を凝らす。まるで目の前の遠景を計るように遠くを見た。どうやら本当に爪で押したようだ。思い付きなのだろう。それだけに創意を感じる。

湖に浮かぶ孤独な舟。

孤舟。

白い霧の中に浮いている。

まるで今の僕自身のようだ。そうか、これは、今の僕のために誰かが描いてくれていたのか。ハガキを裏返し差出人を確認しても、やはり名前がなかった。二枚とも背景に湖が描かれた絵だった。

最初は鳥、そして次に舟。

湖山会のうちの誰かだろうかとも思ったけれど、湖山会の誰かなら筆法はもっと巧みだろう。他の会派の人かとも思ったけれど、それならば僕の住所自体を知らない。僕は考えるのをやめて、ハガキを胸の上に置いた。

誰かは知らないけれど、とても温かな人が描いてくれたことだけは分かる。

目を閉じて、ずっとこのまま眠っていたいなと思った。

右手のことも、進路のことも、将来のことも、揮毫会のことも忘れて、またこの部屋の中で天井を見つめながら過ごすのもいいかもしれないと思えた。幸い両親の遺産がまだ使いきれないくらいある。最低限の生活をしていればずっと困らないだろう。

それでいいような気もした。

そのまま、大したこともせず天井を見上げて数日過ごしていると、突然、部屋のチャイムが鳴った。無視して寝転がっていると、次にチャイムではなく、部屋の扉が叩かれ始めた。オートロックを越えて誰かが入ってきたらしい。古前君かとも思ったけれど、叩き方が少し大人しい。では川岸さんだろうか。それなら、彼も一緒に来るはずで、扉を叩きながら大声で僕を呼んでいるだろう。考えているうちに扉にたどり着き、開けた。そこには、千瑛が立っていた。頬を膨らませているように見えるのは気のせいだろうか。

「どうして出ないの？　携帯にも、チャイムにも。皆、心配しているよ」

黙っていても許してはくれそうになかった。適当な言い訳を考えたが、思いつかず、僕は本当のことを話し始めた。

「ごめん。左手だと使いにくくて、携帯持ち上げる気にならなかったんだ」

そう言うと彼女は黙ってしまった。目を見たら怖くなって、また、ごめんと言いかけたとき、彼女は僕を押しのけて勝手に部屋に入ってきた。そして、

「あっ、やっぱり！」と悲鳴に近い声をあげた。

部屋のことだろう。いつかもこんなことがあった気がする。というよりも、僕の部屋に来る人はみんなこんな声をあげる。床の画仙紙さえ片付けてしまえば結構、綺麗な部屋のはずなのに僕以外の人にはそうは見えないようだ。

「ほっといていいよ」と言ったのに、もう部屋の片付けを始めている。

「なんで散らかってるって分かってるのに、片付けないの……」とこぼしながらも床の反故紙を拾っている。

「お茶でも淹れるから」と言ったが、聞こえていない。僕はお湯を沸かした。その後、何を淹れるべきかを迷った。いつも通り紅茶にしようと思い立ったところで、切らしていることに気づいた。コーヒーを淹れても良かったけれど左手では難しそうだ。緑茶だと当たり前すぎて悪い気もする。こんな簡単なことさえ決められない。結局、

「お茶は何がいい？」と訊いてしまった。すると、こちらを見ずに、

「おかまいなく」と言われた。そういうわけにもいかず、ようやく茶葉の束の中からミントティーを発見してこれにしようと決めたとき、彼女に呼ばれた。

「これ、大切なものでしょう。床に置いてちゃダメだよ」

差し出されたのは、母の学習指導計画書だった。表紙には『青山敬子一年三組』と書いてあ

る。母の亡くなった年が妙に目につく。

「ありがとう」と言ったけれど、受け取るとそのままキッチンの傍の棚に置いてしまった。彼女はため息をついた。

「空気、入れ替えるね」と言うと、カーテンを開けて窓を開け放った。

室内に久しぶりに風と光が入り込む。外の風は、部屋着では寒すぎる。彼女は差し込む光の中に立っている。

「今日は日差しは温かいね」と彼女は言った。

そんな簡単な言葉にもすぐには反応できない。疲れ果てていることだけを感じて、ぼんやりと彼女を見ていた。人としばらく会っていないので、また話し方が分からない。世界と同じだけ彼女が遠くに思えた。光を帯びた彼女の白い肌が薄く輝いて見える。真っ黒な髪の毛に当たる光を反射しているのだろうか。

彼女の髪が風で揺れると、肩が一度だけ上下した。またため息をつかれたのかもしれない。

「お見舞いにきたつもりだったんだけど、お花を忘れちゃったから一緒に買い出しにいかない？」

行かないと答えたかったけれど、黙っておいた。

どうせ嫌だと言っても連れていかれるのだろう。彼女の目がそう言っていた。肩をすくめると、次の瞬間には彼女の車に乗り込んでいた。

久しぶりに乗る彼女の車は狭かった。

いつもバンに乗っているからそう思うのかもしれない。真っ赤なスポーツカーでサーキットでも走っていそうなスタイリッシュな形をしている。

当然シートもそんなふうに作られていて気楽に座っていられない。乗り込むだけで腰が痛んだ。シートベルトは彼女が締めてくれた。そこから心の準備をした。彼女はあまりMT車の運転がうまくない。自分が車に乗るようになって、運転の危うさが余計に分かるようになった。強引に前に出ようとする気質は事故の元だ。軽くアクセルを踏み込んだだけで、シートに肩が叩き付けられ、振動が腰に響いた。

もっと運転もしやすく車高も高いAT車に乗るべきだと思うのだけれど、そのつもりはないようだ。この車が最近は気に入ってきたと勝手に話している。なるべくブレーキをそっと踏んでくれることだけを願っていたけれど、無駄だった。素早い加速をする車は、同じくらい早くブレーキを踏まなければいけなくなる。僕はシートに深く腰を押し付けた。エンジン音さえ今は骨に響く。彼女の運転は僕を揺さぶっていた。

わざとやっているのだろうか。

車は川沿いの土手を走る長い一本道に差し掛かった。彼女はリラックスして片手で運転している。ギアをいじらなくていいからだろう。

「この前は、揮毫会ありがとう」と僕は忘れないうちに病室で言いそびれたお礼を言った。彼女はしばらく黙っていた。軽快なエンジン音だけが響いていた。僕もようやく腰を浮かした。

「お礼を言いたいのはこっちのほう……。青山君には悪いけど、あの揮毫会、すごく楽しかった。大作を二枚だから大変だったけど」

「そうなんだ」言葉をかぶせるように返事をしてしまった。

「子どもたちがすごく喜んでくれて、そのことで保護者の方とか、周りの大人も喜んで、ほんとお祭りみたいだった。今年一番いい揮毫会だったと思う」

「僕も高いところから落ちた甲斐があったよ」と軽口をたたくと彼女はまた黙った。

加速をゆるめ甲高いエンジン音が、静まった後、彼女は口を開いた。

「でもね、これを全部用意したのがあなただったから、そのあと辛かった。ほんとはあの楽しい気持ちも、賞賛も、笑顔もあなたに向けられるはずのものだと思ったから。一番頑張っている人が報われないのは、何か間違ってるなって思ったよ」

僕はゲンキ君の顔と水帆ちゃんの顔を思い出した。それからクラス全員の子どもたちの笑顔だ。それは痛みにも似ていた。

「報われたいなんて、思ったことないよ。それは千瑛さんの考えだよ。僕は何かを目指してたわけじゃない。たぶん、何も目指してなかったんだ。みんなの役に立ちたいと思っていただけだ」

言いながら納得しようとしている自分に気づいて、黙っていたくなった。

「じゃあ、どうしてそんなに悲しそうに話すの」と彼女に問われたとき、どうしてだろうと思いながら、言葉は先に答えを見つけてしまったようだ。彼女はまた加速した。

「哀しくないなんてこと、あるわけないじゃないか」

エンジン音にかき消されそうな声で言った。意味は自分でも全く分からない。でも、その語調と声の翳りが意味を付け加えていた。彼女が奥歯を嚙んだのが見えた。そして減速を始めた。ギアは変わっていく。

「そうだよね」と彼女は言った後、

「着いたよ」とハンドルを切って駐車場に入った。

そこは大きな神社の駐車場だった。

観光客も訪れるような立派なお社で、何かのお祭りなのか屋台まで出ていた。

大きな駐車場で、駐めやすい位置を探し出しエンストしながらも駐車したときには僕も少しホッとした。エンジンを止めると車内は居心地が悪いほど静かになった。彼女は無言のまま車から出た。僕がシートから立ち上がるのに苦戦していると手を貸してくれた。右手を握ろうとしていたので手を引っ込めると腕を持たれた。ありがとう、とは言えなかった。

歩き出すと、数えきれないほどの人がいることに気づいた。歩けないほどではないが、簡単に進めるほどでもない。もう帰りたいと思ったけれど、彼女は僕の横に付き添っている。晴れた日の神社の境内(けいだい)は清らかだった。通り過ぎる人たちの顔が穏やかだからそう見えるのだろうか。

「お参りするの？」

「それもいいけど、目的はもう少し先にある。ついてきて」

玉砂利を踏んで参道を横切り、幾つものテントが並ぶ一角に来た。人が集まり声をあげている。穏やかな足音が幾つも聞こえる。

懐かしい匂いが微かに漂う。

香りにつられて感覚が研ぎ澄まされていく。ほんの少し前なら簡単に言い当てられたのに、言葉がそこに追いついてこない。

「心が萎(しお)れてしまったときには、少しだけ預けてしまうといいよ」

彼女はそう言って角を曲がった。そこには、無数の菊が棚に並べて咲き誇っていた。

「菊祭り？」

「そう、菊を描いていたときはこの時期になるとよく来てた。湿った優しい香りがするよね」

僕らはさっきの半分以下の速度で歩き始めた。白や黄色や紫の大ぶりな菊が小さな花火のように咲き誇っている。賞をもらっている菊も多く、花弁の広がりや重さが目を通して感覚に飛び込んでくる。

この菊の花びら一枚、穂先でなぞれば、どんな軌跡になるのだろう。

思い描く瞬間が無数にあり、その度に右手の感覚を思い出していた。

花のすべての線を記憶しようと目が走っていく。二年前、四君子の卒業画題である菊花を習得するため何度も繰り返していた所作が身体や意識の在り方にまでこびりついている。絵師である僕が、僕の中で動き続けていた。それは自転車に乗ると自然とバランスをとって走り出すことと同じだ。そこに佇めば、頭も身体の中の感覚も動いていく。ただ心だけを残して、意識は架空の絵を作り上げていく。

目の中に浮かび消えていく無数の絵が、頭の中で描き上げられた次の瞬間、別の花に意識が飛び、また新しい花を作り始める。

目の前にある景色は、絵ではないけれど、誰かが作り上げた名画の中を歩いているようにさえ思える。花は白や黄色や紫、葉の色は濃緑や黒や黄色なのに、意識に浮かんでいるのは黒白だった。モノトーンの柔らかさで色彩を眺めている。

絵を見ていることと、まるで反対のことが、現実の花の中で起こっていた。

普段、菊を見ていてもそんなふうに感じないのに、どうしてそう思うのかと探っていくと、一輪の花の前で足が止まった。

その花は、テントの脇に追いやられ、他の花の陰に隠れていた。背丈は低く、花もやや小ぶりで葉の形も他の物のように整っていない。他の物よりも一段落ちる作りであることは一目瞭然で、花に花を添えるために隠されているのだと気づいた。

白く乱れた菊だった。

僕はその一輪に目が吸い込まれていった。

「どうしたの?」彼女が隣に立った。

「この白い菊、見栄えがしないなと思って」

「そうね。これだけ立派な菊がならんでいたらね。形も大きさも、不揃いだものね」

「左右がアンバランスで、葉もところどころ欠けていて、花も斜めに咲いている。まっすぐにはなれない」

「そうね、何かが少し足りない」

「まるで、僕みたいだ」

「あなたは……」彼女が一歩近づいた。

「いや、心が落ち着くんだ。悪い意味じゃないよ。何かが欠けていることで満たされるものもあるんだな、と思って。不完全だと思っていたものが、実は完全なことがあるのかもしれない」

彼女と目が合った。猫のように大きく目を見開いている。空の鮮やかな青が黒い瞳に鮮やかに張られている。

「私は同じものを見ても、そうは思えない。美しいものや形を探してしまう」

「僕だってそうだよ」

「でもあなたはこの花を美しいと思うんでしょ」

「別に整ったものだけが美しいわけじゃない。美しいものだけが、ただ美しいわけじゃないって思うんだ」

どう説明すれば伝わるのか、彼女の瞳を問いかけるように見つめた。疑問を浮かべたときの彼女の表情がまるで子どものようで、どうしても伝えたくなったのかもしれない。

「心を重ねられるものは別に、完成されたものじゃなくてもいい……、気がするんだよ」

思いついたことのすぐ近くをかすめるように話していた。うまく説明できていないことは分かっていたけれど、それほど間違っていないことも分かっていた。曖昧に伝えなければ言い当てられないこともある。ここに絵があればと思わずにいられなかった。でも、いまの僕では何も描けない。伝えられないことが増えていく。

そしてなぜこんなにも強く伝えたいと思っているのかを考え始めたとき、彼女は動いた。

「あなたの目を、少し貸して」

彼女は菊祭りの会場を離れ、神社の傍に建っている大きな建物に入っていった。

真新しい美術館のようなその建物は、休憩所や社務所やセレモニーの会場などを兼ねているらしく、造りも美術館によく似ていた。

千瑛は、施設の監視員のような人に挨拶をして中に通してもらっていた。明るい窓から採られた光が続く長い廊下に差し掛かった。

　廊下自体がとても美しい。彼女は振り返り、

「ちょっと照れくさいけれど」と言った。

　何を言っているのか分からず、足を進めると、廊下には額に入れられた菊の水墨画が何枚も飾られていた。たった一輪の菊がポーズを変えて何枚も描かれている。大きな余白にたった一つだけの花、もちろん僕が描いたものではない。僕が思いつきそうなことではあるけれど、僕ではない。

「千瑛さんが描いたの？」

　コクンと頷いた。それ以上は何も言わなかった。僕は一枚一枚ゆっくりすべてを見た。当たり前だけれど、僕よりも遥かに巧い。

　右向きの菊も左向きの菊も同じ精度で描かれている。絵の背後を飾る春蘭の葉のような鋭い葉の飾り、秋草と呼ばれるものも、狂いなく描かれている。

　どれも菊の花の向きと反対側の流れを作るように背後に薄く描かれている。背後の余白を小気味よく切っている。目立つものではないけれど、絵を知っている人からすれば誰もがため息をつきたくなるだろう。ただ、巧い。

「なんだか、これまでの絵とは違う感じがするね。そもそも、菊を描いているのを初めて見た気がする」

　彼女は緊張した面持ちで、次の言葉を待っている。もっと詳しく話せということなのだろう。

僕は思いついたことを口にした。初めて会ったとき、絵についての感想を思いついたまま口にしたことで大変な思いをした。今は少し語ってもよいのだろうか。

筆を手から離せば、何だって言える。

もうこんなふうに二人で話をすることはないかもしれない。

「花びらの調墨をこれだけの精度で施せると、花びらに光と影まで再現できるっていうのを初めて知ったよ。筆致で生命感を出すことや、花の向きで風を表現できることは分かっていたけれど、光や影をコントロールするには、本当にたった一度もミスができない、ってことがやってみてわかったよ。時速百キロでヘアピンカーブを百回くらいミスもなく回り続けろって言っているようなものだよね」

変なたとえを挙げたけれど、彼女には伝わったようだ。

「その調墨なんだけど、他に見たことないよ。ただ単に光と影があるってことじゃなくて、明るさにふわっと優しい雰囲気がある。これを見た人は、なぜだかまた本物の花を見たくなると思うんだよ。そして、また絵に戻ってくる。この花を好きだっていうメッセージが絵に描きこまれているような気がするんだ。千瑛さんの絵にしかないものを感じるよ」

話しながらも、細かく眺めると、傑作だということが分かってきた。

薔薇や牡丹のような派手な絵ではないけれど、彼女の想いのようなものが溢れている。真剣に菊を愛して、向き合い、優しく朗らかな想いを与えてくれる。誰かに必要とされる絵だなと思った。

「千瑛さん、変わったね」

と彼女に言った。彼女は頷いた。満足そうだった。長い廊下には僕らしかいない。もうすぐ行き止まりになる。

「この前、あなたの筆で描いてから気づいたことがあった。研ぎ澄まされた感覚や張り詰めた線の流れが筆の中に宿っていた。あの筆には命に向き合ってきた人の凄みがあった」

「筆を握るだけでそんなことがわかるの？」

「いいえ。普段はそんなこと感じない。でも、本当に鍛え上げられた筆はその人の引く線や魂がこもっていると思う。それを想うことはできる。だって、筆はその人の指先そのものだから。心と身体の一部だと思うから。私はそれを自分のつまらない失敗で壊してしまった。だから、その経験を無駄にしたくはなかった。あれから、あなたの筆を使っていたときの雰囲気を思い出して、この菊の連作を描き上げた」

「どうりで、なんだか少し似ていると思ったよ」

　彼女が微かに笑った。

「青山君を思って描いていたからね。初めて『誰か』を思って描いたよ。いろんなことに気づいた。細かい技やスタイルがこんなにも変わるから、まずそれにびっくりしたけど……。分かってるって思いながら本当は、あなたのこと何も分かってなかったんじゃないかって思い直した。描いているうちにあなたに近づけるんじゃないかって思ったけど、描けば描くほど難しいことが分かった。あなたが描いた五輪の菊、いまどこにあるか知ってる？」

「湖山先生の家だと思うけど」

「半分正解。でも半分は間違い」

「どういうこと？」

「お祖父ちゃんの家の私の部屋にある」

「本当に？」

「どうしても見たくなって、秘蔵品の棚から借りてきた。そして部屋に飾ってこれを描いた。描き上げた絵を見てもらったら、珍しく褒められたよ。少し分かってきたなって」

「よかった……、ね」

「ありがとう。そしたらね、満足しちゃったかもしれないと思った。それも初めてだった。もう描かなくていいかもしれないと思えたのは……」

僕は彼女が何を言っているのか飲み込めず、言葉を反芻(はんすう)した。描かなくていい？

「そんな、千瑛さんは描かなきゃだめだよ」

反射的に答えていた。彼女は首を振った。

「いいえ。あなたの絵を描きながら、私には気づいていないことがたくさんあることに気づいた。描こうとすることによって、かき消されてしまうものがある。描かないことで何かを描くことがある。そうでしょ？」

僕は何も言えなかった。戸惑いと反発と苦しみと納得が複雑に押し寄せてきて、言葉を掻き消してしまった。僕はいま描きたくても描けないのだ。

僕から最も遠い言葉だなと思った。

「私がとても残酷なことを言っているのは分かってる。でも、それも本当の気持ちだから。だから、決めたことがある。いい？　怒らずに聞いてほしい」

僕は自分を抑えつけて頷いた。

「もしあなたがこれから筆を持たないなら、私も筆を持たない。あなたが描くのなら、私も描く」

「何を言っているの？　描くことは千瑛さんのすべてだろう」

「違う。描くことだけをすべてにすると、描けないものがある。気づけないことがある。私はやっとそのことに気づいたのかもしれない。一つのことだけ追いかける季節が終わったのかもしれない。分かってほしい」

「でも、みんな期待しているよ。湖山先生もたぶん西濱さんも、僕だって。世の中のたくさんの人も。それに、僕はもう筆は持てないよ」

「すべて、あなたに委ねる。でも勘違いしないでほしいのは、これは私にとってはどちらも前向きな選択なんだよ。どっちも悪くないなって思ってる。どっちにしても何かを描ける」

彼女の足が止まった。僕らは最後の絵にたどり着いた。

そこには、五輪の菊の掛け軸があった。僕が描いたものと対になる向きで描かれていた。僕は右から左に向かって描いた。彼女は左から右に向かって描いている。二つを並べると、きっとそっぽ向いたり、向き合ったりする。

やはり、彼女らしくない絵だな、と思い足を止めた。

そして見つめているうちに、彼女らしくないのではなく、この絵こそが本当の彼女なのではないかと思い始めた。

花は大きすぎず、小さすぎもせず、空間に寄り添うように咲いている。花そのものは、僕が描くものよりも柔らかく可愛かった。鋭く厳密な世界が描かれているとは感じない。光と影の調節された陰影を感じるけれど、迫力や強烈な印象はない。薄く素早く載せられたようにさえ感じる筆致は軽く、優しく佇んでいるときの彼女の横顔のようだった。

こんな美しい絵を描く人の筆致が、僕が絵筆を持たないだけで消えてしまうのか。

「間違ってるよ」と、僕は言った。

「今度のは、間違いじゃない」と彼女は答えた。

「頑張りすぎちゃうと描けなくなっちゃうから、これでいい……。お祖父ちゃんも、もう引退だって言っているし、新しい道を選ぶなら今かなって思う」

「でも揮毫会があるでしょう?」

「青山君がやらないなら、やらないよ。ごめんね。こんなことばっかり言って。でもこうなってしまったのも仕方ないなって思う。皆、無理をしながら続けてきたから。古いものを守って生きるってこういうことなのかなって……」

僕は彼女の菊を見た。

それは確かに最後の景色のようにも思えた。この前、描いた牡丹のように別れが香っていた。彼女の優しい微笑みが、描かれた花と重なって息を止めた。

本気なんだ、と分かった。

思わず握りしめた右手に強い痛みが走った。誰もがこんな痛みにずっと耐えてきたのだろうか。

「僕はどうすればいいんだ」と呟いた言葉に、彼女は答えてはくれなかった。

「今日は突然、ごめんね。でも、ありがとう」と彼女は言った。

そんなに綺麗に笑わないでほしいと思った。

別れ際に、菊を手渡された。お祭りで買ったものだった。菊は僕ら絵師にとっては吉祥花だった。そして、四君子の終わりの画題だ。

「無理しないで、元気で」と、それだけ言って、彼女は走り去った。家に帰ると、とりあえず花瓶にさして飾ったけれど、頭の中で彼女の言葉がぐるぐる回っていた。

そのまま、めでられることもないまま一ヵ月。花は生き、朽ちていった。

ろくにカーテンも開けない部屋で、わずかな香りと腐臭を部屋に与えていた。

墨の香りの代わりに漂う生きた匂いが僕を苛み、惑わせ続けた。香りから逃れるように、部屋を出ることも多く、大学にも通い、外をぼんやりと歩く日も多かった。

いつの間にかギプスは取れ、背中の痛みが消え始めたころ、西濱さんから連絡が入った。午後遅い昼食を食べた後だった。

「もしもし、青山君、久しぶり。今から家に行くよ。ちょっと手伝ってほしいことがあって」

「でも、まだ重いものとか持てないです。すみません」彼の元気のいい声を聞くのがつらくて、反射的に断ると、「いまから行くね。もうすぐ着くから！」と言って電話を切られた。

仕方なく、僕は服を着替えて部屋を出た。

外に出ると、強い風が吹いた。街路樹に見たことのない鳥が留まっている。枯れ葉が歩道に敷き詰められて、空は鉛色で重い。冬がそこにあった。

立ちつくしていると、目の前に見慣れたバンが停まった。助手席の窓が開いて、

「お待たせ！」とのぞかせた顔は、この景色の何処にも似つかわしくないほど温かなものだった。その笑顔と視線に導かれるように、僕はしぶしぶ車に乗り込んだ。シートベルトを締める音が響くと彼は会話を始めた。

「ほんと急にごめんね。体調悪いのは分かってたんだけど」

「いえ。西濱さんこそ大丈夫ですか？」

そこで少しだけ会話が止まった。ロータリーに入るために、タイミングを計っていた。左に向かって進み、ハンドルを切ると、彼の方に身体が傾いた。もう背中に痛みは感じなかった。僕らは道を半円に回った。

「もう、大丈夫だよ」と彼は前を向いたまま、真面目に言った。

「俺のせいで、みんなに迷惑かけちゃったね。とくに君には」

「いいえ。自分で落ちて転んだだけですから」

「落ちたくて、落ちる人なんていないよ。俺もあれの痛さは知ってるよ。仕事の辛さもね」彼に言われると何も言えなかった。僕よりも前に痛みに堪えている人がいるのだ。

「今日は何をするんですか」と訊ねると、

「小学校に挨拶にと思ってね。荷物とかはないんだ。もう運んだから、簡単な挨拶だけしようと思って。だからドライブのつもりでゆっくりしていってよ」

「そうですか。じゃあ、少しはお役に立てるかも、ですかね」

「いや、むしろ青山君じゃなきゃダメでしょ」

作り笑いを浮かべようとしたけれど、僕は失敗してしまった。

僕はただ、西濱さんの終わりのない雑談に耳を傾けて頷いていた。

それから、彼の子ども自慢が終わり、つまらないニュースの話題さえ尽きてくると、轟清水小学校に着いた。玄関に足を踏み入れると、矢ケ瀬校長が真っ先に飛び出してきて、僕に駆け寄った。

「青山さん、大丈夫でしたか」と声をかけてくれる声が、小さな子に話しかけるようでおかしかった。大丈夫です、とは素直にいえなかった。

「右手を怪我されたと伺いましたが、どんな感じなのですか？」と訊ねられた。

右手は動くけれど感覚はない。握ったり使ったりすることはできるけれど、感覚だけが脱落している。筆を持つような動きはできそうにない。

その代わり、痛みは消え去っている。

と、説明した後に、水に逆らうのをやめて漂っているようだ、と言おうとして躊躇った。本当にそう感じていたからだ。真っ黒な夜の川をただ緩やかに心地よく流されていく。僕はどこに落ちていくのかと思うと、言葉にするのが怖くなった。

余程まずい顔をしていたのだろうか、校長先生の表情が一瞬曇って、僕は意味もなく微笑んだ。作り笑いなんて久しぶりだった。

それを見て、彼女は「こちらへ」と招き入れてくれた。僕らは職員室に進んだ。時刻は放課後、椎葉先生は机に向かって作業をしていた。大人の横顔がそこにあった。

声をかけないほうがいいだろうかと迷っていると、あちらが先に気づいてくれた。

笑顔でこちらに近づいてくる彼女をみとめると西濱さんは「ちょっと校長先生と話があるから」と応接室に消えた。

「お久しぶりです」と近づいてくる彼女の表情は出逢ったときと同じく明るい。今日の空と同じくらい曇った僕の前に天使の梯子がかかったみたいだ。とにかく眩しい。なぜだか思わず逃げ出したくなって、たじろいでいると、

「お疲れ様です」としっかりとした声で挨拶をされ、ゆっくりと礼をされた。気づくと妙に背筋が伸びていた。僕も、なぜだか、

「その節はお世話になりました」と慇懃(いんぎん)に頭を下げた。そうやって振る舞うことで妙に気分が落ち着いてきたことに気づいた。儀礼的なやりとりも、ときには必要なことなのかもしれない。所作は少し、人をただす。顔を上げたとき、彼女はさっきより笑っていなかった。

「思ったより、お元気そうで何より」と柔らかな声で言われて、大して元気でもないのに元気になったような気がした。怪我の具合はいかがですか、と訊かれるのだろうと思ってその答えを考え始めていると、

「せっかくなんで、子どもたちに会っていかれませんか」

と訊ねられた。最初なんと言われたのか分からなかった。校内は静けさで包まれている。小学一年生はもう下校しているはずだ。そのことを伝えると「こちらへ」と案内しながら、説明された。

「学童って知っていますか?」

「いえ。わかりません」

「保護者の帰りの遅いご家庭のために、子どもたちを放課後あずける施設なのですが、そこに水帆ちゃんやゲンキ君がいるんです。たぶんあの子たちも『青山先生』に会ったら大喜びだと思うんです」

「それってどこにあるんですか。あまりここから離れるわけにはいかないのですが」

「大丈夫です。学校の中ですから」

僕らは校庭を歩き出した。

隅に小さな家屋があり、明かりが灯っている。その周りで子どもたちが走り回って遊んでいるのが見えた。空が大きく見える。やけに遠く見えるのは彼らがまだ小さいからだろうか。

近づいていくのが、なぜだか怖かった。

戸惑いや不安があるときに、子どもたちに向き合ってよいのだろうかと、もう構え始めている。何が最良の方法で、どんな態度をとればいいのかと、考え戸惑うと、足は止まっていた。椎葉先生に「どうしたんですか」と訊ねられて、

「いえ、何を話せばいいのだろうって考えてしまって」と、思ったことを口にすると、

「青山さんは、もう先生なんですね」と言われた。意味が摑み切れず、立ち止まったままでいると、

「でもね、そんなこと考えても無駄ですよ」

と彼女は言った。最初に話したときも同じようなことを言っていた。

「私たちにできるのは大きな気持ちを持つことだけ」

さらに意味が分からなくなって、答えを探そうとすると、

「青山先生だ〜！」と大きな声が響いた。視線を向けると、ゲンキ君が叫んでいた。

そして、まっすぐにこっちに向かって走ってくる。その後ろで、こちらに気づいた別の子どもたちがいた。五、六人の子どもたちがゲンキ君のあとについてくる。僕は近づいてきた彼らに会釈しようとした。

だが、思った以上に彼らは速くてその隙も与えてくれなかった。ああこれはまずい、とすぐに分かった。僕は息を止めた。さあ、来るぞと思った。

そして、ゲンキ君が僕に突撃してしがみついてきた。

重く温かい感触が骨に響く。それから次々に子どもたちがゲンキ君の脇や上から体当たりしてくる。あばらのあたりが微かに痛むが、気にしている余裕はない。

ゲンキ君が首にしがみついて僕に登ろうとしている。

彼の隣にいた子は、彼の代わりに僕を引っ張りしがみつく。僕は子どもたちにもみくちゃにされている。椎葉先生が慌てて止めに入るけれど彼らは聞かない。僕は苦笑いするしかない。そして、その輪の外に立ち止まってこちらを向いている小さな女の子がいた。

水帆ちゃんだった。僕が、

「こんにちは」と彼女に挨拶しようとすると、ゲンキ君が僕から飛び降りて、彼女に駆け寄った。

「こっち来いよ。水帆ちゃんも青山先生、大好きだろ!」

彼女は嬉しそうに大きく頷いた。そして、

「私も!」と言って、僕の首にしがみつく。

さっき、しがみついていた子は彼女のために場所を素早く空けたようだ。

その代わり右手にぶら下がっている。右手に負荷を与えないように、しゃがみ込み、彼らを傷つけないようにゆっくり抱きとめて支えた。そうしないと落ちてしまいそうだった。

膝をつくと、今度は背中に誰かが乗ってきた。もう痛みは気にしなかった。そんなことはどうでもよいことなのだと思えた。

「ありがとう」と彼らに言うと、彼らは一斉にしゃべり始める。

今日までにあったことや自分の大好きなものの話を思いついた順に語り、大声で笑う。意味は、分からないものが多い。

だが、彼らにとって僕は仲間で、先生なのだというのがはっきりと伝わる。彼らの声に耳を傾けながら、一人ひとりの顔を見る。冬の装いのせいか、少し大きくなったような気さえする。それが不思議なほど嬉しい。

いちばん声の大きいゲンキ君が、

「先生。俺たち絵を描いてたんだ！　こっち！」

と僕を引っ張っていく。花壇の近くに来た。だがそこには絵を描く道具もなければ、絵もない。けれども、子どもたちは、

「ほら、すげーだろ！」と声をあげて僕に訴える。絵は何処にもない。

僕が戸惑っていると、水帆ちゃんが僕の袖を引っ張り足元を指差した。そこには、大きな花の絵が描かれていた。僕は驚いた。花壇の近くの地面に、無数に描かれている。

彼らは土の上に絵を描いていた。

地面の絵は、菊だった。

「水帆ちゃんが描いたの？」と訊ねると、口を大きく開けて、

「そうだよ。たくさん毎日描いてるよ！」と言って笑った。

欠けた歯が少しだけ生えている。足元には、カニの絵もある。カニは、いくつもいくつも描かれており、これまで見たこともないポーズも多い。彼らの間で流行(はや)っているのだろうか。また僕に突撃してきたゲンキ君が、

「足で描いたり、手で描いたり、棒で描いたりしてる。何で描いてもいいんだよね！　それにこなら大きく描けるんだ」

と教えてくれた。なるほど、どうりで目の前に人の丈の三倍もあるカニが描かれているわけだ。カニの中にさらに小さなカニがさまざまな向きで描かれていて、妙にリアルだなと思った。

僕が足元に描かれた絵を一つ一つ見ていくと、水帆ちゃんが突然僕から離れて、学童の建物の中に入った。数分して戻ってくると、胸にスケッチブックを抱えていた。見てほしいらしい。僕の胸に押し付けた。

「水帆ちゃん、クラスで一番絵がうまいんだよ」と口々に子どもたちが教えてくれる。彼女も嬉しそうだ。

「毎日、描いてる。筆が好きだから」と彼女は教えてくれた。

手を見ると指が黒く汚れている。墨ではなくインクのようだ。

僕は手渡されたスケッチブックを開いた。そこには彼女のすべてが描きこまれていた。授業で習ったもの、自分が目にしたもの、ひらがな、ただの落書き、汚れ、染み、そして情熱も何もかもそこにあった。墨で描かれたものもあったが、ほとんどは筆ペンで描かれたものだった。なるほど、これならいつでも筆を使える。

彼女の線は出逢ったときと同じく優しく澄んでいた。恐れず、無限に描きこまれていく線が、描かれた対象よりも雄弁に彼女自身を映し出す。それはもはや、単純な運動ではなく、繊細な精神の軌跡だ。

描かれた対象よりも、はるかに高度な線が画面の中に散らばっている。描かれたものさえ気にならず、線だけを見ていても楽しい。形は整わない、だが、中身だけが磨かれていた。ページが進むにつれて、形は整い、画面も汚れなくなり、楽しみと集中力が拮抗していく。それは一つの物語のようでもあった。

途中、突然、何も描いていないページが現れた。けれども紙はよれていて、凹凸がある。何かが描かれたようだけれど、何も残ってはいない。

「これは？」と彼女に訊ねると「練習！」と嬉しそうに、指先で紙を叩いた。

「練習……、何の？」僕は眉をひそめる。

「ここね。水で描いたの。水帆はね、まだ下手だからいっぱい練習したいけど、スケッチブックなくなっちゃうんだよ。だからね、水で描いたの。そしたらね、画用紙、広いんだよ」

彼女は笹竹を描くように左手を振ってみせた。この上に水で描き続けていたということなのだろう。よく見れば、中心からよれて窪んでいて、外側は盛り上がっている。

彼女は描かないように描いていたのだ。

「すごいね。僕は思いつかなかったよ」

彼女は得意げに笑って、また軽く体当たりしてきた。右手で服の袖をずっと摑んでいる。

そして、ついに最後のページにたどり着いた。

菊が描かれていた。毛筆だ。ただの線描で、水墨画ではない。

けれども、明らかに命に触れている。

余白の中にポツンと一輪、命を持った花が咲いていた。見つめているのが、苦しくなるほど美しかった。花は傾いていない。まっすぐ咲いて、まっすぐ真ん中でこちらを見ている。線もよどみない心で引かれている。なんの衒いもない。僕が到達したいと思っていた線のさらに数歩先を行っているかもしれない。

そう思えてしまうほど、彼女の何もかもが伝わってきた。

子どもたちはいつの間にか離れて、遊んでいた。どうして何もない場所で、あんなに遊べるのだろう。声は遠くで響いている。

彼女だけが傍に立っていた。

最後のページをじっと眺めている僕を見て、小さな指で絵を触って話し始めた。これほどの傑作にそんなに簡単に触れてもいいのだろうかと思ったけれど、これは彼女が描いたものだ。彼女にすべての権利がある。

「これはね、先生が描いていたのを描きたくて、描いたの」

「僕が描いていた菊ってこと?」

「そうだよ。水帆は、先生の絵が好きだから」

「僕の絵が好き?」

目が輝いていた。夕方の冬の光が彼女の白い肌を染めていく。

「水帆は、青山先生と絵が大好き」

そして、彼女は右に左に小刻みに揺れた。とても嬉しいと彼女の表情が言っていた。

「水帆はね、大人は怖いから話さなかった。お父さんはすごく怖いし、だから大人の人は怖い、から。お母さんとしか話したくなかった。でも、青山先生は怖くないから、大人も怖くない……、かもしれない。友達も」

僕はまた痛みを感じた。右手でも背中でもない場所で、強い痛みを感じた。実体を伴わないその痛みは、ゆっくりと温もりに変わった。

最近、よく泣いてしまう。僕は、前よりもずっと弱くなった。両親が死んだときでさえ、こんなにも泣かなかった。温もりが心のどこかになければ、人は涙を流すことができないのかもしれない。僕は、彼女に応えるために必死に言葉を絞り出した。「あのね」と僕はかすれた声で言った。

「僕も、君と……、君たちと、絵が大好きだよ」

彼女が力いっぱい、僕の首に抱き着いた。

「よしよし」となぜだか彼女が言って、頭を撫でてくれた。僕はそれを笑えなかった。すると、また一斉に足音が聞こえて、僕の周りに子どもたちがやってきた。皆が僕を抱きしめた。僕はもみくちゃにされていた。温かかった。

転びそうになって彼らを止めようとしたときに、またさらに誰かがやってきて突撃してきた。僕は盛大に倒れ、地面に仰向けに寝っ転がった。いつの間にか空は晴れていた。

夕方の風が、雲を薙ぎ払った。僕の上に子どもたちが次々に重なる。その重さはまた、微かな痛みを伴った。だが、今度は笑い声をあげることができた。

僕はまっすぐに上を向いていた。痛みも温もりも冷たさも、何もかもがそこにあった。

何もかもと、一緒にいるのだと思えた。

矢ケ瀬校長や椎葉先生にお礼を言って小学校を後にした。別れ際、椎葉先生から大きな紙袋を渡された。

「子どもたちと私からお礼の品です。思い出の品、かな。本当にありがとうございました。また、いつでも遊びに来て下さいね」と言われた。僕は深く頭を下げた。

帰り道は僕が運転することになり、車を走らせて十分くらいすると西濱さんは「コンビニに寄って」と言った。タバコ休憩が必要らしい。僕はすぐにハンドルを切った。

先日、千瑛の連絡を受けたときに停車していたコンビニだった。山道に入る直前にあり、この時間は車も少ない。この前よりも澄んだ空気が流れていた。雨後だからだろうか。

彼は「ごめんね〜」と歌うように言いながら、すぐに喫煙所に向かったので、僕は店内に入り缶コーヒーを二つ買ってきた。

どちらも温かい加糖だった。はじめて西濱さんに缶コーヒーを奢ったかもしれない。

彼もそれを驚いて、「サンキュー」と受け取ると美味そうに一気飲みした。くう、とくぐもった声をあげた。懐かしい響きだった。タバコの煙を見つめながら、

「モテモテだったね。いい仕事したよ、青山君は」と言った。

僕は思い出して口元を緩めた。嬉しいことがやっと一つ起こった、と思った。西濱さんも笑顔だった。煙とも呼気ともつかない気体を吐き出している。

「山荘に行くんだって?」缶コーヒーは冷めていく。

「行くように言われました。どんな場所なんですか」

「山だね」考えもせず口にしたようだった。そうだろうと思っていた。僕が説明を待っていたので、彼は話し始めた。

「山自体が湖山先生の持ち物で、元はアトリエだったところだよ。工房って言っているのは、今の家と区別するためだね。最後の個展をされてからは、使ってない。大きな作品なんかを描くと

きはそこを使っていたかな」

「特別な場所なんですか？」

「そうだね。あそこは作品を作るための場所だから、そういえると思う。作品を描くことと散歩する以外は何もできない場所で、たぶん携帯も通じない。行くだけでもそれなりに大変だよ」

「今の僕でたどり着くでしょうか」

「う〜ん」と腕を組んで考えている。

「もし、行きたくなったら、俺に連絡してよ。なんとかするよ」

「ありがとうございます」と頭を下げながら、迷っている自分に気づいた。行くとはどうしても言えない。「あのさ」と西濱さんは、タバコをもう一本くわえながら呟いた。

「もう無理しなくていいんだよ。俺や湖山先生に言われたからって、君が壊れちゃったら、本当に苦しいよ。元々、もっと前に消えちゃうはずだったものを無理やり守ってきただけだからさ。過去のために未来を犠牲にすることに、意味はないかもしれないでしょ」

「でも、揮毫会があるんじゃないですか。先生が引退するための」

「俺がどうにかするよ。もう十分休めたから大丈夫。だからね、進むか引くか、いま自分で決めたらいいよ。どんな道を選んでも、俺たちは君を応援する。君は、俺たちの家族みたいなもんだものな」

僕は右手を握りしめた。そこには何もなかった。感覚も、痛みも、空虚なままだ。存在しないものの中に手を入れているような気がした。

彼が二本目のタバコを消すと、山からの冷たい風が吹いた。

「さあ、帰ろう。冷えてきたし、疲れただろう」

車に乗り込むと彼はまた他愛（たわい）のない話を始めた。こんな会話も、もしかしたら、もう聞けなくなるのかもしれない。それは僕の決断次第だ。思い付きや態度やほんの些細（ささい）なことが、今あるものを消し去ってしまう。そのことを彼の笑顔の中に感じていた。

そして今度は、それを自分で決めなければならない。決められなければ、誰かや何かが決めてしまうのだ。別れ際、彼は「さよなら」と言った。

言葉は軽く、声も明るかった。僕も笑顔でその言葉に答えた。

車が走り始めた後も、僕はバンから視線を外せなかった。あんなに優しいさよならを僕は一度も聞いたことがなかった。

何かが終わったのだと、そっと告げられたような気がした。


家に帰って、朽ちた菊の花を捨てた。

テーブルは広くなり、そこに今日もらった紙袋の中身をぶちまけた。今日広げなければ、また部屋の片隅（かたすみ）に隠してしまうような気がした。コートを着たまま僕は座った。中には封筒が何枚か入っていた。

数枚を無造作に取ると、椎葉先生の字でメモ紙が入っていた。

「青山敬子先生宛（あ）てに、届いた手紙です」と簡単に書いてある。

全部で、数通の手紙があり、すべて当時のクラスの子どもたちの保護者から届いたもののようだった。中を開くと母の突然の死を悼む言葉と、感謝が書いてあった。

手紙は母の宛名になっているが、母と学校への思い出がごちゃまぜに書いてあるものが多く、書いている本人も混乱していることが窺えた。そして子どもたちが大きなショックを受けていること、母が子どもたちにとって大きな存在であることが綴られていた。

どの手紙もとても感情的なもので、個人的な想いの綴られたものだった。

書かずにはいられなかったのだということが文面から伝わってきた。穏やかな気持ちで手紙を見ていたけれど、次第に気分が重くなり、字面を走るように読み始めた。一文字一文字が大きな傷跡のようだ。

そして、次の封筒には、写真が納められていた。母の子どもたちとの何気ない日常だ。僕の知らなかった新しい母の姿が立ち上がる。教師である母の表情は家族といるときとは、少し違う。朝と昼くらい違う。ジャングルジムの前でクラスの子どもたち全員と撮った写真の中にいる母は、僕の知らない『青山先生』だった。矢ケ瀬校長や椎葉先生はこの人のことをずっと話していたのだ。

学童の建物の前で子どもたちと遊んでいる写真もあった。今日、訪れた場所だ。あの場所で同じような時間を母も過ごしていた。今日あった出来事を母と話せたら、どんな気持ちになるのだろうと、写真を眺めながら思った。思ったことをすぐに打ち消して、写真から手を離した。

最後に出てきたのは、子どもたちからの手紙だった。クラス全員の子どもたちからのお見舞いの手紙が封筒に入っていた。小さな便せんに書いてある。椎葉先生が用意してくれたものだろう。誰ひとり綺麗に字は書けない。誰ひとり美しい文章を綴れない。でも、どの子の言葉も愛おしかった。また手が震えていた。僕は終わりまで手紙を読むことができずに封筒に戻し、台所に立った。

　お茶でも飲んで気分を落ち着けようと、ケトルのスイッチを入れたとき、キッチンの傍の棚に無造作に置かれた学習指導計画書が目に入った。これもずっと見ないようにしていたものだった。

　お湯はまだ、しばらく沸きそうにない。

　何も思わないようにして手に取り、ページを開いてみた。

　そこには、日々の記録と子どもたちの様子や覚え書きが無数に刻まれていた。普通の人よりも一回り小さく細かい字、緻密(ちみつ)な行間。たくさんの反省、希望、何もかも数行の言葉だけれど、母のすべてが書き込まれているような気がした。読んじゃダメだ、と文字を追いながら、自分自身に語り掛けた。

　読むことで、僕はきっと母に話したくなってしまう。話したいと思えば、振り返ってしまう。振り返れば、もう今にさえ戻れなくなる。躓いて、転んで、落ちて叩き付けられて、積み上げてきたものを失っても、あのころよりはずっとマシだ。ただ心の内側にある真っ白な部屋の中で佇んでいるよりも、いまここで痛みに耐えていたほうがずっといい。

　そう思って前に進み続けてきた。

　けれど、これを読めば、絶対に帰りたくなってしまうだろう。両親が生きていたあのころに繋がる思い出を僕自身が求めてしまう。僕は必ず、振り返ってしまうのだ。

　ケトルは少しずつ音を立て、注ぎ口からは蒸気が漏れ始めた。無音の部屋に響く唯一の音が、やけに静けさを際立たせる。誰もいない、何もない部屋は、自分以外何一つ思わせない。

　一日ごとに記録されている学習指導計画書のページは夏に近づき秋に差し掛かる。これ以上は開きたくない。この先で母は消える。空白が訪れる。そしてたぶん、そこに至ったとき、僕はその続きを思うために、また真っ白なガラス張りの部屋に帰るのだ。夏休みが終わり、ページがその日の直前にさしかかった。お湯は沸き、静寂が戻った。

ノートを置くべきだと、今度こそ思った。

いま置いて、二度とページを繙かなければ、僕は変わらずにいられる。振り向かず前を向いて進むことができる。ほんの小さなことが、思いもしないような些細なことが、運命を決めることがある。僕の両親の運命もそんなふうにして消え去った。

僕の人生も、いま、紙片のわずかな重みによって支えられている。

馬鹿げた妄想のようにも思えるけれど、たぶん違う。

母の最期の計画書は、彼女の最後の時間の記録だ。彼女の運命が書き込まれていた。その終わりを見ることは、紙きれ以上の重さだ。

空白の前で、僕は立ち止まっていた。ノートから手を離せば、運命を手放すことができるような気がした。僕はその直前のページに目を走らせた。

ページの中身は、他とほとんど変わらない言葉で埋め尽くされていた。

体育、国語、音楽、算数、図工、その横の備考欄にも連絡事項が簡単に記してある。何気ない日常が書き込まれているに過ぎない。

だが、そのページの端に他よりも、もっと細かい字で一文、書き添えられていた。弾むような筆致だ。笑顔の顔文字まで記されている。その言葉が僕にページをめくらせてしまった。

『やっと、宝物がみつかった！』

そう書かれてあった。

母は最後の日まで、子どもたちのことを想い、向き合っていたのだ。

空白だと思っていたページは、次の日から筆跡が変わり、同じくらい細かく紡がれていた。混乱して沈んだ子どもたちの様子や、滲(にじ)んだ文字に筆者の思いが刻み込まれていた。

椎葉先生の日々が、そこから始まっていた。たった一日も途切れることなく、彼女は母の仕事を継いでくれていたのか。

そのとき、微かに右手の指先に感触を感じた。とても小さな感覚だけれど、右手の指先がページを摑んでいることを感じた。わずかな痺れが痛みを伴い指先に戻っていた。

僕は白い部屋にも戻らず、自室に立っていた。心の内側ではなく、今ここにいた。

母のあとに椎葉先生がいて、椎葉先生が僕にこのノートを渡してくれたように、何もかもは途切れることなく、ここにあった。母から僕へ、長い線が結ばれた。

美しく巨大な線が時間を超えて、僕の頭の中に描かれた。

母の手から紡がれ、椎葉先生に移り、僕の指先へ戻ってきた長大な曲線だ。

僕は母の仕事をようやく理解し始めていた。

母は自分が生きた一瞬や自分自身のために、力を尽くしていたのではない。人を育て、自分自身さえ見ることはないかもしれない遥かな未来に向けて、線を描いていたのだ。

子どもたちの宝物をみつめ、想いを託すことで、線を送った。時を超える線を、母は描いていたのだ。

人は命よりも永く線を描くことができる。

そう思えたとき、僕はノートを閉じた。右手に重くのしかかる冊子を握りしめ、胸に抱えた。

宝物をみつけた、と僕も思った。

第四章

少しずつ調子が戻ってきた。

歩き慣れてきたころ、西濱さんに連絡をすることになった。

あのさよならは、ただの言葉になった。携帯電話の向こうから聞こえてくる彼の声は明るかった。それほど時間が経っているわけでもないのに、

「元気？」と訊ねられた。

「まあまあです」と当たり前の挨拶をすると、

「厳密に言うとどれくらい元気？」とさらに訊かれた。

僕は細かく状況を伝えた。肉体的にはほとんど前と変わらないけれど、ちょっと運動不足気味で右手に感覚がない、背中はほとんど完治した、と言った。

すると「なら、今から行くよ」と言われた。耳を疑った。

「君が行くって言ったから、軸の配送のついでに道を確かめに行ったんだ。そしたら、山荘近くの登山道までは車で行けそうだったから、たぶん大丈夫だよ」

僕は少しホッとしていた。

「ありがとうございます。それなら……」と悩みながら返事をすると、

「急でごめんね。明日から天気が崩れ始めて、俺の仕事もだんだん忙しくなってきちゃったんだ。例の湖山先生の引退式の企画をやらなきゃいけないからね。事務仕事が溜まっているんだよ。行くなら、今日、いまからがいいよ。でも一応、山は少し登らなきゃならないから覚悟はしてね」と言われた。もう頷くしかない。

どうやら登山であることは間違いないようだ。唾を飲み込んで、

「何か準備するものがありますか」と訊ねると、

「数日泊まる準備をすればいいかな。あとは俺が用意するよ。じゃあ行くからね。まあ心配するほどのことはないよ。怪我がなければただの散歩くらいのものだよ。俺が心配だったのは君の体調だけなんだ」と言って電話が切れた。

僕はそのまま手にある携帯で、古前君に講義の代返のお願いをした。たぶん一週間くらいならなんとかなるだろう。事情を説明すると、

「向かうべき場所が決まったんだな」と言われた。

「そんなことはない」と答えたけれど、

「いいさ。迷ってぶち当たるための時間を、また俺が作っておくよ。親友だからな」と続けた。

もうその言葉に抵抗を感じなかった。

三年目になって、こんなときどう答えればいいのか分かるようになってきた。大げさな言葉も、細かな説明もいらない。「ありがとう」それだけで、いいのだ。

「頑張ってこいよ」電話が切れた後、迷いも吹っ切れた。

一時間後やってきたのは千瑛だった。

まずい顔をしていた。大きな瞳が半月のように尖っている。機嫌がよくないときの表情だ。僕も同じような顔になった。この前の別れからどんな言葉をかけていいのか分からない。

仕方なく、助手席に乗り込んだ後、「西濱さんは？」と訊ねると、

「お祖父ちゃんが突然、美術館の館長に会いに行くって言い始めてね。それについて行かなきゃいけなくなった。私は急遽呼び出されて、いまここにいる。偶然、時間が空いてたからよかったけど。なんで湖山会っていつもこうなんだろう」

それについては同感だと思ったけれど、黙っていた。その後、僕らはお互いに喋らなくなった。ハザードランプのカチカチとなる音だけが響いている。

西濱さんも彼女に用事を頼めるようになったのはいいことなのかもしれない。彼女がそれにこたえてくれたことも悪いことではないのではないかと思えた。彼女の機嫌が悪くなっていなければ、余計に良かった。

「お疲れ様。ありがとう」と僕は宥めるように言った。

彼女は何度か頷くと、すぐに車を走らせた。今日は加速は緩やかだ。信号を三つ越えて、音楽をかけ始めると気分が楽になったのか、やっと口を開いた。

「ねえ、いまから山に登るってほんと？」彼女も詳しい事情は知らないらしい。

「そうみたいだね」と、曖昧に返事をした。ため息が聞こえたあと、ちらりとこちらを見た。僕はおどけてみせた。荷物について訊ねると、小さな紙きれを渡された。

「これを買っていくようにって渡されたけど」車はゆっくりと動き始めた。

そこには、走り書きで登山用品の名前が書かれていた。自分で揃えろということなのだろう。

「スポーツ用品店に行かなきゃいけないみたいだ」と彼女に伝えると、不審な顔をされた。

「装備もなしに登るつもりだったの？」

「簡単に行けるって聞いたけど」

「簡単に行けるのは湖峰先生だけなんじゃないのかな」車は信号にさしかかった。

その可能性は考えなかった。僕らは目を合わせた。彼女はクラッチを踏み込んで、ブレーキを小刻みにかけ始めた。

「ぶち当たったもので形を決めるしかないって思ってたんだ」

「もう、すでに一回当たっちゃったでしょ」

と言われて、分からないという顔をしていると、彼女が低速から急にブレーキを踏んだ。僕は背中の痛みを思い出した。

その通りだ。ぶち当たるのは一度で十分だ。


買い物をして、彼女と一緒に山道を走った。晴れた日だが暖かくはない。途中、彼女が車内の暖房を上げた。標高が上がっている。カーブを十回ほど曲がったあたりだった。エンジン音がさっきよりも響く。同じだけ、音楽は遠のいていった。

微かに霧がかかっているようにも見える。もう歩いて帰るのは不可能だ。それとなく山荘の事を訊いてみたが、彼女は行ったことがないという。

「私が本格的に作品を描くようになったころは、お祖父ちゃんはもう、大作は描かなくなってたからね」

と彼女は付け加えた。それも当然かもしれないと思えた。

湖山先生はかなりのご高齢で、今も働いていることのほうが奇跡だ。同世代の人は施設に入ったりして、引退してゆっくりと過ごしている。彼女が本格的に絵を描き始めたころでさえ、第一線から退くべき年齢だったのかもしれない。

「いよいよ、先生の活動も終わりって、本当かな」

「それは間違いないと思う。引退式なんて仰々しいことが好きなタイプじゃないから。わざわざ大それたことをしようとするあたり、本気なんだなって思う。自分一人の決断では退けなくなったのかもしれない」

「ずっと無理をされていたんだろうね」

「皆、いつの間にか無理をしていた。そうじゃない？　最初は誰かのために頑張り始めて、気がつくと誰の得にもならないことをしている」

「覚悟を決めたってことだよね」

「そう思う。弟子が全員若いから、私たちのことを思って引退しなかったというのはあるかもしれない。私は湖山会を大きくすることがいいことだってずっと思ってたけど、もしかしたら迷惑かけちゃったのかなって今は感じてる。何がいいことなのかって本当に分からなくなってきた」

その通りだと思った。

湖山会の揮毫会の日から、何もかもがあべこべだ。僕らが意図することのほとんどは、予測通りの軌道を描かない。コントロールできることは何もなかった。ただ起こった出来事をくぐり抜けてきただけだ。

「私たちも終わりかもしれないね」と彼女は言った。その言葉をどう捉えたらいいのか迷ったけれど、「そうだね」と言いたくはなかった。僕らはたぶん変わらなければならないのだろう。何も企図することはできなくても何かに向けて動くしかない。見えないものを思い描いて進むしかない。問題なのは何を思い描くか、だ。

それを確かめるために山に登るのだろう。

「さあ、そろそろ着くみたいだよ」

彼女は車を停めた。急に何もかもが静かになった。

山道の中に路肩に寄せるための小さな幅がありその先に道が開かれていた。はっきり言って、とても不気味だ。本当にこんなところを行かなければならないのだろうか。ドアを開いてシートからゆっくりと身体を起こした。頭をぶつけないように車外に出てからやっと、リュックとトレッキングポールを手に持った。彼女が、

「温泉に静養に行くのに、疲れるようなことするって、なんだかなって思うよね」

と言った。

「温泉？」訊き返すと彼女が驚いた。

「お祖父ちゃんの別荘に身体を治しに行くんでしょ。かけ流しの温泉があるから数日休むためって聞いたけど」

僕が教えてもらっていた情報とかなり違う。

そもそも温泉があるなんて知らなかった。たぶん、西濱さんがあえて僕の目的を言わなかったのだろう。

僕は戸惑いながらも、「そうなんだ」と返事をした。嘘は言われていない。静養するためとは、湖山先生も言っていた。右手を休めることができるという意味なのだろうか。

「それとこれ」と千瑛はポケットから鍵を取り出した。

「別荘の管理人さんはいるらしいけど、留守にしていることもあるから渡しておくって。ここからは三十分くらいで着くらしいよ。無事に着けば、だけど」

「無事に着くのかな」思わずつぶやくと、

「帰るのなら、送っていくけど」とつまらなそうに言った。

長い髪が風で揺れていた。そうしてほしいのだろうか。彼女の気持ちは、いつもはっきりとは分からない。向き合えば向き合うほど分からなくなる。

あまり一緒にいると決心が鈍るから、リュックを背負い、トレッキングポールを突いて歩き出そうとしたら、ポールは右手をすり抜けて地面に倒れた。見事に車の方を向いている。彼女はそれを拾ってくれた。手渡した後、僕の右手を両手で握った。

温もりを感じられればいいのにと思った。

「大丈夫だよ。ちゃんと治すために行ってくるよ」

彼女は顔を上げた。真剣な表情をしていた。

「いってらっしゃい」と彼女は言って手を離した。それ以上は何も言わなかった。僕は左手にポールを持って歩き出した。

僕の手が治らなければ、彼女の絵師としての道も封じられるのだろうか。僕が絵を描かなくなることよりも、そのほうがずっと失われるものが多いようにも思えた。

風の音が止み、静けさがさらに深い静けさに向かって吸い込まれていく。光はまだらに足元を照らす。風は湿り、空気に命の気配が香る。進むために歩くのではなく、遠ざかるために踏み出している気がする。遠くに行かなければ得られないものがあるような気がしていた。そんなふうに感じるのは初めてのことだった。

森は、冷たく僕を迎え入れてくれる。言葉はない。呼気だけが響いていた。

僕はやっと視野の外側に向けて歩き始めた。


どれだけ歩いても、山荘にたどり着かなかった。

ただ山道が続き、空気が湿っていくだけだ。彼女は三十分も歩けば目的地にたどり着くと言っていたけれど、数時間は歩き続けている。迷ったとは思わなかった。迷うには道は単純すぎた。分かれ道は一つもなく、線は足元にずっと続いている。

枯れ木がところどころ隠しているが、その先を見れば間違いではないと気づく。山の景色は、竹や杉やブナや楠（くすのき）とまとまりもなく何でも生えているという印象だ。ガレ場も多く石や岩も少なくはない。

歩きながら少しずつ気分が落ち着いてくるのは、この数ヵ月で一番単純な動きをしているからだろう。歩く以外ほかにやることがない。心を絵から離してしまえば、何だって通り過ぎてしまえる。少し前の僕なら、どんな些細なものも見逃さないように目を凝らして生きていた。いま右手が眠り、繊細に描くことができなくなってはじめて、目の前にあるものから自然に遠ざかり道を進んでいる。右手が眠り、自分の中の絵師も同時に眠っているようだ。そう思ったとき、自分がとても奇妙なことを思い続けていることに気づいた。

世界を見つめているのは僕自身なのに、どうして右手の感覚が失われただけで、ものの見方が変わってしまうのだろう。

僕はそこで立ち止まった。すぐに水分を補給する。補給しながら、呼吸と心音を確かめる。それしか思わない。それがとても変なことだと思う。

以前なら、木々の一つ一つの形、雑草の揺れ方、葉の傾き、思いもしなかった枝のねじれや奇石の形など、自然の創意工夫のそれぞれに足を止めて感動し、没頭していた。記憶し、描くためだ。いまはその再現可能性を追わない。

右手を失っていることで、それらのすべてが失われたかのように、心も目も黙している。木々は木々のまま、草は草のまま、花は花のままなのにもかかわらず、だ。僕の頭の中で起こることと、もっといえば僕が見出すものが、手を起点に起こっているかのようだった。

描くことから離れて、森を眺めると、そこにあるのは気配や印象だけだった。それらとの接点は、僕の呼吸や感覚の中にあるものだけだ。妙に軽い心と心地よさと、いつ山荘に着くのだろうというぼんやりとした思惑だ。

それでも、僕は森の中にいるといえるのだろうか。

答えを探すことも、考えを深めることもないまま、また足を動かした。

立ち止まれば、身体は冷えていく。考えることよりもたどり着くことのほうが、今の僕には大切だ。右手が失われて、思考力にも陰りがさしているのだろうか。

単調な森の景色が幻覚を生んでいるのかもしれない。

淡い光と影のコントラストは輪郭を打ち消し、記憶を曖昧にする。形がなければ、人はそれにこだわることができない。僕がまだ道に迷っていないのは、それが一つしかないからだ。心地よい疲労感が考えを一歩ずつ捨て去っていく。そのうちに歩き続けることしか考えなくなった。

どれほど歩いたのかすら分からなくなったころ、山を登り終えて、突然ひらけた場所にたどり着いた。僕はその場で膝をついた。もう立っていられなかった。終わりがそこで見えたからだ。薄暗い森の景色はそこで途切れた。

午後の終わりの柔らかな光が降り注ぎ、近づいた空がより鮮やかにそれを輝かせた。谷間を流れてきた風が、山道に支配されてきた感覚を解き放っていく。腰を下ろし、足を地から離して眺めたとき、山荘にたどり着いたのに、それしか見えなくなった。

そこには湖があった。

空を映し、さらにその向こうまでも透き通って見せる深く碧い線が眼前に置かれていた。山間に巨大な人の瞳が開かれたように眩しくて、眺めていると奇妙な高揚感にかられた。そこに近づきたいのに、このまま少し高いところから見ていたい。

湖の景観を害さないように建てられた山荘の姿もいい。木造の建物の足元には苔が敷き詰められて、それは湖の縁にまで続いている。その鮮やかな緑は、枯れ葉の朽ちた赤や茶の彩と反対で、どちらをも受け入れないくせに、お互いを損なわない。美しいものが幾つも集まっているのに、一つに見える。

僕は今さらながら、湖山先生の雅号のことを思った。なぜ、湖に山なのか。そのどこが先生自身を表しているのか考えつかなかった。いまこの場所に着くと、先生の心にそっと触れられたような気がする。

湖に山、ありふれた記号に過ぎない言葉は、眼前の景色と結びつけられると至上のものに思えた。この名を冠し、絵筆を振るうことに密やかに誇りを隠して、先生はいままで歩いてこられたのだろうか。こんなに美しい場所のことを、先生は語らなかった。

立ち上がると、湖は形を変えて、さらに広がった。足を進める度に、先生と話をしているときのような濃密な気配が近づいてくる。ずっと昔からこの場所を知っていたかのような気持ちにさえなる。この場所は先生が描くものの雰囲気そのものだ。そう思うことは、僕の想像に過ぎないのだろう。何もかも、思いついては通り過ぎていく。

新しい景色がここにある。ゆるやかに坂を下り、山荘に近づくと薪小屋が見えた。近くで細身の男性が作業をしている。

「こんにちは！」と大きな声で挨拶をすると、まっすぐに腰を伸ばして数秒、僕を見つめた後、深く頭を下げた。こんな仕草をどこかで見たことがある。

古びたひさしの長い野球帽をかぶり、髭が伸び、髪も長い。髪の毛は後ろで一つ結びにされていた。人里離れた場所にずっと暮らしているのだろうか。この人が管理人なのかもしれない。

「湖山先生に言われてきました。青山霜介といいます。よろしくお願い致します」

山間に声が響いた。弾んだ息とともに響かせた声は、思いもしなかったほど明るい。彼は右手に持っていた斧を地面に落とした。幻を見ているかのようにゆっくりと近づいてくる。

彼は僕の前で立ち止まると、また深々と礼をして、

「お待ちしていました。青山霜介君。見違えました」

と言って、微笑むこともなく静かにこちらを見ていた。視線を合わせ、逸らすこともない。その佇まい、向き合うだけで広がるような静けさには覚えがあった。二年前と風貌(ふうぼう)があまりにも違うので気づけなかった。

「もしかして、斉藤さんですか」恐る恐る訊ねた言葉に、彼は眉をひそめた。その後の会話は続かない。とにかく黙っている。これも確かに彼だった。

「いえ、髪や髭が伸びていて……。ここにいらっしゃるとも思わなくて」

なるほど、といった調子で頷く。登山用のウェアを着ているのだけれど、おそらくずっと着続けているのかもしれない。

ところどころ破れ、汚れ、何もかもボロボロだった。

これくらい汚れると、山以外では馴染めないだろう。かつての清潔でスタイリッシュなイメージとはかけ離れている。この姿を、直接指導を受けていた千瑛が見ても一目では分からないはずだ。

彼は手を差し出した。握手かと思い、手を差し出そうとすると、リュックのベルトを摑まれて素早く抜き取られた。彼はそれを肩に担ぎ山荘の方へ歩き出した。僕は「ありがとうございます」と戸惑いながら口にした。何の返答もない。この変な距離のとり方も、懐かしく思えた。親切なのだが、絶対的に言葉が足りない。

彼は建物の前まできた。木造の屋根の高い建物だ。ウッドデッキがあり、大きな窓があり、古びている。壁を形成している丸太は一つ一つ大きく頑丈そうだ。木はところどころ苔のせいで緑

色に変色している。屋根もわずかに緑がかっている。

ウッドデッキにたどり着くとポツンと一つ置かれた椅子をすすめられた。座り心地の良さそうなキャンプ用の椅子だった。正直、もう立っていられなかった。遠慮することもなく、そのまま腰かけると彼は一度建物の中に入って、椅子と携帯用のカセットコンロとヤカンを持ってきた。火にヤカンをかけて隣に腰かけると、

「コーヒーを淹れます」

と言った。火を見つめたままだった。

「ありがとうございます」と答えて、彼の反応を待ったが会話はやはり続かない。お湯が沸くまで時間がかかりそうだ。不自然な沈黙だけが、大自然の中に置かれている。黙っていることが著しく礼を欠くと感じているのは、僕がこの場所に不慣れなせいだろうか。彼の沈黙だけが自然だった。

二年前、彼は自分の進むべき道に迷っていた。誰よりも緻密に描き、技術では西濱さんですら及ばないと言われるほどの画技を身につけた水墨画の天才だった。だが、自分の絵に行き詰まり、湖山会を抜けて旅に出た。世界を見て回ると話していたから、国外にいるものと思っていたけれど、思いもしないところで出逢った。

なぜこんなところに、と思うのは当然のことだった。

けれども、それを訊ねていいのかは分からなかった。相当の覚悟と決意をもって、湖山会を離れたはずなのに、離れるどころか、先生の別邸にいる。遠ざかるどころか、近づいているのではないかとすら思えた。

西濱さんも、千瑛も、こんなとき斉藤さんがいれば、と常に考えていたはずだ。僕だって揮毫会の度に思った。

彼に対する「どうして」を抑えるのは難しかった。口を開きかけたとき、

「手紙は届きましたか」

と訊ねられた。何のことか分からずに黙っていると、お湯が沸いた。彼は素早く立ち上がり、また室内からコーヒーサーバーとドリッパーを持ってきた。器用に金属製のマグカップも二つ、指先で握っている。細く長い指は存分に使われている。

僕は質問の意味が分からず、黙っていると、彼はそのうち何も言わずにドリッパーにお湯を注ぎ始めた。ヤカンで淹れているのに綺麗に粉が膨らむ。重さを感じさせないほど軽々とヤカンが時計回りに動いている。

この数週間の間に受け取った手紙は、あの差出人不明のハガキだけだ。だが、あのハガキと斉藤さんは結びつかない。彼の筆致は知っている。彼ならあんなふうに描かないだろう。

いつの間にかコーヒーは淹れ終わり、清涼な空気の中に異質なほど芳ばしい香りが広がっていた。薄い湯気が目に入ると喉が鳴った。金属のマグカップにコーヒーを注がれると、

「美味しそうですね」と馬鹿みたいなことを言った。彼は頷いただけだった。そして、

「どうぞ」と差し出した。言葉の切れ味が余計に、気まずくさせる。

口を付けたとき、頭の後ろがひりつくような刺激を受けた。ただコーヒーを飲むという単純なことが強烈な体験に変わっている。苦味も甘みも温もりもすべてがあった。コーヒーはすぐに半分ほどなくなった。

「いつも西濱さんと缶コーヒーばかり飲んでいるのですが、やっぱりドリップされたコーヒーは美味しいです」また意味もないことを言った。本当に馬鹿みたいだ。分かっていたけれど、美味しいということを伝えなければと思い、無理やり言葉にした。すると彼は顔を上げて目を細めた。

「昔、湖山先生のお宅で淹れたとき、湖峰先生も同じことをおっしゃっておられました。お元気ですか？」

やっと人間らしい反応があらわれた。

「ええ、いまは元気みたいです。この前、働きすぎで倒れてしまったようなのですが。ご結婚されて子どもさんもいらっしゃいます。男の子です」

彼は驚いてこちらを見た。問い質しているように思えた。

「本当です。翠山先生のお孫さんの茜さんが奥さんです。会っていないのですか」

彼はコーヒーにやっと口を付けた。一度視線を下げて、前を向いた。こちらを見ることはない。さらにもう一度口を付けた後、話し始めた。彼と僕の時の流れは異なっている。

「ええ、しばらく会っていません。千瑛さんが湖山賞を獲ったときからです。もう、二年になるのでしょうか」

「あれから、誰にも会っていないのですか」

「いいえ。湖山先生にはお会いしました。一度だけ。そしてここを薦めていただきました。この建物と敷地の管理がいまのところの私の仕事です」

そして俯いた。それ以上は何も訊ねてはいけない気がしてきた。僕はもう一口コーヒーを飲む。話題をこれに戻してもいいのだけれど、僕は遊びに来たわけではない。

「ハガキを送って下さったのは斉藤さんですよね」

彼は何も言わず頷く。彼の瞳に湖が映っている。頬髯で分からなかったが、以前会ったときよりも痩せている。山での暮らしの過酷さが感じられた。

「この湖の景色を描いて下さっていたのですね」

彼はマグカップを口に当てた。

「あなたが描いていたのだとは、わかりませんでした。ただ、達人が描いていたことだけはわかりました」

カップを顔から離しこちらを見た瞳は震えているように見えた。

「私は、達人ではありません」

それだけ辛うじて聞こえた。

「いえ、紛れもない達人の絵でした。たった二枚のハガキでしたが、二枚とも目が離せませんでした」

「素人が描いた絵に見えたでしょう。すぐには私だとは気づかなかった」

「ええ、すぐには……。でも目が離せなくなりました。ただ手を動かして対象を描いたというような絵ではない。余白まで計算された完璧な作品でした。なぜ自分の名を書いていないのか気になっていましたが、ここに来て意味がわかりました」

彼はカップを膝の上に置いた。視線はそれを見つめている。

「湖に栖む、湖栖。斉藤湖栖が描いたのだと絵で伝えていたのですね」

そう、最初から彼は名を記していた。少なくとも手掛かりは描きこんでいた。斉藤さんはあの手紙に二つのメッセージを隠していたのだろう。湖に生きている、ということ、それから、自分が湖栖であること。とても分かりにくいが、読み解けば意味は伝わる。

だがなぜ、そんな回りくどいことをしたのか理解できなかった。そして、彼ほどの筆致を持つ絵師がどうしてあれほど下手に描いたのかも分からなかった。おまけにそれを訊ねていいのかも迷っていた。侵しがたい沈黙と冷静さが、こちらの言葉を奪ってしまう。でもだからこそ、こんなところに独りで暮らすことになったのかもしれない。人とうまくやっていけない理由が彼の冷静さにあるのだとしたら、彼は永遠に自分が独りぼっちになりがちな理由に気づけないかもしれない。西濱さんと何もかも反対の人だなと思った。

沈黙の間に鳥が鳴き、風は一度吹いた。

「もう一枚、出すべきか悩んでいました。テレビで揮毫会を見たときに、あなたに描かずにいられなくなった。マイクを向けられているのも見ました。私のようにはなってほしくないと思ったのです」

「私のようって……」

「ですが、結局は、もっと悪くなってしまった。しばらく前に湖山先生から手紙が来ました。こちらにあなたが来るからよろしく頼む、と。右手を壊しているということも……。調子はいかがですか」

僕は首を振った。

考えたくない、ということと、話したくない、ということ、それから、どうしようもない、ということもすべて伝わったと思う。彼はまた俯いた。

「そうですか。湖山先生には何か言われましたか？」

「ボロボロの黒い筆を持ってここに来て、静養して、筆に教えを請えと言われました」

斉藤さんは目を見開いて、こちらを睨むように見つめた。

「まさか、湖山先生が……。筆というのは書斎の筆塔に置かれていた鼬毛の筆のことですか」

「鼬かどうかもわからないくらい汚れているピンピンに跳ねた筆のことです。なぜあんなボロボロの筆を渡されたのか分かりません」

すると斉藤さんはああと、声を漏らした。その後、少し尖った声で、

「あれは、ボロボロなのではありません。あの筆は、先生の歴史そのものです」

と言った。僕は何と言われたのか、すぐには分からなかった。歴史とはなんのことだろう。西濱さんも同じようなことを言っていた。

「あれを先生があなたに預けられて、ここに来いと言われたということは大きな意味があります。あなたが何をどう思ったのか、私には分かりませんが、先生が何をどう思われたのかは理解できます」

「でも本当に使い道もわからないボロボロの筆ですよ。ほとんど線はまともに引けませんでした」

彼は首を振った。

「あれは先生の命であり、宝そのものです。それをあなたに預けて、私に託された。それだけで私の為すべきことはわかります」

彼は目を細め、わずかに眉を寄せてこちらを見ていた。

「ともかく、まずは身体を休めて下さい。ずいぶん長く歩いたのでしょう？　それに……、怪我

をしているのに、どうしてあちらから来たのですか」

今度は僕が眉をひそめた。

「いえ、あっちの道から歩いてくるように言われました」

「誰に？」

「千瑛さんです」

彼は声を出して、ため息をついた。

「千瑛さんは道を間違えたようです。相変わらずですね。早とちりです。あなたを手前の道で降ろしてしまったのでしょう。本当はそこから二十分ほど車を走らせると、歩いて三十分くらいで着く平坦な道があるのです。慣れれば車でも通れるような道で、事故が起こらないように私も道をときどき点検しています」

僕も「やっぱり」と思った。何か間違っていることは薄々感づいていた。

「あなたが来た道はかなり険しい登山道です。しばらく使われていない上に直登で山を一つ越えなければならないから相当に負荷がかかります。雨が降れば終わりでした。運が良かったですよ」

僕は背筋に寒気を感じた。さっきから空が少しずつ曇り始めている。

少し先では晴れているが、手前では雨がぱらついていた。持っていたカップの中に雨粒が弾けて波紋を生んだ。偶然、晴れ間を縫って歩いてきたのかもしれない。さっきとは違う冷たさの風が指先に感じられた。何もかもここでは簡単に変わってしまうのだ。

彼はコーヒーを飲み、余った中身はカップを振って捨てた。

僕も雨粒ごと飲み干すように、コーヒーを飲んだが、少し量が多かった。

「まだ、ゆっくりしていて下さい」と彼が言った。

「この場所から学ぶことは、私が教えることよりも多いから」

それだけ言うと、彼は道具を持った。ヤカンに残っていたお湯を僕のカップに足すとまた湯気が上がった。しばらく景色を見ていろということだろうか。

彼は消えて、僕と湖だけが残された。

背もたれに身体を預けると、風の音が急に響いてきた。山が息をしているかのようだった。風に合わせて空も動いていた。

天地という言葉が簡単に脳裏に浮かぶ。空は画仙紙のように白く濁っていった。同じだけ森や木立も黒く変わっていく。湖だけが微かに深い碧を残し、枯草も鋭い影に変じた。

まるで絵の中に、僕自身が入り込んだかのようだ。

カップに視線を落とすと、お湯の向こう側で僕が僕を見ていた。温もりが完全に消え去ってしまう前に、飲み干した。右手はまだカップを感じない。左手に持ち替え、手を開いて閉じてみたけれど、そこには何もなかった。しばらく墨を触っていないから爪の中は綺麗なままだ。

掌を見つめていると、突然何かが通り過ぎる音が聞こえて、ウッドデッキの上の庇(ひさし)が鳴り始めた。さっきまで見つめていた景色は一瞬で消え去り、画仙紙よりも濁った白が視界を掻き消した。驟雨(しゅうう)だ。

何もかも白くなる。

その背後に、おぼろげな山や湖がある。線はすべて消えた。

そのときふと、無意識に両手で持っていたカップに温もりを感じたことに気づいた。右手の指先だ。ほんのわずかだが、金属を触っている手触りがある。自分に何が起きているのか分からないまま、右手と景色を交互に眺めているうちに、雨脚は弱まり、手の感覚も消え、世界に線が帰ってきた。

最後に雨粒が右手の指先に当たり、冷たさを感じた。

目を閉じ、雨粒を握りしめて、微かな感触を確かめていた。乾いた指先が、水滴を吸い込んで
いく。感触は消えて、ほんのわずかな温もりだけが残った。

雨が完全に止むと、右手はまた消えた。

僕は立ちあがり、左手で右手を温めた。喜ぶべきか悲しむべきかも分からなかった。二つの感
情は同じくらい大きかった。

まるで祈るように重ね合わされた手を見たとき、目を閉じて探してみようと思った。

昔、湖山先生が言っていた。

「森羅万象とは、現象のことだ。現象とは宇宙のことだ。心の内側に宇宙はないのか」と。

いまなら自分の内側にそれを探し始められるような気がしていた。失った右手を探すように、
自分の内側で迷子になっている宇宙を探せたら、と思った。

その手掛かりが、やっと僕の前に表れたのだ。

僕は祈っていた。


その日は、ただ休むように言われた。とても絵を描く気分にはなれなかった。

二階建ての建物の客間のような場所に通されて、好きなように過ごしてほしいと言われた。と

はいえ、行く場所もない。簡単な夕食を作ってもらい、風呂に入り、眠った。夕食は、味噌汁とご飯だった。塩辛いほど味噌の入った味噌汁に何種類かの野菜が入れられていた。それが思いのほか美味い。消耗した身体の奥に熱が戻ってくるようだった。添えられていた白菜と大根の漬物も美味しかった。

どうやってこんなものを作っているのかと訊ねると、貰い物だと言った。

完全に外界と没交渉などということはなく、地元の農家の人との交流があり、便利屋のようなこともしているらしい。

携帯電話の使い方を教えたり、電球の交換、買い出しなどの雑用、収穫の手伝いをしているとのことだった。ときどき、年配者の話し相手にもなっているようだ。

耳を疑った。彼が無駄な会話に付き合っているところなど想像できない。だが、そのお礼に野菜や肉がもらえると言っていた。絵を描く以外のことを、生まれてはじめて真面目にやっているとも言っていた。表情は相変わらず硬く、それなのに優しかった。

夕食後、好きなときに風呂に入れと言われたので、覗いてみると、温泉の露天風呂だった。千瑛はこのことを知っていたのだろうか。

温泉旅館のように岩が敷き詰められて、風呂自体が一つの景観を持っている。明らかに湖山先生の趣味が感じられる場所だった。湯の中央付近に置かれた岩は雲海に浮かぶ富士山のように頭を突き出していて、お湯は白濁だった。

様子を見に来ただけだったけれど、そのまま湯に浸かってしまった。疲れに浸みた。

右手以外はすべて回復したと思ったのだけれど、あまり長湯をするとそのまま眠ってしまいそうで、すぐに湯を出た。

斉藤さんはそれから、口を開くこともなく自室に戻ったので、その後、横になった。この数ヵ月で一番深く眠ることができた。

次の日、建物の一階にある大広間のような板の間に呼び出された。大きな窓と、高い天井、部屋の端には道具を収納するための納戸まである。壁側には長机も置かれている。揮毫会のときと同じようなキャスター付きの台に脚立もあった。どんな作品がこの場所で生み出されたのだろうかと胸が高鳴り、訊ねようとした矢先、モップを渡された。

「今日はまず、ここを磨いて下さい。終わったら声をかけて下さい」

と言われた。拒む理由はないが、その後は、と訊ねようとすると彼は消えた。ともかく、使う前に磨けということだろう。それから一時間みっちりと掃除をした。掃除をして分かったことは、この部屋は長い間使われていないということだった。

美しく整えられているが、整えられたまま時を経ている。

モップ掛けも念入りに行わなければ、完全に汚れは落ちなかった。すべてが終わり、外で薪を割っていた斉藤さんを呼ぶと、次は湖の周りを見てこいと言われた。掃除をするとか、何かを探せとか、おかしなことがないか確かめてこいという意味なのかと訝ったけれど、問いただす前に何処かに消えてしまった。僕は仕方なく湖に向かって歩き出した。

湖の周りを歩きながら、朝の空気を吸い込み、湖面の光を飽くことなく見つめていた。湖と言ってはいるが、実際にこれが湖なのか池なのか正直よく分からない。巨大と言えるほど大きくもないし、池と言うべきかと迷うほど小さくもない。昨日、見たときは初めて目にした感動で大きくも見えたけれど、歩き出せば訳なく一周できてしまいそうだ。

ただそこに水辺の景色があり、深い山があり、緑があり、空がある。それを折るようにすべてが反転して湖面に映っている。

二つの世界が最初からそこにあったかのように映り、片方だけが微かに揺らいでいる。湖面を風が走っているせいだろうけれど、あちら側から見れば、僕たちの世界のほうが揺らいでいるのかもしれない。

こんな景色を以前に見た。

あれは、湖山先生に初めて水墨画を習ったときだった。

「まあ、ちょっと見ていて」と言われて目の前で水墨画を描かれた。あの日、描いた湖と山は、さりげない先生の自己紹介だったのかもしれない。いまならそれが分かる。

「私はこんな人間だ。私はここにいる。さあ、君は？」

先生の画技は僕に語り掛けていた。僕はその声に心を開き、応えたのだ。

そして、今がある。

実際の景色は、絵で示されたよりも複雑で煩雑だ。描き切れないほど多くの木立があり、枝があり、近づけば水の濁りもある。それでもこの場所が、あの絵の場所だと気づけば、心のほうが勝手にあのときの嬉しさに近づいていく。

あの初めて水墨画を見たときの喜びと驚きに重なっていく。

気づくと、僕は湖を一周し建物に帰ってきていた。斉藤さんは、相変わらずゆっくりと薪を割っていた。僕が帰ってきたことを伝えると、「何かありましたか」と訊かれた。

「とくには何も。美しい眺めがあっただけです」

彼は何を言うわけでもなく「そうですか」とだけ返事をして、僕をアトリエへ誘った。

道具はすでに用意されていた。部屋の中央に贅沢に僕の道具だけが床に置かれている。道具はすべて自由に使っていいと言われた。

「筆は持ってきましたか」と訊ねられ、慌ててリュックを開けた。筆巻から二本の筆を取り出し片方を見せた。

「本当に持っていたのですね」と言って眩しそうに目を細めた。

「何か描いてみますか」と筆を差し出したが、彼は手を伸ばすこともなかった。

「それはあなたにだけ許されたことです。私には触れる資格すらありません。もう片方は？」

僕はこれまで使っていた筆を手に取り、見せた。持ち上げただけで穂の根元が揺れている。

「もうダメになってしまった筆です。これまでずっとこれ一本でした。手放せなくて」

彼は目を細めてそれを見ていた。言葉はなかった。僕は筆巻に、壊れた筆を戻し巻いた。すると、

「湖山先生から言われたことを思い出して、自由に描いてみて下さい」

と言って立ち去ろうとした。背中を向けるのが、とてもはやい。僕は彼を引き止めた。

「すみません。何かヒントというかアドバイスのようなものはないのでしょうか。ただ単に自由にやれと言われてもどうしたらいいのかわかりません」

彼は困った顔をして、僕をまっすぐ見ていた。

「それが自由というものではないのですか」

息が止まった。疑問も思いもかき消されてしまった。自由を強いられるとは思いもしなかっ

た。そして、

「筆に教えを請え、と言われたのならそうすべきです」

と言って彼はそのまま、外に消えた。

僕は仕方なく、筆を執り慣れない左手で墨を磨り、広げられた画仙紙を眺めた。揮毫会で使うほど大きな紙が床一面に広げられている。畳一枚分くらいだ。全紙だろうか。代わりの紙も束で置かれていて、大きな紙を切るための刀のようなペーパーナイフも転がっている。右手がしっかりと動き、絵を描きたいと思っていたときには、夢のような光景だけれど、いまどうしていいのか分からない。

何もできないまま、昼まで墨を磨り続けて、硯の海が埋まるころに手を止めた。そのころ、やっと斉藤さんがやってきた。画仙紙を見つめて集中してもいない僕を見つけて、何か言いたそうだったけれど堪えたようだ。僕は愛想笑いを浮かべた。

「何も描かないのなら、その墨を貸してもらえますか」

「ええ、どうぞ」と席を譲ると、画仙紙を小さなものに交換して、その前に座った。右手には彼の筆が握られていた。すると、彼は、筆洗や硯や布巾や梅皿を載せていたお盆を左側に置き、半紙よりも一回り大きな白い紙を見つめた。

何をやっているのだろうと思っていると、描くべきものが決まったらしく、筆を持ち上げた。持ち上げたのは左手だった。迷いなく左手で調墨し、布巾で穂先を尖らせて、画仙紙に押し付けるとくるりと回転させた。

水を含みすぎたようで、形の悪い丸ができあがった。

返す筆で小さな半円の下にさらに中程度の円を描いた。こちらもところどころ滲んでいる。それからゆっくりと墨継ぎをした。全体として小さな円もそれに隣接する半円も真っ黒だ。出来損ないの達磨のような形をした黒い丸が上下に連なっている。そしてまた、調墨した穂先を達磨の足元に笹のような鋭い線で足していく。

何を描いているのか分からないがお世辞にも巧い絵とはいえない。

左手で描いているので、形をコントロールはできず、穂先に掛かる圧力を間違えてしまうので鮮やかに墨が画面に載ることもない。笹のような割れた線を描き終わった後、今度は、左手でこれまでで一番丁寧に調墨し、穂先を尖らせて、最初に描いた一番上の小さな円に、鉤型の鋭く尖った染みを付けた。

そこまで描いても何を描いているのか分からない。

ほんの少し時間をおいて、さっきよりも時間をかけて穂先を尖らせると、中くらいの円の下に二本鋭く爪痕のようなものを刻んだ。爪痕のようだと、気づいたとき、それが大きな鳥の絵だと分かった。

そのまま、小さな円の場所に穂先を持っていくと、彼は震えながら目を描いた。一回ではうまくいかず、何度か目を描いた。

しばらくして墨色が落ち着いていくと、形の悪いカラスの絵が画面に浮かび上がった。美しいのは墨色だけで、それは本物のカラスにも劣らないもののように見えた。

それから、足元に震えながら歩くように線を引き、枯れ木を描いた。絵は完成したかに思われた。けれどもそこから、彼は何歩か絵から離れ、水に浸けて筆先を洗うと、穂先を右手で開いて平筆のような形にした。丁寧に左手で筆洗の水の上部の上澄みをとると、たどたどしくカラスに被せ、画面に降り注ぐように平たい線を流しながら引いた。

　雨がカラスに降り注いだ。

　すると、濡らされたカラスはもう一度、雨の中で光り、ぶきっちょな鳥の形は水に滲んで、震えながら羽を膨らませているようにも思えた。最初に滲んだ円の中に、雨を引いた線が被ると水と水が溶けあい、線が途切れる。そこが、現実の雨のような不規則で不均一なリズムを感じさせる。まっすぐに引かれず、乱れた線は横薙ぎの風にも、カラスの置かれた運命にも見える。うまく飛び立てない。ただ待つしかない。俯き、自らに顔をうずめている。

　それなのに雨は美しいのだ。

　やはり、この人は技の人だ、と思った。線を引けなくても目が手を超えている。

「美しい」と呟きそうになったけれど、そう言ってはいけない気がした。彼が、泣きながら描いているようにも見えた。

　手の雨が降り止むと、滲んだカラスは遠くに見えた。何もかも分からない。絵にただ雨が降っている。カラスの孤影が、明るい雨の中に佇む姿を余計に寂しく見せた。

　眼前にこの景色はない。すべて嘘だろう。だが、この寂しさだけは嘘ではなかった。

　左手が真実を語っていた。

　彼も僕のように右手を失っているのかと思い、表情を覗くと、高ぶった感情が治まり、妙に朗らかだった。絵を持ち上げて、光に透かして眺めて、大事そうに下敷きの上に置いた。

　僕に送られてきた手紙も、こうして書かれたのだろうか。

「どうしてこんなことを？」と、僕でなくとも、湖山会の誰もが口にしただろう。

彼は誰もが羨む天才的な技巧を持った絵師なのだ。

その絵師がわざわざそれを封じて絵を描いている。おそらく右手で描けば、軽く描いてもこの数倍は巧いだろう。まったく訳が分からなかった。右手が使えない今の僕がからかわれているのかとさえ思った。僕の視線に気づいた彼は、「あなたに、あてつけているわけではありません」とはっきりと言った。

また言葉が途切れてしまうかもしれないと思い彼を見続けていると、観念したように話し始めた。

「ここに来て、ずっとこうして訓練していました。右手を使いたくなかったのです。正確には使えなかった」

「使えない？」

「あなたも湖山先生に筆を置けと言われたのでしょう？」

僕は頷いた。そして、僕はそれを実行しなかった。今は少しだけそのことを後悔している。あのとき筆を置けば、間違いなく右手を失うことはなかっただろう。

ほんのわずか休むことが、どうして僕にはできなかったのだろうと振り返るときがある。あのときの僕にとって、休息は大きな決断だった。決断するために大きな出来事や力が必要だった。

僕はすでに自然ではなかったのだ。その結果、僕の右手に不自然な現実が訪れた。

僕は彼の言葉を待った。右手を回復させる手がかりが彼の言葉の中にあるのではないかと期待している自分に気づいていた。

「私が左手で絵を描くのは、右手が記憶しているからです」

「記憶、ですか」

「ええ。手は技を記憶します。私の頭脳とは別の場所にある記憶媒体のようです。奇妙なたとえですが」

僕は彼がかつて描いていたCGのような精度の調墨の絵を思い出した。どんなプロでも狙った場所に狙った精度で調墨を行うことは不可能なのに、彼は何度描いても同じ精度で筆の中の墨と水分の量を調節できた。筆圧の精度も同じだった。あれは手の記憶によってなされていたのだろうか。

「訓練を重ねて、毛筆のあらゆる動きを知り尽くした私の手は、描こうとすれば以前のように動きます。けれども、それはどこまでいっても以前と同じようにしか動かないのです。そして手が動けば、心も同じように凍(こお)り、固まっていきます。手が私の心を縛り、技が私の心のように画仙紙の上で振る舞います。そのとき、私は技になり、私の思いや感覚はなくなってしまいます。そんなふうに訓練してしまったからです」

僕は彼が正確無比に手を動かし、牡丹を描くさまを思い返していた。どうして人間にこんなことが可能なのかと訝しむほど精緻に墨をコントロールしていた。出来上がった絵は、水墨画とは思えないほどのリアリティがあった。千瑛が目指していた頂の一つは間違いなく彼の技法だろう。その技法を扱うとき、彼は心を封じていたのだろうか。あの冷たくも美しい墨の花弁が僕の目に浮かんでいた。

「むしろこうして、左手を使い、技を失くしているほうが穏やかです。斉藤湖栖ではなく、斉藤右(あきら)になれます。そんな気がするんです。あなたの右手はまだ痛みますか」

「いいえ。もう痛みはありません。感覚がないだけです」

　彼の表情がやわらいだ。

「そうですか……。では、外に出ましょう。今日はよく晴れています。その筆巻も持ってきて下さい」

「外に？　これを持ってですか」筆巻に入った筆を持ち上げて訊ねた。

「ええ。様子を見ていましたが、ここで悩んで絵を描き続けても、どうせまた自分を痛めつけるだけでしょう。何も浮かばないのなら、それも認めなければなりません。あなたは手ではないのです」

　彼は部屋を出ていき、僕もそれについていった。

　この周辺で湖以外行くべき場所などあるのかと訝しんだが、彼は僕の前を進み続けた。

　空は晴れ、朝よりも暖かかった。湖畔を半周したあたりで、脇に逸れ、山を登り始めた。山道に慣れるころ、彼は口を開いた。

「あなたと出会い、千瑛さんの指導をしていたとき、私も湖山先生に、一度水墨から離れ、筆を置くように、言われていました。私は、先生がおっしゃられていることを理解できなくて、戸惑っていました。ある段階に来れば、必ず起こることですが、弟子は師と自分を試すために小さな反発を始めます。それは弟子の成長でもあり、師の器量を試される機会にもなるのですが、私の場合、湖山賞を獲り、雅号を頂いた後からそれが訪れたようです。湖峰先生や湖山先生の湖の号を名乗っても、私は彼らには遠く及びませんでした。私はただ、緻密に描けるだけ。彼らは天地を自在に生み出せるのです」

彼の言う通り、湖山先生や西濱さんの画技は根本的に何かが異なっている。それを画技と言うべきか躊躇われるほど、強烈な印象を与えられる。湖山先生に至っては、目の前で描かれても凄さそのものの理由がよく分からない。魅力という言葉が一番近いけれど、それでもうまく言い当てられない。

彼は立ち止まり、道にあった石を足で除けると、また進み始めた。彼は道そのものを、登りながら直していた。

「少しでも多く訓練し、細かくものを見て、前に進みたい。より高い画技を身に付け、より良い絵を描きたい。その先に、湖山先生や湖峰先生がいると信じていました。またその姿を見せて、千瑛さんを厳しく鍛えました」

そうだった。彼は徹底して、画技の失敗を指摘し、完成度の高い絵を描くように彼女に強いていた。彼女はそれに従い、年若くして達人に引けをとらない技巧の絵師になった。

「それは、間違いなのでしょうか。千瑛さんは、斉藤さんの指導によって湖山賞を獲る絵師になりました」

彼は首を振った。

「いいえ、違います。彼女が湖山賞を獲るに値する絵師になったのは、あなたに出会ったからです。技術ではなく、心でものを見、世界や水墨の持っている素直な美しさと人生を重ねることができる姿勢……。それを学ぶことによってはじめて、習得し研鑽（けんさん）してきた画技を生かすことができたのです。どんなに素晴らしい技術があっても、それを生かす心がなければ意味がない。器そのものが大切なわけではない。器に何を注ぐかが大切なことなのです」

「器に何を注ぐか……」

「そうです。技は所詮、器に過ぎません。私は器を磨き続けていただけでした。完璧なものに用はない、そう言われました」

僕の足が止まった。

「僕も同じことを湖山先生に言われました」彼が振り向いて、僕を見下ろした。彼は大きな岩に足をかけていた。道は途切れていた。

「あなたもですか。私は、先生に言われたその言葉をことあるごとに思い返していました。完璧とは何か、用とは何か。なぜ、完璧はいけないのか。用いるとは、何を何に用いるのか。私にはずっと分かりませんでした」

彼は右手を差し出した。僕は左手を出し、彼が握ると岩場まで引き上げられた。強く乾いた手だった。僕らの息は弾んでいる。距離はないが、角度が高い。ほんの少し目が合うと、彼はまた上を目指して前を進んだ。

「夢の中にまでその言葉が出てきて、描くことが怖くなり、描きすぎる自分の絵に嫌悪感さえ覚えるようになりました。二人の師ともいえる人たちへの嫉妬から、心を開いて話をすることも難しくなりました。私は湖山会で孤独を感じていたのです。そして、ついに会派を離れました。私は湖山会で最も劣った絵師だと、自分のことを考えるようになりました」

僕は彼の告白に驚き、言葉を失っていた。

彼はなんでもないことのように語り続けていた。

「湖山会を離れた後は、世界を見て回りました。ヨーロッパに渡り、美術館を巡り、景勝地を巡り、さまざまな人に会い、これまで目にしたことのない現実の中で、描くことを忘れるために歩き続けました。けれども、進めば進むほど、焦りを感じ始めました。当たり前のことです。探すべき場所を最初から間違っているのですから。海外旅行を繰り返して、世界を見て旅をしても、大切なものに自分から目を逸らし続けていれば、最も重要な場所にはたどり着けないのです。あなたも、湖峰先生も、湖山先生も、誰も世界を旅して絵を描いたわけではない。外の世界を探したわけではない。むしろ、反対の場所を探したからこそ、たどり着くことができた」

僕は自分の中にあるガラス張りの白い部屋を思い浮かべた。

それはたどり着いた場所ではなく、いつの間にか放り込まれていた現実だった。もしくは、僕が逃げ込んだ場所だった。

「そんなあなたが、私と同じような状況に入りつつあることを、あの揮毫会の放送を見て思いました。私とは追求する方向は違いますが、筆を置く時期だと思いました。不思議なもので、自分自身ではわからないのに、他人の同じような状況は容易(たやす)く見てとれます。どんな言葉も、誰からの言葉もきっと届かないだろうから、言葉は何一つ書かずに手紙を書きました」

僕は彼からの手紙を思い返していた。

彼の名が記されていない二枚のハガキ。

二つとも湖に栖むということが描かれていた。そして、湖に生きているということかとも思った。それだけではなかったということか。

一枚目の小枝にとまる嘴を羽毛にうずめた鳥の絵、二枚目の湖と山、そして湖面に浮かべた小さな舟の絵。どちらも湖に休んでいた絵だった。僕はあの絵を見たとき、目が吸い込まれた。何かをほんの少し忘れることができた。

「頂いたハガキを見たとき、すぐに意味は分からなかったけれど、気持ちが少しだけ軽くなったことを覚えています。自分の問題から少しだけ視線を逸らせたことを……」

「絵とは、本来そういうものだと思います。ほんの少し視線を引き、心を傾ければ、深く大きく答えてくれる。そして、それは時に言葉よりも大きく強く心に届く」

「そうか、それが……」

「そうです。それが『用』です。絵の用だと思います。心を傾ける隙間が絵には必要なのだと、ここに来て思い至りました。少なくとも水墨画はそうです。まさに、『完璧なものに用はない』のです。あなたにはそもそも見えていたはずの世界です。……目的の場所に着きました」

登り道は終わり、開けた場所に来た。そこは綺麗に木が刈られ、湖と建物を一望することができた。上から望む湖は、わずかに瓢簞のような形をしている。

開けた空間の真ん中ほどに、子どもの背丈ほどの塚がある。誰かの墓だろうか。

彼は、足元に生えていた花を手に取り、その石の前に供えた。屈んだまま素早く手を合わせると、すぐに立ち上がった。

「誰かのお墓なのですか」

「いいえ。この墓は、誰か、ではなく、何かの墓です」

「何か？」

「これは筆塚です」

「筆塚って筆を供養しているのですか」

「そうです。湖山先生が建てられました。これまで使ってきた筆、その役目を終えた筆を葬り供養していると聞きました。私も、湖山先生と湖峰先生にそれを伺ったときは奇妙な習わしに聞こえましたが、これは習わしと言うよりも湖山先生がご自身の気持ちから始められたものらしいです。『禽獣草木すべての命を借り、命を以って、命を描くのが絵師だ。だからその役目を果たしてくれた筆の命を大切に葬り、還すことを忘れないように』とのことでした。お寺の方を呼んで供養されることもあります。私や湖峰先生の筆もここに眠っています。私は湖山先生に言われるまで、筆が生き物でできているなんて思いもしませんでした。よく考えれば、文房四宝すべてが自然から力を借りてできています。それらを作る職人の方々も命をつかい人生を傾け、道具に命を吹き込みます。無下にできないと思うのは、当然かもしれません。先生らしいなとも思いました。さあ、どうぞ」

僕は彼に促されて、手に持っていた筆巻を開いた。中から壊れた筆を取り出した。

「塚の前にある石の台に置いて下さい。お焚き上げは今度まとめて行います」

僕は言われるまま、筆を置いた。指先から筆が離れたとき、手が少し軽くなった。同じだけ、寂しさがやってきた。僕の一部が指先から離れた。

そして、自然と手を合わせた。人ではない物に手を合わせるのは初めてのことだった。だが、先生の気持ちもよく分かった。千瑛の手でこの筆が終わりを迎えたとき、誰かを失ったような気持ちになった。それは自分の身体の一部を失った悲しみと言うよりは、誰かとその間の何かを失ったような感覚だ。

それを表す言葉はないけれど、哀しみだけは本当のことだった。

あれが道具の命だったのだろうか。

執着とも妄想とも言いがたい、何かに向ける気持ちがあった。筆が常に僕を助けてくれていたことを知っていた。僕はこの筆が死んだとき、どこかで終わりを感じ始めていたのかもしれない。祈りを終え、立ち上がると風が吹いてきた。墓地と同じ静けさがそこにあると感じるのは、何かが眠っていると信じているからだろうか。

　斉藤さんは僕の隣に立った。

「ここに来て、たった一人で生きて過ごしてみて、いろんなことに気づきました。自分が画業にかまけている間に、見逃していた幾つものことが今さらながら分かってきます。幾つもの命の営みが重なり合って、命がようやく育（はぐく）まれる。何か一つが切り離されてそこにあるわけではなく、切り離された現実なんて本当は存在しないということです。この谷間にある湖を眺めて、空の映し出された湖面を見るとき、命は、命と命の間にしか生まれないのだなと分かりました。当たり前の愚かな感想です。でも、それに気づくまでに、世界中を旅しなければなりませんでした」

　彼は微笑んでいた。瞳には湖が映っている。

「切り離されて、切り離して、はじめて繋がっていたことに気づくなんて、皮肉なものです。でもそれに気づいたときから、私は左で描き始めました。いつかまた、自分の右手で心のままに描けるようになる日まで」

　彼は野球帽を脱いで、空を見上げた。彼の横顔を眺めながら、湖山先生が彼の何に期待していたのか分かるような気がしていた。優れた画技や天才的なセンスではない。彼の澄んだ心の在り方を、湖栖と言ったのだ。この清らかな水辺に住むように、汚れない心と想いを持っていた。

「素直にものを見るというのは大変なことですね」

と彼は呟いた。

「それでも、素直な目を持ったとき、自由というのは、とても素敵なものですよ」

彼は微笑み、僕に会釈して歩き出した。しばらく佇んでいると、鳥が一羽、筆塚の上に留まり、すぐに飛び去った。

何かを描くのなら、今しかないのだと思えた。

空も動き始めた。


画仙紙の前に立ち、何も浮かばない。そのことにも慣れてしまった。

墨は硯の中で乾き始めている。結局、そのまま一日過ぎた。はやる心を抑えて、ここで焦ってはダメだと自分に言い聞かせた。思い返すと、絵師として訓練を行ってきた日々の大半は、描く時間よりも描かない時間だ。

矛盾するようだけれど、描くためには描けないのだと感じることも多かった。それが、斉藤さんとの対話で確信に変わった。

長時間の訓練、精密で複雑な動作、自分の内側の動きを無視した努力を続けても、どこかで行き詰まってしまうのだろう。そもそも自らの中の『伸びしろ』を『伸ばしきってしまった』後には、どれだけ叩いても伸びることはない。ただ自分を痛め、歪な形にかえてしまうだけだ。重要なのは『伸びしろ』そのものを伸ばすことだ。

心の内側に余白が必要なのだ。

そのために、描かない。そのために、筆を置く。

僕はそのことに気づけなかった。筆を置き、待ち、手ではなく心に立ち現れるものを見る。手が遅いうちには簡単にできていたことが、手が早まると忘れてしまう。

だから、いまは待たなければならない。

僕は硯箱の蓋を閉めた。木と木が重なる、コトン、という軽い音が鳴った。たったこれだけのことだったのだ。それがずっとできなかった。

僕は、画仙紙の前を立った。白から目を逸らした。やはり正解だと自分でも思えた。与えられた自由を使いきれないときもある。自由に挑むには、自由と同じくらい大きな自分が必要だ。いまはそのときではない。

僕は外に出て、湖畔を歩いた。心は絵を描くように波打たず、とりたてて何も思わないように静かに歩みを進めていく。器になみなみと注がれた水を零(こぼ)さないように足を運んでいるような気持ちだ。美しいものは、目の前にいくつもあるけれど、その形は見ない。すべてを通り過ぎ、形や距離を測りすぎる心を打ち消していく。すべてを一枚の絵に変えてしまおうと画策する欲を、自分の中で確かめ、次々に捨てていく。絵を描こうとしながら、絵を捨てていく。

何も思わない。

それを繰り返し続けるといつの間にか、心が動き始めたことに気づく。視線をとめて拘(こだわ)りすぎる目と意識を捨て去ることで操作し、まずは頭ではなく混沌とした内面を運動させる。

いつの間にか湖面を眺めていた。風がざわめき、さざ波が立ち、また緩やかに戻り、音を消していく。心の動きがその律動に従い始める。

何も見続けてはいけない。見続けないことを意識してもいけない。もう少し、歩こうと、また踏み出した。僕は小石に躓いた。よろめきながらそれでも進む。

歩きながら躓いた足の先の感覚を思っていた。肉体がとても大切だ、と直感的に思った。内面をとどまらせないために、歩き続けているのだ。歩き続けることで、意識は去り続け、向かい続ける。すると揺れ始める。揺れて動くと、心は止められない。きっと、山荘を出るときになみなみと注いだ心も零れているだろう。部屋を出たときの気分はもう思い出せない。

気づくと浅く息をしていた。湖面にまた風が吹き、その流れと同じように息をした。浅い息を僕はようやく破った。空気が冷たく甘い。土の匂いが混じっている。森の香りが頭の裏側まで沁み込んでくる。呼気が声と一緒に響く。

目を開くように湖を眺める。

視界が広がり、湖面がより碧く見える。少し休もうと思った。岩場がある。その周りには石が敷き詰められている。膝をつき、低い場所から景色を眺める。腰の高さほどだろうか。

水の音が近くなる。

水は足元まで迫ってくるが濡れはしない。冷たさは考えないことにした。岩場の苔むした緑と、湖面の碧が、岩の翳りの黒と混ざり合い階調になる。色が繋がり、繋がった色は一繫ぎの線になった。色が結ばれた。万物は同じ階調に変わった。

すると、目前の景色が黒白に変化していることに気づいた。世界の色を消し去り、白と黒の中に自分がいるような気がした。そう心が見ようと意識しているのだろう。目を擦り、何度も確かめるけれど、やはり白と黒だ。その時間が数十秒続き、次第に、現実の色とだまし絵のように色彩が入れ替わり、また元に戻った。

世界はわずかな間だけ、水墨画になった。

それでも捨て去り続けた心の動きは、驚きに跳ねない。絵を描き続けているときのように、変わり続ける世界を眺めている。

ふいにこの景色を、子どもたちに見せたらどんな反応をするのだろうと、思い浮かんだ。ここに、もし彼らを連れてきたら、きっと景色を見るのではなく、景色を遊ぶのだろう。僕らとは世界との関わり方が異なっているのだ。

もし子どもたちなら、と思う気持ちは、僕の中で、もう一度勝手に動き始めた。

もし子どもたちなら、いまここで何をするのだろう。

思い続けると、勝手に手が動いた。近くにあった拳ほどの石をめくっていた。そのとき、ふいに笑いが込み上げてきた。自然を見て笑うなんて、どうかしていると思った。思いながらも、それは僕に何かを伝えてくれているのだと分かった。

求めるものに、この場所が答えてくれたのだ。

そこには眠っているサワガニがいた。

僕はそれを素早く拾い上げると、指先で撫でた。冷たい。そして、硬い。動いている。こびりついた砂粒まで分かる。カニは慌てて僕の手から逃げて、追いかけたとき、指先は別の感覚を摑んだ。水に触れた。僕は驚いて、握ったカニをゆっくりと離した。冷たい。全身がそう感じた。

水を摑んでいたのは右手だった。突然、右手の感覚が帰ってきた。

水の中で、親指、人差し指、中指、薬指、小指と順に、ゆっくりと開くとすべての指が水の流れを感じた。手を引き上げると、風の流れまでもそこにあった。

僕は慌てて、その周りにあるものに手当たり次第に触れた。岩や水や砂や服や僕自身に触れた。触れられるという現実を試し続けた。

初めて何かに触れるように世界に触れた。

僕の頭の中で、誰かが囁くような小さな感覚がひらめく。さっき思い浮かんでいた意識の欠片が、もう一度浮かび上がる。

「もし、この場所に、子どもたちがいたら……」

僕は、はやる心を抑えて、描くように世界を撫でた。さっき触れたものを描くように撫で、形や質やそこから生まれるものを感じ取っていった。

次第にそれは触れられるものから視線を離していった。視界は広がり、宙を見て、眼前に広がる大きな湖に向けられた。

「これだ」と、思わず呟いていた。

それはそこにあった。

ありふれた景色、さっきから見ているもの、いつものそこにあるものだ。前後も左右も判じようがないけれど、それはある。

ありふれた景色に心を重ねたとき、その影が見える。

僕は景色に向かい指を伸ばした。目の前にある景色を、僕の目の中で宙に指を走らせ描いていった。まるで見えない画仙紙が眼前にあり、見えない筆を握っているかのように、指先で絵を描き始める。そのうちに、指先で描くことにも疲れ始めて、手を下ろすと、目を閉じた。

そこは、ずっとひそんでいた真っ白な世界だった。

僕はそこに穏やかに、僕が描いた世界を映し始めた。真っ白な世界に描かれる僕の見た景色は、白と黒に変わっていった。

水墨画が、僕の中に描かれていった。

絵から少し目を逸らすため、瞼(まぶた)を開ける。

すると、色鮮やかな、夢のような場所が広がっている。

もう一度、瞳を閉じると、これまで目にしたことのない幻想的な水墨が広がっている。

これが僕の描くものなのだ、と心が教えてくれた。

そうだといい、と思った。希望にも祈りにも似た思いを浮かべながら、僕は涙を流していた。

目を開けると、世界が滲んでいて、僕の思い描く水墨画と、どこか似ていた。

僕は感謝していた。

何に対してか、誰に対してかもわからない。

ただ生きて、いま、ここにいることに涙が止まらなかった。それは、誰でもなく、何でもないから、想いをうまく向けられないのだろうと思った。

それを呼びならわすなら、誰もが忘れてしまった古い言葉がいい。それは、僕らよりもはるかに永くあるからだ。僕らが生まれる遥か昔から、僕らが滅びた後もあり続けるだろう。

水墨はそれに対し思いを重ね、この、いまを描く絵画だ。

森羅万象は、眼前にあった。

どうやって帰ったのかさえ思い出せないほど、永く目の中の浮かぶものを思いながら道をたどった。気づくと、画仙紙の前に戻ってきていた。僕は汚れた黒い筆を持つ。

この筆が今日ほど『手に馴染んだ』と思えた日はなかった。

すぐには水を浸けず、ゆっくりと毛先を撫でた。およそ、線を引く道具ではない。毛先はねじ曲がり、跳ね、自然と同じくらいに複雑だ。

細かく、小さなものだけを見つめていると、この複雑さが何処にあるのか分からなかっただろう。筆管の根元を持ち、穂先の重さを強く感じながら、筆を逆さに持ち上げた。目の前で開く穂先は黒々としていて、その歴史を思わせた。筆管を眺めると、より深く褪(あ)せた場所がある。そこに先生の指先が置かれていたのだ。僕は浅く右手の指をかける。それだけで、頭を下げてしまいたくなる。僕のような者を育てるためだけに、宝を差し出したのだと、やっとわかった。

僕は畳一枚ほどの大きな画仙紙を見た。全紙だ。用意してくれた紙が大きすぎると思っていたけれど、いまは逆のことを感じている。思いをぶつけるには小さすぎる。

目の前に広げられた白を眺めながら、絵とは不思議なものだとあらためて思う。

大きなものを小さくし、小さなものを大きくするのだけれど、それを同じだと見なす。本来ものに、大も小もないのだと訴えているかのようだ。その曖昧な感覚を利用して、決して自然ほど雄大ではない小さな画面に世界を記していく。世界そのものではないと分かっていながら、人はそれに世界を見る。

絵は、もう一つの世界への扉なのだ。

そう思いながら、筆を構えると、いつのまにか思考は終わっていた。

何を描くべきかは、もう分かっていた。さっきから目の中で描いていたものだ。僕は左手で硯箱の蓋を開けた。墨の香りが、もう一度広がる。

僕は穂先を水に浸した。湖に手を浸けたときの感覚が広がる。感じ始めた右手は、毛先にひっかかり浮かんでいく気泡までをも感知させた。筆が大きいのだろう。微かな手触りがある。

目の中に浮かび続ける景色に挑むために、僕は一つのことを思い続けていた。彼らに出会わなければ、僕は新しい世界を見ることはなかった。一人ひとりの顔が浮かんでくる。

そして、同じことを心にとめ、力にかえている。

子どもたちなら、この世界とどう関わるだろう。

この世界をどんなふうに見つめるのだろう。

耳元に、あの笑い声が聞こえる。笑顔が、光と同じように輝いて見える。

彼らなら、この世界をどんなふうに遊ぶだろう。

指先が動いた。

身体が風のように揺れ、僕は画仙紙に筆を叩きつけた。

「方法はこれしかない」

手は、はじめて訪れる衝撃に耐えている。右手は世界への扉を叩くように、穂先を白に向かって打ちつける。墨は炸裂(さくれつ)し、予測不能の液状の飛沫(ひまつ)が衝撃とともに付着する。四方八方に捻(ね)じ曲(ま)げられた筆の穂は、それ自身の弾性によって手の中に還り、宙に踊ろうとする。森羅万象と同じ複雑さの景観が、その繊細な穂先によって形作られる。

墨によって、現象は破られていく。

完璧ともいえる白の世界、そして、決して完璧には描くことのできない現実の世界の景観、この二つが一本の筆によって結ばれるとき、二つの世界は同時に壊される。

壊しているのは、僕なのだろうか、と穂先を画面に打ちつけながら思う。思いは過ぎ去りながら、ささやきのように浮かび続ける。

「そうじゃない」

僕が描いているのでも、筆が描いているのでも、手が描いているのでもない。ただ、世界をもう一度、生み出す力に従っているだけだ。それが、人に絵を描かせるのだ。

叩きつけられた墨は、やがて木立に変わり、木立が連なると森に変わった。

僕は筆洗に穂先を潜らせ、水に泳がせる。大きな穂は力強く泳ぎ、墨を吐き出す。吐き出された墨は揺らされ、陶器の筆洗の縁から水を溢れされる。龍が海に潜るようだ。それはまた引き上げられる。吐き出された墨は、一瞬で透明な水を黒く淀ませ、雲海のごとく濁った水を作る。僕はそれを穂先で掬い、平皿に注ぐ。皿の上に大粒の雫が載り、その透明な雫の上に、濃墨を足して水の中に目を作る。黒い点がこちらを見ている。そして、目は開かれ水の中に溶けていく。大きな中墨ができた。

僕は大ざっぱに水を掬い、ざっと水分を落とし穂先に中墨を付ける。すぐに中墨はなくなった。穂が大きいと細かいことはできない。僕もまた技を捨てている。

僕は狙いを定めた。

画面の右端には大きな木、その重なり、森が風に吹かれている。

僕は、大きな木立の隣に、さっきと同じく素早く、木立を描く。すると、新たな木立が生まれ、風がさらに遠くに運ばれていく。それは画面の中を走り続ける。描かれた淡い木立に、さらに濃い目の中墨を載せると、水の中で墨が弾けた。不規則に滲んでいく。人の目が、景色の中でさまようボケた地点が描き込まれる。形がそこで消失するのだ。僕は水で筆を洗い、さらに遠くの木立を薄く淡く描き込む。布巾で穂先をまとめ、筆の角度を変え、濃く近く描かれた面が、点に変わっていくように、筆を置いていく。

絵は自然の摂理に従っていく。

遠いものは薄く、見えないほど遠いものは点に変わり、淡くなる。僕は目を凝らし、その小さなもの、微かなものを追いかける。現実には眼前にあるはずの細かな点や滲みを、その場所にあるものとして想像し続ける。

穂先を通して伝わってくる衝撃が画面の奥行きに向かうに従い、小さく弱くなっていく。身体の中に音楽のようなリズムが生まれていくのが分かる。叩き始めた筆の律動は、自然がそもそも持つ音楽のようだ。複雑で捉えがたい調和がそこにあった。それは、心地よく動く身体のリズムと重なる。絵と筆と身体が繋がっていく。それだけではない。眼前に現れ続ける、まだ見ぬ絵の構想とも結ばれていく。

筆は楽器にもなり得るのか、と奇妙な言葉が浮かんだとき、それはこの筆の持ち主の研鑽の賜物かもしれないとも思えた。筆の癖が僕に自然に限りなく似たものを教えているのだ。それがリズムに変わっている。四方八方に穂先が弾けた筆は、このためのものだったのだ。

いったいどれほど使い続ければ、こんなふうに穂先が変化するのだろう。

もしかしたら、僕の人生よりも永くこの筆はあるのかもしれない。

心が急激な静けさに帰り始めたとき、筆は遠景を描き終えていた。木立は画面の右から中央付近まで、円を描くように遠ざかり、薄くなっていく。

僕は立ち上がり、画面と目の中に見えているものを、見比べた。筆は手から離れない。

自然と同じように何もかも動き続けている。

絵も、墨を含み乾燥しながらわずかに動く。あるいは広がり、あるいは縮んでいく。水を含む場所は輝き、その盛りが終わると褪せていく。物だけではない。

その向こう側にある構想も、僕が見た景色と重なりながら動いていく。右手の指先は脈打ち、その鼓動は筆にも伝わる。僕は息を浅く吸い込み、深く吐いていく。

あの連なる木立の向こうは、まだ見えない。

霧は晴れていない。

僕はそっと時を待った。自然は動き続けている。同じ場所に立ち続けても、いつまでも同じではない。見つめていれば、景色は消え、意識をすり抜けて生まれ変わる。

僕はゆっくりと調墨を始めた。今度は、音を立てないようにゆっくりと穂先を水に潜ませ、毛を解いた。水の中で、柔らかな髪のように広がる毛先はつかの間、自由になった。筆は水の中で休んでいる。ゆっくりと穂を引き抜き、陶器の縁に滑らせながら形を整えると、見た目は普通の筆のように大人しくなった。しおらしいのもこのときだけだな、と語り掛けてしまいそうになる。僕は左手で穂を握り、右手の指先で筆を割った。濡れた毛先は心地よい弾性を有していた。

筆を割りながら、僕はこの森羅万象を模し、心を掬いとる不思議な道具について思いを巡らす。ただの線を引くための筆記具が、ほぼ無限に近い形に変化する。人の手の指先のさらに先に従い、人の魂にも繋がる不思議な道具だ。これほど多様で自在な線を生み出す筆記具は他にない。心ある人が用いれば、描き手の意図さえも超えていく。

絵は次の形に移り始めた。そろそろ頃合いだ。僕は薄墨に穂先を浸し、中墨を軽く吸い、濃墨を硯からとった。それらを軽く叩き、筆を整えないように注意しながら調墨した。

勝負は次の一線で決まる。

浅い息だけが聴こえていた。そのほかの音は、すべて消え去り、世界は画仙紙の中にあるかのように白くなった。

およそこの筆は線を引く道具ではない。四方八方に毛が散らばり、線を引こうとしたとたんに広がりながら、ばらけ始める。細かくも描けない。小さなものも簡単には描けない。けれども、この世界の大きなもの、雄大な景色を描くなら、むしろこんな大雑把なものがいい。自然はあらゆる細部を、それを動かす大きな力に従って創り上げていく。

混沌を清らかな意思と大きな力で用いるとき、自ずから、線は美を作り上げる。

手はゆっくりと動いた。身体も角度を静かに見定める。

僕は数秒後の未来の自分の動きを予測する。身体の動きを、何度も意識し、線と律動を予知し続ける。呼吸は、その一秒にも満たない未来に向かって重なっていく。

「描こうなんて思うな」と、何処かから声が聞こえた。湖山先生の言葉だった。

先生はあのときそう言った。

描こうなんて思うな。

筆に言葉が刻まれているかのようだった。いま描こうなどと思ってはいけない。描こうと意識することで、描こうとする意志だけが描かれてしまう。今ならそれが分かる。焦りを以って描けば焦りが、哀しみを以って描けば哀しみが、喜びを以って描けば、喜びが筆致に表れる。欲が出れば、線は死ぬ。

では、心が何も思わなければ、何が描けるのか。

何も思わないとき、何があらわれるのか。

その先に言葉がないことに気づくと、目の前に白い壁が現れた。何も見えない。真っ白な壁だ。音も光も空気も気配もない。

ただの白がそこにあった。それはもしかしたら黒かもしれなかった。

それについて思うことも、もう止めた。

最後に息だけが聴こえた。

身体の重さが床に向かって落下する刹那(せつな)、手から意識が消えた。

急激に視界が開かれ、身体が一本の線になった。他のものは何もない。ただ一本の線の印象があった。それが僕になった。手はその閃(ひらめ)きと同時に動き、紙面を擦りながら描かれる一筆のきらめきに変わった。

湖面が引かれていく。

画面から、自分の心に向かって。

自らの内側に向かって、線は引かれていく。線は僕の内側に向かい、消えていく。

そこに森羅万象がある。

何度も繰り返し、それに触れるために描き続けるのだ。他のあらゆることは、この線に従いながら決められていく。運命とはこの流れのことだ。その人が生き、思い、関わっていく命のつらなりのことだ。僕の中に線があった。僕は線を思い描いた。

僕は出逢ったすべてを引き込むように、その線を引いた。

そして、描き尽くすと、僕の内側にある線は消えた。消えた線は、紙面に描出されていた。散らばっていく毛先は、画仙紙の上で、墨を吐き出しながら輝いていく。汚されて輝くなんて、どうしようもなく滑稽だなとも思った。どこか哀しくて、切ない。それでも生きることは、何かを失いながら輝くことなのだと、線を動かしながら思った。

一筆が終わると、もう一度墨を継ぎ、手前の湖面を描いた。湖面の上にさらに湖面が重ねられ、さざ波が映る。風がこちらまで吹いてくる。奥に吹いた風が、こちらに戻ってきたかのようだった。

僕はそのままばらけた穂先で薄墨だけを含ませて、奥側の木立の上方を、さっと払った。すると、木立の天に山ができあがった。たった数筆で山脈は生まれた。遠景のさらに向こうには、湖畔を見守るように淡い山脈がそびえたっている。こんなに大きなものが、いとも容易い。返す筆で、湖面の中に映り込む山脈を、不均一に描き足し、小さな点を加えて細部を整えた。

また立ち上がり、遠くから絵を眺めた。心の内側に映る景色は、動きを止め始め、絵の景色に被さろうとしている。何もせず、見つめることが今は必要だと思い、手を止めていた。なぜそんなことを思うのかと、考えていると西濱さんの顔を思い出した。

そうか、彼が教えてくれたのだ。僕は微笑んでいた。完成の前、少し手を休める。真の達人の言葉だった。

これが、僕が見ていた景色なのだろうか、と筆を握ったまま、ぼんやりと思っていた。

かつて湖山先生が見せてくれた景色に、ようやくたどり着いた。

はじめて描き上げた景色なのに、どこか懐かしい気がするのは、これが湖の景色だからだろう。僕が愛し、信じた人たちの心だ。

そして、ここに加わりたいと思っていた場所だった。

長い長い時間をかけて、やっと彼らを描けたような気がした。

「先生……」と声に出して呟いていた。墨が乾いていく。

僕は穂先に少しだけ濃い墨を付けて、布巾で乾かし、湖面の遠景に小さな舟を描き足した。これは、さ迷い歩いた僕だ。湖山先生の水辺を進んでいた。

そのまま、山の裾に消え去る雁（かり）を数羽、描き入れた。人の字を小さく毛先で描くだけだ。これは、僕には届かなかった僕の師たち……。描き込んだ後、離れて眺めると、深い感謝が湧（わ）き起こってきた。達成感はなく、それだけだった。

一歩、二歩と離れて、目の中で細かな点が景色の中に吸い込まれていくと、絵はまるで別の顔を見せ始めた。離れる度に絵がまとまり完成していく。筆致は消え、部分が全体に変わり、絵に光が差し込む。退きながら、遠のいていくのに、絵の印象は強くなる。最も大きく見えたところで、足が止まった。右手の力が抜けて筆を落としそうになり、慌てて左手で支えた。退くことで見えるものも、あるのかもしれない。

ふいに力が抜けて、僕は目を閉じた。

そこには描いたものと同じ、黒白の景色が広がっていた。色なんて、もう、どうでもよかった。そこには思い描いた光景があった。僕が探せなかった命の広がりがあった。

ありがとう、と誰かや何かに向かって言った。

僕以外のすべてに向かって、言ったのかもしれない。

生きることや、自然と、とてもよく似た何かを、僕は想っていた。


「おい、起きろ。青山君」

と、僕は頬っぺたを叩かれた。聞き慣れた声だった。目を開けると、西濱さんの逆さまの顔があった。

「こんなところで寝ていると、風邪ひくぞ」

差し出された手を取って起き上がると、湖山先生がこちらに背中を向けて立っているのが見えた。下を向いて、僕が描いたものを眺めている。眠る前よりも室温が下がっていた。暖房を入れているのだろうけれど、部屋が広すぎてうまく機能していない。

「どうしてここに」と思ったよりもか細い声で、僕は訊ねた。

「君が絵を描き上げたっていう連絡が斉ちゃんから入ってね。それなら、行こうって湖山先生が言い始めたんだ。明日にしませんかって言ったんだけど、絶対来るんだって」

「それは、お疲れ様です」と謝るように頭を下げた。

「いや、いいんだよ。実は、俺も来たかったんだ。君がどんな絵を描くのか俺も知りたかった。ところで、斉ちゃんはどこ？」

「たぶん外にいるんだと思います。普段もあまり家の中にいないみたいです。独りで生活しているので山仕事とか、近所の人の手伝いとか忙しいみたいで」

「ああ、なるほどね。こんなところにいると、そうだろうね。ちょっと探してみようかな」

「ああそれなら……」と話そうとすると、「青山君！」と声が聞こえた。

僕は背筋を伸ばし、先生に駆け寄った。板の上の足の裏が冷たい。先生は、絵から視線が外れない。何か不味（まず）いことをしてしまっただろうかと数歩の間に考えた。視線の脇に転がった黒い筆がある。気を失ったので、転がっていったのだ。これは不味いかもしれない、と思った。恐る恐る先生の顔を覗くと、やはり絵を見ている。眉間に皺が寄っていた。

どうやって謝ろうかと、曖昧な言葉を呟いたとき、

「見事だ」

と、聞こえた。僕は意味が分からず、「すみませんでした」と謝った。さらに、眉間に皺が寄った。僕はすぐに「なんでもないです」と繕（つくろ）った。

「いい絵だよ。これは、いい絵だ。何も言うことがない」

「ありがとうございます」

「白が生きている。描くことが描かないことを邪魔していない。言葉もない」

顎鬚を撫でる先生は、初めて会ったときのようにただのお爺さんに見えた。いまさら先生が他人のように見えるなんて、不思議な気がしていた。なぜだろうと思っていると、先生に褒められ

るという異質な状態に自分が慣れていないからだと気づいた。そしてあのときも、こんなふうに、目がいいと褒められていたからだ。僕の感覚が、過去を覚えていた。

「先生、描いていて、線が消えました。それを筆が教えてくれました。そして、線が消えて、それでもいいと思っていたら、風景が出てきました。それを筆が教えてくれました。描こうとしなくなったら、描けました」

それを聞くと、先生は破顔した。

「そうか。よかった」と言った。それから少し寂しそうに、

「ありがとう」

と言った。僕は意味を摑めなかった。

戸惑っていると、

「あれも、君が？」

と先生が風景の脇に置いてあったカラスの絵を指差した。左手で描いた下手だが美しいカラスの絵だった。「あれは、斉藤さんが……」と説明しようとすると、スタスタと近づいて絵を持ち上げた。先生の表情が強張り、さっきまで浮かべていた笑顔が消えた。

そのとき足音が聞こえた。そこには斉藤さんが立っていた。

「湖山先生……」呟きながら、彼は立ちつくしている。西濱さんの目が驚きで、見開かれた。僕と同じ反応だ。にわかには彼だと信じられないのも無理はない。汚れた手や焼けた顔、汚れきった服や野人のような髪は、かつての彼とは結びつかない。

先生はまだ絵を見ていた。目は真剣なままだ。斉藤さんもそれ以上は、近づけない。

「斉藤君」と先生は絵を見たまま言った。今度は、彼の背筋が伸びた。そのままひれ伏してしま

いそうなほど、緊張している。

「この絵を、譲ってくれないか」

と、真面目な顔で湖山先生は言った。斉藤さんは、その場に棒立ちになっている。何を言われたのか分からないのだ。戸惑いと恐れが目に浮かんでいた。口が半開きになっている。

それでも、彼は一歩、また一歩と先生に近づいた。先生は絵を下ろした。

近づいた彼の肩に、先生は手を当てた。そして、

「斉藤君、画技を極めたな」

と言った。すると、彼の目から涙があふれた。

湖山先生の前に立つと、斉藤さんはまるで子どものようだった。叱られて、抱きしめられた子どものように肩を震わせ、泣いている。

「もう、自分を傷つけるのはやめなさい。本当は誰もが君を認めている。君は私の自慢の弟子の一人なんだよ。もう何処にも行かなくていいんだ」

先生は彼の手を取った。彼は崩れ落ち、泣きじゃくっていた。西濱さんも彼に近づいた。

「斉ちゃん、帰ってこい。俺だけじゃ、大変なんだ」

顔を上げた斉藤さんの髭が涙で濡れていた。

「湖峰先生、私は、わがままばかりで……」

「分かってるよ。分かってる」

崩れ落ちた斉藤さんを西濱さんが腕を支えて立たせた。そして、

「よく頑張ったな」

と言った。彼は斉藤さんの頭をゴシゴシと撫でて、結んでいた髪を解いた。湖山先生も同じことをした。

愛されていたんだな、と思った。

本当はずっと、この人は愛されていたのだ。そのことに気づけなかっただけなのだと、分かった。自分を許せないだけで、人はこんなにも遠回りをしてしまうのだ。

僕も彼らにそっと近づいて筆を拾った。もう、これで大丈夫。そこはとても、温かい場所だった。

それから週末ごとに、湖畔を訪れて、風景の技法を磨いた。

引退式の準備は着々と進んでいった。山荘で斉藤さんに再会した千瑛は、その風貌の変わりようを見て、何度も本当に彼か確認していた。僕らは微笑ましくその様子を見ていた。少しずつ、彼も明るく笑うようになった。

引退式は春、行われることが決まった。桜の季節の少し前がいい、と湖山先生が言ったからだ。「終わるなら、春がいい」と美術館の人たちにわがままを言っていたようだ。

最後の数ヵ月の間に、湖山先生はいろんなことを教えてくれた。細かな画技や絵の良し悪し、あまり語りたがらなかった専門的な知識をかいつまんで説明してくれた。そして、話の終わりに、

「でも、結局は自分で求めて勉強しないとダメだよ。知っているだけじゃダメなんだ。身につけないと、閃きはやってこないからね」と付け加えた。

温かくなっていく景色の中で、僕と先生はよく湖畔の山荘のウッドデッキで過ごした。斉藤さんが淹れてくれたコーヒーを片手に、湖を眺めて先生と過ごす時間は他の何にも代えがたいもの

だった。

「手の調子はどうだい？」

先生は僕が右手でマグカップを握っているのを見て、言った。

「凄くよくなっています。前よりもいいくらいです」

「それは良かった。実はね、私も以前、同じようなことがあったんだ」

「先生も、手の感覚が消えてしまったんですか」

「ああ。何十年も昔のことだ。最初は肘が悪いような気がして、痺れてきて、それからしばらくするとなにも感じなくなった。どんな医者にかかっても、どんな薬を試してもダメだった。原因が身体にないのだと考えるようになったのは、打つ手がなくなった後だったよ。思い切って手を休めるまで何もかも悪くなり続けた。何もしないために、この場所でずっと休んでいた。これで終わりだと思いながら湖を眺めていたよ」

先生は目を細めた。湖面は、空を映し、水色に澄んでいる。

「ここに座っていると、あのときの気持ちを思い出す。終わりを見ていた。実際に終わりにしなければならなかった。絵の描き方、向き合い方、歩み方、そして何を目指し、感じていくか。右手は間違いを教えてくれていた。これ以上、間違ったやり方で同じことはできないと手が言ってくれていたんだ」

僕もそんな気がした。何をどう間違っていたのかはわからない。ただ、間違っている、やめろと誰かに言われていたような気がする。

「あの黒い筆はこの場所で、あんなふうに……」ねじ曲がった、と言いそうになって言葉を飲み込んだ。先生は笑った。

「そうだよ。もともとは、まっすぐな線を鋭く引く良い筆だった。私の師から譲り受けたもので、あれですべての絵を描いていた。大きな筆だけれど、抜群の穂先で、太く使うことも細く使うこともできた。どんな線も引けた。だが、技を求め、あれで描き続けたとき、手が壊れた。そして、自分の線の技法を捨てるために、この場所の景色を描き始めたんだ。あの筆を叩いて技を捨てて、手を捨てて、大きなものを見るように心掛けた。これまで私が描いた代表作は、だいたいあれで描かれている。何十年も使っているのに、まだ描ける。本当に私の人生そのものだよ」

「そんな大切なものを……」

僕が頭を下げようとすると、先生は笑って制止した。

「そういうのはいいんだよ。私はあの筆に存分に教えてもらった。道具は使うものだ。遠慮は無用。今の私は、ときどきあの筆と話ができればそれでいい。筆も新しい教え子ができて喜んでいるだろう。あのときの湖山のような小僧が来た、と」

「本当に筆が、技と手を導いてくれました」

「そうだね。よい筆だ。私の師、私と、二代に亘(わた)っての技が染みついている。まだ壊れずに保たれていることは奇跡だと思う。決して使いやすい筆ではないけれど、使い方を見定めたとき、大きな力を振るってくれる。私はあの筆に出会って、道具に対する感謝を教えてもらったよ。それまでも分かっていたつもりだったけれど、ずっとただの心がけに過ぎなかった。心を開くと、道具も心を開いてくれる。そのことを教えてくれたのも、あの筆だった。心遣いというのはそういうことなのだろう」

僕は伝えなければと思っていたことを、今こそ口にすべきだと思った。

「先生にお返しします」

先生は、少し躊躇った後、頷いた。

「そうだね。最後はあの筆で、終わりにしようかと思っている。新しい筆を用意したから、また一から育てなさい。君にも必ず出会いがあるから」

僕らの間に、沈黙が流れた。

あまりにも価値がある人と過ごしていると、何を言っていいのか分からなくなる。

相手がそれを望んでいないことが分かっても、頭の中で言葉がぐるぐる回り、沈黙のほうが多くなる。

先生は、そういうことも分かっているかのように、視線を合わせない。沈黙の中を春の風が通り抜け、言葉の代わりに時間が流れた。そして、話そうと思うことをやめたとき、先生は口を開いた。

「大切なのは受け入れることだったんだ。筆や景色や、目の前のものを……。描こうと、言葉にすると、自分が描いているような気持ちになる。もう、そこで間違っている。描こうなんて思わず、ただ待つことだ。言葉は捨てたほうがいい」

先生のカップの中のコーヒーが減っていく。また僕は、数えてしまう。あと何度、こうして先生と過ごせるだろうか。先生もまた、焦って何かを伝えようとしているようにも思える。

「描こうとする意志を遠くで眺め、目の前にあるものをぼんやりと見て、あらゆるものが過ぎ去り、流れていくことを感じる。自分とそこにあるものの境界線さえ分からなくなるほど、受け入れる。すると、なぜだかそこに、ポツンと絵が生まれる。自分の内側にね。本当はね、誰にだってできることなんだ」

僕は頷いた。そうだったと思った。

「僕には子どもたちが、それを教えてくれました。世界を遊んでいる姿を見たとき、あの子たちは景色と溶け合っていました」

「そうだよ。区別はいつも曖昧だ。君と私との区別も、子どもたちと自然との区別も、絵師とそうでない人との区別も、はっきりとした線引きはない。描くことと描かないことの差もそんなに大きくはない。線は何かを分け隔(へだ)ててしまうから、そればかり見ていると、ときどき分からなくなってしまう。線に魅入られて、取り込まれてしまう」

先生はコーヒーを啜り、香りを嗅いだ。白い髭が濡れている。

「本当は、この世界にいるみんなが優れた絵師なんだ。ただ、そうだったことを忘れてしまうんだよ。心の内側には本当に美しい絵が、誰の胸にも眠っている。思い出せて描きたいと思った者が、筆を持っているに過ぎない。私たちはね、自然が私たちの中に描き、見せてくれた景色を、もう一度、誰かの胸に渡しているに過ぎない。だからね、これなんだよ」

先生は手を見せた。筆を握っているような、三本の指を少し緩めているような形だった。僕も微笑んで、同じ形で右手を握った。親指と、人差し指と中指を軽く内側に向け、薬指と小指を三本の指にわずかに従わせる。

「お手元……、だったんですね」

「そう。お手元、お箸だよ。私たちは、美と人を繋ぐもの。運び、与えるもの。一本の筆と、一つの人生を合わせて、それを伝えるもの。どちらが欠けても、森羅万象は摑めない。だからね、青山君……」

先生は背筋を伸ばして、僕の右手を握った。信じられないほど柔らかく、温かかった。

「運び続け、与え続け、分かち合いなさい。その方法は、絵じゃなくてもいいんだ。なんだっていい。優しい言葉、たった一度の微笑み、穏やかな沈黙。誰かを見守ること……。本当に何だっていい。心を遣い、喜びを感じ、分け合うこと。同じ時を過ごしていると認めること。私たちは一枚の絵の中にいる。同じ時間の中にいる。一つの景観の中にいる。そうだろう？」

先生は、お箸を持つように緩めていた手を握り、筆を持つ所作に変えた。

そして、ゆっくりと手を開いた。

そこには、何も握られてはいなかった。

僕は自分の手を見返し、お箸を握るように緩めて丸めた。ぼやけた視界の向こうで先生が微笑んだのが分かった。

「本当に、いい手だね」と言った。

緩められた手の中には、何もなかった。だが、僕はそこにあるものを見つめていた。

目に見えないものを、包み込むように指を閉じ、力を抜いた。

指先は、やはり軽く開く。

そこには、見えない筆が握られていた。

第五章

はあ、とため息に近い疲れ切った声を出しているけれど、実際には疲れなど感じていない。ただ空を見上げているだけだ。美術館の屋外の喫煙所だった。美術館と舞台が併設されている巨大な施設の隅っこに僕らは立っていた。

西濱さんは、いつかと同じようにタバコを吸っていて、空は晴れている。鮮やかな青が貼り付けられたように雲もなく輝いている。

風は冷たいが、日差しは温かく、微かに花の香りがする。僕は水筒に入れてきたコーヒーを、外蓋のカップに入れて彼に差し出した。彼は「サンキュー」とカップを受け取り、僕は内蓋のほうのカップにも注いで、空を見る。

まったく疲れていないことが、不気味で落ち着かない。

「こんなに、楽だと、むしろ怖くなるよね。展覧会、本当に開催されてるのかな」

僕も同じことを思っていた。

美術館のエントランスには、『湖山展』と大きな看板が置かれ、街角にはポスターが無数に貼り出されている。開催初日だけれど、僕らがやるべきことは何もなかった。美術館のスタッフの人たちが飾り付けを行ってくれたので、今週の実働もほぼない。疲れるわけがなかった。おまけに、

「ほとんど私の作品だから、私が監督する。最後くらい、わがままを言わせてくれ」

と、湖山先生が言い出した。

「最後じゃなくても、毎回わがまま言ってるじゃない」

と千瑛にたしなめられていたけれど、誰も先生に反対しなかった。おまけに、展覧会に出品するための作品も、選別することなく、湖山先生が全部持っていってくれ、と言ったので、湖山邸でもやることがなかった。

そういうわけで、僕らは何の手応えもないまま、大展覧会をスタートさせ、疲れもしないのに休憩をとっている。何かが、いつも通りでなければ落ち着かないのだ。

特に西濱さんはソワソワしていて、次々にタバコを吸っている。彼を落ち着かせるために、カップをもぎ取り、お代わりを注いで話しかけた。

「ドリップで淹れるようになったら、こっちのほうがうまくなっちゃって」

どうでもいい会話だったが、とにかくそう切り出した。

彼は「は？　ああ、そうだね」とうわの空で落ち着かない。タバコの火を消して、ゆっくりとコーヒーを啜った後で、

「斉ちゃんも、上手だけど、青山君もうまいね。二人とも器用なんだろうな」

と感想を述べた。ウグイスの声が何処かで響いた。美術館に置かれた河津桜の強いピンクが眩しい。さっきからメジロが留まっては去っている。今の彼くらい落ち着きがない。

「斉藤さんにも習っているんですよ。コーヒーとか山歩きとか、ときどきあそこに行くので」

「ああ、なるほどね。相変わらず、彼も下と上を行ったり来たりしてるもんな。斉ちゃんが帰っ

てきてくれてほんとに良かったよ。俺と湖山先生は事務仕事は全くできないし、数字の計算もまるでダメなんだ。パソコンもまともに使えない」

「書類が信じられないくらい溜まってたと言ってましたよ。久々にメガネをかけないといけないって言っていました」

「そうだよね。悪いとは思ってるんだけど、直感的にできないことは、苦手なんだよね。もし彼が帰ってきてくれなかったら、心を鬼にして青山君に頼むところだったよ」

彼が山から下りて、帰ってきてくれて本当に良かったと思った。教室も手伝ってくれているようで、西濱さんは夕方には家に帰れている。携帯の待ち受けには、赤ん坊の顔が映っていた。

「ところで……」と彼は訊きにくそうに切り出した。僕は、「大丈夫です」と反射的に答えて笑みを作った。今度のは作り笑いじゃない。

「自分の進むべき道を決めました。ちょっと遅かったですが、やっとやりたいことが見つかりました」

「おお！　そうなんだ。おめでとう……、には早いのかな」

「そうですね。まだ調べているところで、もう少し学生を続けて、勉強しないといけないかもです」

「それは良かった。俺や千瑛ちゃんや斉ちゃんみたいに、妖(あや)しい道に進んじゃったらどうしようと思っていたよ。ちゃんとした道だよね……、あっ！　いいよ、全部決まったら教えて」

「いや、妖しくはないと思いますが……。絵はいつでも描けるなって思ったんです。いつでも、どんなところでも」

それを聞くと、彼は大きく目を見開いて、

「そうか」と言った。それから、タバコをまた口にくわえて、ゆっくりと火をつけると、一口だけ煙を吸い込んで、長く吐き出した。煙が細長く空に向かって続いていく。

「そういうのって、このタバコの煙みたいなものかもしれないね」

と彼は言った。僕は噴き出した。

「いつかは必ず向かうべきところにたどり着く、みたいなことですか」

それを聞くと、彼は二口分、考えた後、「それ、いいね！」と言って笑った。いつも吸った後、考えていたのか。

「息抜きしたいときや、何かあったらいつでも、俺たちを訪ねてきてくれよ。斉ちゃんも、皆そうだけど、君は俺たちの家族だからな」

と、笑わずに言った。僕は何も言わずに頷いた。それだけで、また笑顔になった。

「青山く〜ん！」と遠くから、無駄に元気のよい声が聞こえる。誰かすぐに分かったけれど、そちらを向きたくない。美術館に似つかわしくない雰囲気の持ち主が、こちらに駆け寄ってくる足音が聞こえた。

「ここにいたのか、探したんだよ。受付にはいないから。お〜い、美嘉こっちだよ！」

また大声を出して手を振っている。川岸さんはゆっくり歩いてこちらに向かっている。なるべく他人のふりをしているかのようだった。

「今回は、湖山会が主催の展覧会じゃないから、僕たちの受付とかはなかったんだよ。むしろ今日は、隠れててくれって言われてるんだ」

古前君にそう伝えると、数秒してから、

「なるほどね。大イベントの前だものな」とまた大きな声をあげた。川岸さんはやっと僕らのもとにやってきた。

「巧、やめなって、テレビカメラとかキャスターの人とか、もう会場に入ってきてるよ。いま見つかると、みんな困るでしょ」

こちらはなぜだか、小声で話し始めた。

「ああ、ごめん、つい」と彼も声を潜めた。正直、そこまでは必要ない。西濱さんも笑っていた。

「大丈夫だよ。僕らは何も悪いことをしているわけじゃないんだから。それに、今日の主役は僕らじゃなくて湖山先生だよ。引退式だから」

「そう言われればそうね。いや、違うよ。テレビで青山君は今日は出てくるのか、とか、へまをしないだろうかとか、コメントしている人もいたよ。大学ではその話題でもちきりになってるし。前より出てこなくなったけど、千瑛様の人気も相変わらずだから、それと比べられて、青山君に注目している人たちだっているんだよ。悪い意味で」

「そうなの？　全然そんなこと感じないけど」

「それは君がテレビもネットも見ないからだよ」と古前君が言った。またサングラスだ。美術館にまでかけてくると、さすがに浮いている。なぜ、今日はスーツを着ているのだろう。じっと見ていると、

「いや、何かあったときは関係者のふりをして君を守ろうかなと思ってね」と、武道場にいるときのように身構えて見せた。僕はため息をついた。

「そんなことは起こらないよ。今日はドタバタするのもアクシデントもなしだ。いまだって暇すぎて落ち着かないくらいだって話してたんだ」

彼は構えを解いた。

「青山君、冗談だよ。俺がスーツを着ているのは、君や湖山先生のセレモニーだからだよ。他人事じゃないんだよ」

中指を立てて、人に向けてはいけない指の形でそっとサングラスの中央を摘まむと、彼はそれを外した。つぶらな瞳が輝いていた。彼の目にも春の光が差し込む。

「やっと、らしくなってきたな」

それだけいうと、二人は西濱さんに会釈して入り口に向かっていった。去り際、彼から招待券をもらって大喜びしていた。そういえば、僕は彼らにチケットを渡すのを忘れていた。轟清水小学校に持っていってそれ以来、展覧会の招待券は家に置きっぱなしになっていた。

西濱さんにお礼を言うと、一番親しい人に渡しそびれるというのはよくあることだよ、と言われた。すぐ傍にいる人こそ、簡単に見えなくなってしまう。

彼らが僕らの傍にいたときの半分くらいの大きさになると、二人は手を繋いだ。古前君は嬉しそうに川岸さんの顔を見ていた。それに気づいた彼女も笑っていた。ああやって、ずっと歩いていってほしいなと思った。彼らは二人でいると、とても優しい人になる。

「さて、そろそろ」とタバコの火を消したところで、

「またこんなところにいたんですか」と声が聞こえた。振り返ると千瑛がいた。

「どうして本番前になると、皆いなくなっちゃうんですか」

口をとがらせて訴えている。西濱さんは相手にせずに、

「青山君のコーヒーが美味しくてさ」とへらへら笑った。

すると、彼女は「コーヒー?」と反応した。

「まだあるよ」

と、水筒を鳴らすと、僕のカップを奪って、差し出した。僕はそのまま最後の一滴になるまで注いで「どうぞ」と言った。まだ熱いはずなのに、彼女は一気に飲み干した。

「なんで、私抜きでいつも休憩に行くの?」と彼女はまた不平を漏らす。僕は、

「今度はちゃんと誘うよ。見えるところにいてくれたら」と言った。彼女は、

「そうする。忘れないで。あと、これすごく美味しいね」と落ち着いた表情で笑った。

「じゃあ、お二人さん。そろそろ行こうか。時間も迫ってきたし……」

西濱さんが歩き出そうとすると、千瑛が目を見開いた。

「そうだった。またお祖父ちゃんがいないんです。もう準備しなきゃいけないのに」

と、彼の方を見て言った。

僕らは顔を見合わせて、慌てて控え室に向かった。当然、そこにはいない。舞台袖や音響を管理する部屋にまで押し入ったけれど見つけられなかった。

舞台では、道具が設置され、客席は埋まりつつある。時間まで十分もない。

いまからでは、このだだっ広い施設の中を隈なく探すことはできない。僕らが集まって、眉間に皺を寄せて顔を見合わせていると、舞台袖に斉藤さんがやってきた。

長い髪を切って、元の髪型に戻ったのだけれど、今度はそちらのほうに慣れない。髭もすべて

なくなり顔が一回り小さくなったように見える。

「どうしたんですか。そんなに慌てて」落ち着き払った顔で僕らに語り掛けた。

「湖栖先生、お祖父ちゃんがいないんです。もう始まっちゃうのに」

すると、彼は不思議そうな顔をして、舞台の方を見た。

「先生なら、あちらにいらっしゃいますが」

と、客席の最前列を指差した。僕らも視線を向けると、本当にそこに座っていた。杖を持ったまま帽子を深くかぶり、居眠りをしている。外套も羽織ったままだ。

「さっき、私と舞台の最後の点検をすると言って、席に座って画面の見え方を確かめていらっしゃったのですが、そのまま眠ってしまわれたんですね」

「じゃあ、起こしてきます」と千瑛が勇み足で出ていこうとすると、西濱さんに止められた。

「千瑛ちゃんダメだよ。先生に恥かかせちゃいけないよ。斉ちゃんに行ってもらおう」

「それがいいようですね。私が行けば目立ちませんから」人目を引く容貌の人なので目立ちはするが、気にはされないというのが正解だろう。

彼は裏に回り、慌てることもなく湖山先生の元に向かった。

僕らはその様子を袖から三人で覗いていた。斉藤さんは湖山先生の横に立つと膝を折って先生を揺さぶって起こした。先生は視線をあげて、首を振っている。嫌な予感がした。そして、彼はこちらを向いて首を振った。出ないつもりなのだ。

先生が、さらに斉藤さんに二言三言、耳打ちをすると彼は頷いて立ち上がり、歩き出した。湖山先生は、また帽子を被って眠っている。

斉藤さんはまた、薄暗闇の中にいる僕らの元に戻ってきた。みんな答えは分かっているが、事情を知りたい。彼は少しだけ困ったような顔をしながら、

「今日は気分がのらない、とのことです」

それだけ言った後、斉藤さんは黙っている。絶句だった。誰も何も言わない。思わず僕は、

「他には……」

と恐る恐る訊ねた。もう少し長く話していたはずだ。彼はため息をついてから、

「正確にお伝えすると『今日は気分がのらない。みんな立派な絵師なんだから。失敗したって私のせいにすればいいよ、思いきりやってみて。たまには私も揮毫会を見てみたい。前と同じだ。青山君から始めなさい。最後くらいは、楽をさせてくれ』だそうです」

背筋に冷たいものが走ったのは、僕だけではないようだ。千瑛も僕も西濱さんも顔を見合わせた。西濱さんが、もう一度、斉藤さんに訊ねた。

「ほんとに、それだけ?」

そして、一度唾を飲み込むと話し始めた。

「ええ。ですが、それではあんまりだと思ったので、私も『本当にそれでよろしいのですか』とお訊ねしました。すると『君たちの時間だよ』と言われました」

どうやら本気で、出てくる気はなさそうだ。本番まで、あと数分しかない。

僕と西濱さんは背広を脱いだ。

彼は、作業着のジャンパーを着て頭にタオルを巻いた。僕は紺色の、墨で汚れきったパーカーを着た。右手の袖口はほつれて、破れている。右手の袖をそっと上げた。つられるように、千瑛

はカーディガンを脱いで真っ黒なノースリーブのワンピースの姿になった。

全員、いつもの姿だ。斉藤さんも背広の上着を脱いで、ネクタイを外し、第一ボタンを外した。彼は、真っ白なシャツ一枚になった。

「やるしかない、よね」と千瑛は僕に言った。

「そうだね。やるしかない」言葉にすると、不思議と落ち着いてきた。慌てふためいていたさっきの気持ちは何処かに消え去ってしまった。

「私たちにできるかな」

「できることが目的じゃないよ。やってみることが目的なんだ」と彼女は僕に訊ねた。

自然に口をついた言葉に、僕自身が驚いていた。

「そうだな。描き出せば、すべてが分かる。俺は君たちを信じてるよ」

西濱さんが僕の肩を叩いた。斉藤さんは、千瑛の横に立った。

「先生と、私たち自身のために描きましょう。あなたたちと一緒に絵を描けて幸せです。素敵な時間にしましょう」

僕たちは、お互いを見た。湖面のように澄んだ瞳が、薄い光の中で輝いていた。

「みなさん、よろしくお願いします。僕らの春を描きます」

僕は、それだけ言って舞台に出た。

歩き出し、光を浴びると拍手が聴こえ、その後にざわめきが起こった。

僕がいることと、湖山先生がいないことによるものだ。

僕が一礼すると、三人がそれに続き拍手が止んだ。不審が会場を包んだ。空気の温度が下がる。何もかも分かっていた。

だが、何かを始めなければならない。

僕は何も感じてはいなかった。良くもなければ、悪くもない自分がいるだけだった。

ボロボロの上着を着て、当たり前の顔で佇んで、いつものように目の前にはない景色について思いを巡らせている。先生の方は見なかった。足元の強い光のせいで、最前列は見えない。視界の端は消え去っている。

振り返ると、巨大な白い壁があった。それもいつかと同じだ。

僕はあの日の続きに立っている。

僕は、三人の顔を一人ひとり眺めた。そして、全員のことを思ったとき、やっと自分が何をすべきかを思いつけた。あの日、何をすべきだったのかが分かった。

それは、今日までに出会った人たちが教えてくれた。重ねられた時間が、たった一つの答えを導いた。

僕は湖山先生が立つはずだった道具の前に立った。そこには先生の硯と、数本の筆と刷毛が置いてあった。あの黒い筆もある。硯の蓋を開けた。簡素な松の彫りの入った自然石のきらめきに見入り、思わず手が動いて墨を磨った。いい墨といい硯だと思った。右手は丁寧に円を描く。静けさは弧の動きの中に吸い込まれていく。

墨を置いて、筆を持ち上げると水に浸した。気泡がゆっくりと昇っていく。これまで見た泡沫(ほうまつ)のなかで一番大きく、遅い。なぜなのかと思い、眺めていると、自分がすでに集中していることに気づいた。それさえ面白がって、遠い気持ちで眺めている。

穂先の空気がなくなると、布巾で丁寧に拭い、毛をまとめた。墨はまだ入れない。

僕は筆を持ったまま、ゆっくりと白い壁に近づいた。

僕の心の中にある景色と同じように、視界を超える白がそこにあった。足音が舞台に響く。それ以外は何もない。

僕は、左手をそっと伸ばし、白い壁に触れた。ガラスの部屋にあるものと同じように、描くべき場所を触ってみる。疑いようのない完璧な白、冷たく柔らかい手触りが左手の指先に広がる。描こうとは思わない。この白は、僕よりもずっと大きい。

完璧なものに用はない。

僕が描くものは、どこまでも不完全で拙い生の形だ。それは、描くのではなく、生まれるのだ。そのときを待たなければならない。白の中に、突然、見えないはずのものが生まれ、それは像になり、意志になり、完璧から可能性への試みに変わる。

考えてみれば、ひどく単純なことだ。

生きるとは、やってみる、ことなのだ。また、子どもたちの生き生きとした様子が目の中に浮かんでくる。僕の中に彼らが生きている。

僕の手は筆の重さを感じていた。そして、筆管の重さと重心を感じていた。穂先は水を含み、地面に向かって流れるように傾いている。僕の手はそれをわずかな力で支えていた。僕は一度だけ画面から離れ、全体を見渡した。白い壁は道のように繋がり、僕らの前に立っている。

大きな壁がふいに小さく見え、目の中に納まった。

そして、ついに白い壁が動き出した。

白は液化し、透明な何かがうごめいている。描くべき現象の気配が、色のない影のように見える。ただの見間違いかもしれないとさえ思う。微かな像だ。絵が目の中で始まっていく。僕は像が動き出した方へ足を運ぶ。左端に足が向く。千瑛や西濱さんが動き始めた。斉藤さんはゆっくりとその後を追う。

僕は動き始めた像を見失わないように、瞬きを止めた。生まれるものは、微かな気配だ。音もなく、形もないが、存在の翳りがそこにある。

動き続ける透明な像は、形を止めた。

僕はその瞬間、筆を振り上げ、その輪郭を繋ぎ止めた。

描くべき場所に、水を掃いた。

僕は水で描いた。

黒い筆は割れながら、進んでいく。客席からは見えない画仙紙の滑(ぬめ)りと、染みが、爪の先よりも厚く紙を盛り上がらせる。

左斜め下から右上に向かい、荒々しく弧を描きながら、画面の中央に向かって下降していく。そして、下降の最後の瞬間まで払わず、ゆっくりと毛の最後の一本まで線を伸ばしきると、もう一度、水を含ませて構えた。左端の根元まで走り、ゴッゴッとした多角形の大きな染みを二つ、穂先を暴れさせながら作った。

そして、割れた筆のまま、また水を掬い、多角形の足元から左から右へ狙いを定め、膝を曲げた。きっと皆に伝わるはずだ。

左手で右手を支えて、腰を引き、そして一気に伸ばしながら、走っていく。

画面の下部に、水平線が引かれた。

線は滲み、広がっていく。真っ白い画面に光を宿す、水の絵が描かれた。

水は、彼らの可能性を限定しない。柔らかく、彼らの先を示すだけだ。

これが、僕の答えだった。いま僕にできるすべてだ。

描かないこと、それでいて、描くこと。

描かないからこそ、描けるのだ。

僕は画仙紙から離れた。

その瞬間、千瑛と西濱さんがすれ違い、躍りかかるように、絵に向かっていく。

西濱さんは、多角形の染みの上を、大筆を使い濃墨で荒々しく囲い直す。すると、力強い墨は水と混ざりながら不均一な階調を表した。

彼はその上にさらに力強く、角ばった線を引いていく。突然、そこには峻厳（しゅんげん）な威容の岩石が生まれた。岩は湿りながら輝いている。さらに、水滴を置き、その上を掃く。すると岩は湿って見えた。僕が描いた水も、その輝きに光を足している。

その傍らで千瑛は、筆を鋭く尖らせ、岩の上部に笹竹を描いていた。西濱さんの身体が画面から離れると、枝と枝を繋ぎ、岩石に寄り添わせた。絵の中に風が吹き始めた。

彼女は穂先を尖らせると、そのうちの一本の枝をしならせながら、遠くに描き、先端に一枚だけ葉をつけた。

不自然に突出した葉は、風の動きを越えている。

何が起こったのだろう、と足を止めていると、僕のすぐ隣を斉藤さんが歩き去った。彼は右手で小ぶりな筆を持っていた。

彼女は彼が傍に来るのを待ち、絵から離れ、道具の方へ戻った。彼は左手で筆管を摑むと、右手でその端を持ち直した。筆の一番端を持つので、筆管が長く見える。かつて見た彼の独特の握り方だった。

穂先は枝のしなりの少し先へ向かう。

先端についた葉の少し手前でしゃがみ、枝の下側で穂先を左斜め下に向け、ゆっくりと点を置いた。点は丸みのある三角形に広がり、ふっくらと滲んでいく。

その点が広がりすぎる前に、穂先を離し、丸い三角形の点の上側に卵形の輪郭線を引く。枝にかぶらないように線は通り抜け、卵の側面を三度さっと払うと、細やかな線の中に階調が現れた。一本の線が色を変えている。ああいうものが計算できるものなのだろうか。

彼は穂先をもう一度尖らせて、今度は筆管の穂先側すれすれを持ち、より筆を細かく使い始めた。僕も絵に近づく。横から覗くと、彼は最初に置いた点の下に目を描き、嘴を描き、特徴的な頬の黒い丸を描いた。それ以外の場所は卵形の身体が羽毛で柔らかく見えるように、毛を足していく。淡い線でつなぎ、腹の羽毛の白い部分をかたどって見せた。

最後に濃墨を穂先に付けると、千瑛が描いた枝に鋭い爪型の線を三つ足し向かい合うように一つ付した。それを一組描いて羽毛の根元に結んだときには、笹の先に逆上(さかあ)がりで、留まる雀(すずめ)が描き込まれていた。

最後に、彼はゆっくりと目に点を置いた。針に糸を通すように、画面に対し垂直に置かれた穂先は、彼の集中力そのものだった。

　穂先を離すと、今まさに枝に留まり、逆さを向いて、しなりを遊ぶ雀がこちらを見ていた。画面の主役はいまのところ、この一羽だ。ただ巧いだけではない。まっすぐには描かず、逆さにぶら下がる面白さが目を引く。彼の少しズレたところが、絵の心に変わっている。

　優しさと自然への観察が面白さを作ったのだ。

　斉藤さんは、さらに筆を振るう。迷いなく、狂いなく雀を周囲や空中に足していく。どの雀も遊んでいる。それもまた生きたものを目にしなければ、こんなには描けないと思わせるほど説得力があった。枝の傍で喧嘩をし、飛び跳ね、飛び去ろうとしている。鳴き声まで聴こえてきそうだ。何よりも筆が速い。相変わらずの超絶技巧だった。小さく複雑なものを描くことで、彼の特性に磨きがかかっているのだ。自在、そんな言葉が浮かんだ。

　一区切りついたとき、彼と一瞬だけ目が合った。僕が頷くと、彼は微笑んでみせた。

「どうだ」と凄んでみせた表情に、彼が見つけた一瞬があった。

　朗らかな絵師の目だった。それだけで心が弾む。彼はこの瞬間を楽しんでいた。

　僕は湖山先生の硯に戻った。描いた水が乾き切らないうちに動かなければならない。

　筆を左手で持ち直すと、硯の傍にあった固形墨をもう一度握り、海から濃墨を陸に足して一回しした。平らな面で乾きかけていた墨が息を吹き返した。僕は筆に濃墨を海と陸からたっぷりと吸わせ、手元にあった平皿で穂先を整えた。やや穂先を割るように回転させると、毛が弾性をもって弾けた。真っ白な平皿の上に、威勢の良い円が生まれる。円の筆致は割れ、球のように動きたがっている。筆は次の瞬間を待てないようだ。

僕は割れた毛先を尖らせる。

割れて弾けて、力強く見える筆致もその実、静かな力で引かれていることもある。

ここで焦ってはいけない。動と静は矛盾しないものだ。

穂先の準備はできた。僕は画面の前に立つ。水を引いた場所はまだ、乾き切ってはいない。ちょうどいい頃合いだろう。このタイミングを皆が作ってくれたのだ。

早すぎず、遅すぎることもない。『いま、そのとき』は、自然に生まれた。

僕は左側に身体を折り、進行方向と反対側に筆の運びを振った。反動ではなく、意識を一度、下方へ振り、そして右斜め上方に向かって伸ばすイメージを思い描く。線だけではなく、運動が身体の中で意識され、作られていく。次の瞬間のために、感覚は練り上げられ、僕はそれが起こるのを待つ。

描かれるための瞬間は、訪れるのだ。身体がふと軽くなると、腰が脱落するように沈み、不安定になった重心が前に傾き、身体に重さの流れが生まれた。右足に重さが加わると、線の先は、その足が制御を始める。手は、足から始まる身体の流れがコントロールする。描こうとは思わない。

線はただ、生まれるのだと念じながら、右手の動きをどこか冷めた目で眺めている。

そして、その一瞬の中で、世界の音や色や匂いや不安や喜びや、自分の名前さえ、消えていることに気づく。僕は、一瞬、ただの線になる。

練り上げられた筆致は、静かに天に向かって伸び、紙面に音を立てる。大きな筆が割れながら、歪な形を一つの流れにまとめ上げる。巨木の肌が描かれていく。

僕は進行方向と反対側に筆管を傾けた。すると、穂先はU字型に曲がりくねり全開する。広げられた毛は、画仙紙の肌の凹凸に押されながら、さっきよりも不安定に揺れる。櫛の歯を捻じ曲げて遊ぶように、毛は揺れている。その不安定さが巨木の細かな肌を作る。

腕いっぱいまで天に向かって線を描き、返す筆で右斜め下へ下降させる。線はまた身体に従う。この筆致を、子どもたちに初めて見せたとき、歓声があがったなと頭のどこかで思い出していたとき、背後から同じような声があがった。僕は振り返ることも、答えることもなく、筆に残った墨で、かすれた枝を足していく。

水を引いた箇所は、その上に付した線によって滲み、苔のように見える。

老いた梅の巨樹が現出した。

僕が絵から身体を離すと、一旦、拍手が起こった。正確に三歩、身体を離すと、三人が一斉に枝を足し始める。巨木が、時を早回しで送ったように、一気に成長していく。

西濱さんは、地に向かってさらに太い根を足し、千瑛は笹竹の背後から天に垂直に昇る枝を描き足し、斉藤さんは僕が引いた幹の先端を整えるように枝を増やしていく。

どの線も大きなリズムに乗っている。僕が描き、見せたリズムが勢いに変わっていったのだ。

さらに拍手は大きく鳴った。

僕は一度、筆を洗い、穂先に半分ほど濃墨を浸けた。

彼らの作業に加わるように、僕も枝を足し始める。全員がいま、画面に向かっている。

隣に立った西濱さんが「青山君」と声をかける。僕は微かに意識を向ける。彼は微笑んだ。

「最高だよ。いまが、最高だ」

と、彼は言った。僕も頷いた。彼は巨木の節を描いていた。

「これから、描きたいものを描いて下さい。そのあと、最後を僕が合図します」と、全員に聞こえるように言った。返事はなかった。だが、全員の速度がわずかに落ちた。了解ということだろう。

僕らは一斉に、絵から離れる。

客席に、未完成の絵がさらされ、また歓声があがる。岩場に立つ巨木の足元に、笹竹が立ち、そこに雀が遊んでいる。寒さの残る春の景色が全体の左から三分の一を埋めるように描かれている。まだまだ余白は残されていた。けれども、画面の向こう側にある世界は始まっている。

僕は墨を磨り始めた。巨木を表現することで、使い切ってしまった。西濱さんも同じようだ。斉藤さんは、出方を待っている。最初に動いたのは千瑛だった。

まず最も勇気のあるものが動いていく。

彼女は画面に近づくと、僕と同じように画仙紙に触れながら、巨木の描かれたさらに左側、画面の一番端の方に立った。そこに筆を割って藪(やぶ)を足し、藪の中に笹も描き小さな岩も描いた。そこに遠景が生まれ、準備が整うと、一度、調墨に戻り、絵が大きくなりすぎないように線描で花を描き始めた。五弁の花に花芯(かしん)が描かれ、特徴的な濃い色の葉が花の真横に二筆で描かれるとそれが何の花なのか遠目にもわかった。

彼女は椿を描いていた。白い清楚(せいそ)な椿だ。

そして、枝を伸ばし、さらに二、三輪、花を足すと、今度は線描ではなく、面で鮮やかに花を描き始めた。濃墨の花はわずかなグラデーションによって真っ赤に見える。

ああ、これが彼女だ、と思った。この赤が、僕が水墨画の中で最初に見た色だ。

強烈な色彩を感じさせるほどの調墨の技法と強い筆致、それでいてどこか可憐な構成は、人に生きる情熱を思い出させる。

彼女が選び、向かい続けてきた美は誰かの心に火を灯す。

そして、その赤を引き立てるように対を成す線描の白い椿も柔らかかった。強さだけではなく、清らかな描線も彼女はものにしていた。花を愛する感性の柔らかさが線に表れ、薄く引かれた花弁の線は白色の輝きにも見える。淡墨は弱さではなく、光として用いられ、線の肥瘦（ひそう）だけで生命感を表現している。花びらの縁の極限まで薄い輪郭と花びらの重なることによって生まれるわずかな影を理解して、描出しているからだ。

つまり一筆の中に命の抑揚がある。以前の彼女にはなかった高度な線の技術だ。彼女は白を理解していた。

花はさらに奥に進み、淡墨で描かれていく。

すべての白い花を描き足したあと、花の輪郭の周りに、これまでで一番薄い墨をほとんど乾いた筆で足していく。白い花を縁取る淡墨をさらに薄くしたような影は、花を余計に白く見せる。同じ色で彼女は遠景に葉も描いた。奥行きがもう一段階深くなった。小さく繊細なものが世界に拡（ひろ）がりを見せる。

「ああ、そうか」

と、声を漏らした。彼女が追いかけていた宇宙はこんなところにあったのだ。きっと、彼女はまだ気づいていない。偶然そこに描出されただけだ。けれども、思いもかけず描き出した。強く大きなものではない。小さく優しいものが、別の世界を見せる。

その秘密を彼女は暴こうとしているのかもしれない。

長い髪が揺れて、踊るように絵を描いている。調墨の間隔が速い。湖山先生ゆずりの剣戟のような筆致が走り始めている。

「さあ、俺も行くか」と腕をまくったのは西濱さんだった。手には刷毛を握っている。何が起こるのだろうと期待したのは、僕だけではなかったはずだ。こちらに飛んでくる気配が幾つもあった。

彼は身体を屈めて、斉藤さんが描いた雀を眺めていた。「うまいな」と呟きながら、左手の指先で筆を割った。瞬く間に手は墨だらけになっていく。

それを作業着で拭うと、造作もなく岩の傍に藪を描き始めた。

割られた筆で腕の長さを存分に使った藪を素早く描き入れていく。平べったい筆で円の四分の一に近い線を左から右に描き入れ、角度を変えながら鋭い線を入れていく。細かく何かが描かれているわけではない。だがそこに叢が見える。減筆が施された線の魔法だ。この手の抜き方こそ水墨画だなと思わされる。最小限の筆致で、最大限の効果を狙うことを忘れない。その線は、僕らを戒めているようにも思えた。

描きすぎては、損なわれる。

そうなのだ。

僕らがどれほど緻密に描こうと、研鑽した画技を披瀝しようとしても、それに捉われれば絵は止まる。軽みのある技を、無造作に見せられることで、画面に明るさが生まれていた。千瑛や斉藤さんの緻密な画風はそれ自体、美しいものだが、一つ一つの箇所を全力で描けば鑑賞者は、何処を見ればいいのか分からなくなってしまう。

だからこそ、この、目がスッと奪われるような簡素な技法が心地いい。誰にでもできそうな簡単な技だが、それを的確に置くには経験が必要だ。力を抜き、手を抜いている。

僕らの中で、彼だけがそれを持っていた。

いつもの西濱さんだ、と思った。細かいことは気にしない。大いに人を受け入れ、損なわない。けれども、本当はもっと大きなものを見ている。自分は決して前に出ようとしないのに、すべてを気づかない間に整えていく。

ここにきて、西濱さんがなぜ、湖山先生に次ぐ実力を持っているのか、さらに深く理解できた気がした。僕らの中で、彼が最も自然に近いのだ。それはすなわち、彼が達人だということだ。達人だということにすら、彼は気づかせないのだ。

叢を簡単に描き終えると、ゆっくりと道具の方へ戻った。

決して急がず、焦りもしない。

いつもの顔で、そのまま軽口でも叩いて笑っていそうだ。平皿に一度無造作に刷毛を置いて、それから片方に濃い墨を入れると、もう一度平皿で叩いた。

そして、叢の近くに帰ってきて、屈むと左から右へ、さっと払い、刷毛を引き戻した。そのあと、描いた線の下に二度三度と似たような動きを繰り返すと、筆は乾いてきた。すると刷毛の片側が捻(ね)じれて尖ってくる。

彼はその捻じれた刷毛の毛先を、刷毛を傾けながら描いたものの輪郭をなぞるようにそっと当てていった。その線は、輪郭をすべて描き切ることのない不完全なものだった。だが、だからこそ、そこに質感を感じ鄙(ひな)びた影を感じた。

叢の陰には、小舟があった。

絵の奥側を向き、草の陰に隠れながらもひっそりと佇む一艘(そう)は、大自然の中にある人の営みを見せた。この一艘があるだけで、絵の柔らかさが変わった。

人の姿の見えない峻厳な自然の景観が、人を受け入れる穏やかさをのぞかせる。そこに行ってみたいと思わせ、そこに行けそうだと思うとき、無意識に絵に没入する瞬間を作る。

それでも舟はあくまで小さく、自然は大きい。その絶妙な配置も、さりげないが技なのだろう。人は遠くにあるものこそ、引き寄せて眺めるからだ。

彼は、さらに乾いた刷毛の穂先を使う。割れて穂先が光っている。横薙(よこな)ぎに描いていた刷毛を今度は縦に持ち替えて、舟の舳先(へさき)に向かい、素早く縦に引いて見せる。すると、舟を繋ぐ杭らしきものができた。彼はそこで止まった。杭は不完全なものだった。描き切れてはいない。筆速は落ちていく。

ここで彼は筆を引いた。

何が起こったのだろうと横顔を覗くと、満足そうだ。微笑んでいる。出来上がってはいないのにと、杭を眺めていると、視線が斉藤さんに飛んだ。彼と目が合った。そして、西濱さんは頷いた。

斉藤さんは、何のことか分からずにぼんやりとしていたが、視線で杭の先を合図されると、西濱さんよりも微笑んだ。西濱さんは満足そうに絵から離れた。

斉藤さんは瞬く間に調墨を終えて、杭に向かう。右手には先ほどの小筆が握られている。

何かが二人の間で、了解されたのだ。

千瑛も手を止めて、彼らを見ていた。会場の誰もが二人のやりとりを見ていた。僕は画面全体ている。

を覗けるように、描かれていない端に避ける。西濱さんもそうしていた。千瑛は反対の端に立っている。

斉藤さんだけが画面に向かっている。

ただ一人、杭の前に立っていた。その姿は、山荘で見た彼の姿に重なった。孤独と祈りが後ろ姿にあった。いつの間にか、彼は自然が似合う人になった。

彼は小さな筆を持ち上げる。地面に片膝をつき、左手で微かに画面に触れながら、愛おしいものに触れるように、優しく筆を置いた。激しくもなく、強くもない筆致、紙面に吸い込まれるように置かれた穂先の心地よさは、絵師にしか分からない。画面の向こう側にある世界に筆を通して触れる瞬間だ。絵師の恍惚（こうこつ）はそこにある。

穂先を左斜め下に向け、鮮やかに調墨した点を乱れないようにゆっくりと叩く。

誰かの肩をそっと叩くように音もなく置かれた小さな点を、押さえないまま離すと、穂の先端から根元に向かってグラデーションの施された親指ほどの点ができた。

その尖った黒い穂先のほうから、細長い線を引く。さきほどの点が一個半くらい入るほど長い。何が描かれるのか全く予測できない。鳥の嘴にしては長い。そのまま尖った穂先で、大きな点を二ヵ所に付して少し叩く。そのさらに下を、今度は淡墨で手早く囲み楕円を作る。この辺りで形が見えてきた。

最後に、穂先に濃墨を付けて、最初に付けた大きな点の両端にゆっくりと小さな点を描いた。点と丸と一本の長い線、描いたのはそれだけだ。

翡翠（かわせみ）が杭に留まっていた。

彼はそのまま楕円の下に爪を小さな点で描き、杭をつかませる。すかさず、西濱さんが傍にやってきて、杭の残りの部分を描いていく。

見事な連携だった。

舟を描き始めたときから、この地点まで考え抜いていたのだろう。西濱さんの構想が生きていた。やはりこの人の視野は広い。

墨の翡翠は杭の上で、首を傾けながら、俯いて佇んでいる。

何とも言えない愛らしさが、絵の中に漂う。興がのった斉藤さんは、杭の遥かに先へ足を進め、画面左寄りの中央付近まで来た。

するとそこに、細かい筆を割りながら乱れた筆致で、丸に近い割れた線を描いた。勾玉(まがたま)を横に置いたような線だ。その勾玉の上に点を打ち下にも乱れた点を消えかかるように打った。そして、特徴的な嘴の長い線を置き、目立を丁寧に置いた。

瞬く間に、空中で羽ばたき浮揚(ふよう)する翡翠の様子が描き込まれる。

簡単な筆致だったが、見たものにしか描けない凄みがあった。西濱さんも千瑛も、その姿に見入っていた。止まったものを描くのは簡単だ。だが、動くものをこれほど生き生きと描くには並の技量と観察眼では追いつかない。それもまた、見えないものを見る力なのだ。

描いた彼自身も、描きながら驚いているようだった。彼自身が、自分の限界を破壊して、一瞬を作っていた。

彼だけではない。描きながら、僕らはこれまで気づけなかったお互いの側面に気づいていく。同じ場所に並んで、同じものに向かうとき、心は自然と重なっていく。

その重なった心の厚みが、画仙紙の向こうに、もう一つの現実を作り出していた。

世界は静かに生まれ始めた。

「さあ、青山君の番だよ」

と西濱さんが言った。千瑛も、斉藤さんもこちらを向いた。僕は頷き、道具のすぐ傍に立った。すべてを皆が整えてくれた。次の一手は、もう決まっていた。

全員が、道具の元に戻り、準備を始めた。

画面の前には、いまは誰も立っていない。景観はさらされている。それでも、誰も声をあげない。何かが起こることを、誰もが理解しているのだ。

考えてみれば、僕らが先生を見送るのなら、描くべき絵は一つしかなかった。

先生の懐（ふところ）と思いの中で、僕らは育ったのだ。先生が受け継いだものを、惜しみなく与えられ、それを生かすための時間や機会を与えられた。

いまだってそうだ。僕らのわがままのように始まったこの瞬間だって、僕らのために用意されたものだ。僕らは与えられていることにすら気づかなかった。

自然とはもしかしたら、そういうものなのかもしれない。

その人を描くのだ。

僕は、筆を持ち上げた。

次に描くものは、先生そのものだ。そして、それは僕らが受け継いだものそのものだ。

薄墨をたっぷりと穂先に含ませ、わずかに落とす。

右手は繊細なその重さを感じている。

呼吸を乱せば、消え去ってしまうようなその重さの変化が無限の階調を生み出すのだ。微かに減った穂先の水分へ、平皿で中墨を足す。また穂先は満たされ、同じように水分を落とす。僕は平皿の汚れていない場所で、筆をねじりゆっくりと穂先を割った。穂先はゆっくりと広がり、思う場所で止まった。心が穂先にまで通じている。割れた穂先の片面に硯から濃墨を足しまた少し叩いて、心持ち筆をまとめた。穂は整った。

「この筆で届くだろうか」

と脳裏をよぎる。だがやるしかない。次の一筆が、すべてを決めるのだ。

僕はゆっくりと画面に向かう。他は誰も動かない。誰も次の瞬間を助けられないからだ。最も美しいものは、ただ一度だけ起こる。

だからこそ、命は描かれるのだろう。

僕は、膝を折り、腰を沈めた。勢いも、速度も、激しさも要らない。必要なのは、静けさとそれを待つ心だけだ。自らの意思を捨て、生み出されるものは、ただ生まれるものだ。

僕らは、その瞬間を渡し、繋いでいく。

描かれたものが何処に繋がり、結ばれていくのかも分からない。けれども、生み出されたものを渡しているとき、僕らは確かに生きている。

いまを超えて、未来を、次の瞬間を生きている。いまが、未来を引き込んでいく。

線が引かれる。

僕は動いた。左に一度、逆筆で筆を戻し、右に払うように一閃（いっせん）。激しく払うことも、力任せに薙ぐこともない。筆が空間の隙間に入り込むように、手応えもなく進んでいく。

静かに深く、時間と空間が描かれていく。

時間と空間が作られていく。

線は続いていく。

限界まで、腰を使い、腕を伸ばしきり、墨を絞った。画面の端までは届かない。

中央を越えて右に差し掛かったとき、毛先の最後の一本までが尽きた。

僕の息が止まっていた。

ここが、限界だと思った。また立ち上がり、線を描かなければならない。だが、立ち上がれない。目がかすむ。

腕を下ろし、息をしなければ……。

指先が冷たくなっていく。

そのとき、ふと、僕の手に温かく柔らかいものが添えられた。

僕は視線を向けた。

僕の手に皺くちゃの白い手が重ねられていた。右手に右手が重なり、力が吸い取られていく。

僕の手が筆になってしまったかのようだ。親指と、人差し指と、中指を感じる。いつも、見えない筆を握っているその手が僕の手を取った。その人から強い墨の香りがする。

「少し、筆を借りていいかね」

聞き慣れたその声は言った。

手はそのまま、僕の手を傾けてさらに先へ線を押し流した。線は、限界を超えてさらに先へ続いていく。僕の感覚を超えたものが、手に流れ込んでいく。

力はどこにもない。

筆が進みたいと思うほうに手が掬われていく。もう少し、あともう少し、この瞬間が続いてほしい。そう思ったとき、線は終わっていた。温もりは手から消えた。

もう一つの手は、筆管を握っていた。僕は、ゆっくりと手を離した。

皺くちゃの手は、慣れた仕草で筆を持ち上げ、吸い込むように筆を構えた。とても美しい手の形だった。一生が作る所作だった。

湖山先生がそこに立っていた。

まだ、音はない。先生はゆっくりと、道具の場所まで戻り、二呼吸もかからず調墨し戻ってきた。ただ無造作に筆に少し水を吸わせたようにしか見えなかった。調墨と言えるかもあやしい。

そして、

「よく頑張ったね。美しい絵をありがとう」

と話しながら、無造作に僕らが描いた線の続きを引いた。

僕よりも小さな動きで、僕よりも正確に、美しく線を繋げていた。調墨も寸分たがわず、継ぎ目も分からないほど正確だ。何もかも自然に行われている。だが、何もかも遥かに上を行っている。集中力すら感じられない。

当たり前ではないことが、当たり前のように行われている。

線が終わり、湖面が先端まで描かれると、もう一度、調墨して、湖面の手前を描いた。

すると筆がかつてないほどに拡がり乱れ、滲みながら微かに弧を描いていく。こちらに迫ってくる弧の運動は、湖をなだらかに吹く風のように見え、ここでもまた、目に見えないものが描き込まれた。湖面は滲み、潤んで、光を蓄（たくわ）えていく。

なだらかな風は、翡翠の飛翔（ひしょう）を支え、叢の葉の流れを生み、花の香りを運び、春の風を思わせた。水の流れが描かれたとき、さやぐ音を耳が捉えた。感覚までも描かれていく。

その手の流れは、見つめているだけで、心地よさに満たされていく。

手と指先と筆の動きに無駄がなく、強張りもない。当たり前のように描かれ、造作もなく自然の美が穂先から生み出される。誰がやっても同じようにできるのではないかと思わせるほどに単純で、それでいて、盗むことさえできない。まるで技にすら見えない。

僕ら全員が、その動きに見惚れ、立ち尽くしていた。

描くために開かれていた感覚が、余計に、湖山先生の美しさに感じ入ってしまう。

あまりにも大きく、遠い人がそこにいるのだと分かる。

風と波をすべて描き終え、絵から少し離れて全体を描き終えたときも、絵は変わり続けた。目の中で、本当の自然の景色のように画面が動き続ける。

等身大にも近い巨大な空間を描くことで生まれる没入感が、そんな幻想を生んでいるのかと思ったが、そんなふうに思っていることがすでに、僕らが先生の描くものの中に取り込まれている証拠だった。技をすでに忘れているのだ。先生の描くものを分析できない。だからこそ、何もかもが当たり前のように描かれているのだと感じてしまう。

水墨画とはこんなに簡単なものだったのだろうか。

年を重ね何もかもが白くなってしまった人を、誰よりも美しいと感じてしまう。所作を通し、浮かび上がる精神が、目に疑いようもなく映る。

こんなふうに老い、美しくなりたい。そう、思わせてしまう。樹齢を数えることのできない巨樹の前に佇むときに起こる静かな気持ちを、僕らは人に感じていた。その老いに、憧れすら感じていた。右手に添えられていた温もりは、まだ去らない。

絵の変化がようやく落ち着き、波の動きが静まりかけてきたとき、

「うん、いい感じだね」

と、こちらを向いて先生は笑った。

その瞬間、割れんばかりの拍手が会場で起こった。誰もが、その魔法のような時間に魅了されていたのだ。その音に驚き、

「凄いね」と言いながら照れ笑いした顔も普段と変わらなかった。

先生はスタッフに目配せして、こちらに呼び寄せた。上着を脱ぐと、すぐに作務衣を持ってきてもらい、ゆっくりと身につける。両手のあいていた僕は、袖を通すのを手伝った。先生は、嬉しそうに、

「ありがとう。本当にありがとう」とお礼を言った。左右の紐をゆっくりと結ぶと、観客に向かって歩いていった。

そして、深く一礼すると、

「皆様、本日は私の引退式のためにお集まりいただき、まことにありがとうございます」

わずかに声が途切れた。先生は会場を見渡していた。

「篠田湖山です。少し前まで、絵師は本来、死ぬまで絵師であると思っていたものですから、このような式を催すことに抵抗があったのですが、一年また一年と年を重ねるうちに、いつまでも

人様の前に立ち、老い劣っていく技をお見せすることが心苦しくなって参りました」

そこで、先生は咳き込み、舞台袖からスタッフが水を持ってきた。マイクも渡された。

「ありがとう」と言った声は、会場に響いた。喉を潤しペットボトルを返すと、ゆっくりと話し始めた。マイクは左手に持っていた。

「請われるままに絵を描き、私のわがままで描き続けるのは簡単なことですが、それでは私を守るために別のものが失われていくことに気づきました。花も盛りが終われば散っていくのがさだめです。そして、花は咲き続けるばかりが仕事ではなく、地に落ちた後、土にかえるのも大事な役目です。そうしなければ種も実を結びません」

そこで声は止まった。会場に広がった戸惑いを先生は見渡していた。誰もが先生に魅了されていた。小さく会釈をして、また話を始めた。

「そう思ったとき、今の私がすべきこと、私が後世に残したいと思うものは、おびただしい数の作品や幾ばくかの技法ではなく、もっと形のないものだと思うようになりました。それはこの瞬間であり、言葉にしようもないものです。形のないものは人に託し、委ねるしかありません。委ねた成果は、先ほど皆様にご覧いただいた通りです。西濱湖峰を始め、斉藤湖栖、私の孫の篠田千瑛、そして、最後の弟子の青山霜介も、私の技とそれを見事に継承しました。彼らは私が残す余白、私の可能性そのものです。そして『これから』であり、水墨画や脈々と受け継がれてきた文化の未来そのものでもあります。まだまだ未熟故(ゆえ)、ご期待に副(そ)うことが難しいこともあるかとは思いますが、温かく見守っていただければと思います。では、最後に、春の絵を完成させ、私の締めくくりとしたいと思います。終わるなら春が良いと思っていました。皆様、これまで本当にありがとうございました。私の最後の筆と余白の始まりです」

先生が一礼すると、柔らかな喝采と拍手が起こった。僕らも礼をし、先生が頭を上げた後、体を起こした。

先生はもう一度、僕らを呼び寄せた。

「みんな、本当にありがとう。私が人生で見た中で、一番美しい絵だよ」

お世辞だと分かっていても、その言葉は嬉しかった。僕らは少しホッとしていた。先生の笑顔がそうさせてくれていた。

「西濱君、言うことはないよ。もう何も言わなくても分かっていると思う。今日まで本当にありがとう」簡単な言葉だったけれど、二人の間で語ることはすでに、語り尽くされていた。西濱さんは微笑んだ後、

「先生、任せて下さい」と言っただけだった。先生は少しだけ、視線を上げて彼を見上げた。そして、隣に立つ斉藤さんを見ると、

「君もだ。斉藤君。伝えるべきことも、言うべきことも何もない。いい絵師になったな」

と言った。斉藤さんは何も言わずに頷いて目を閉じた。先生は何度か肩を叩いた。彼は背中を向けてしまった。

そして、その隣にいた千瑛を見た。すると悪戯っぽく笑って、

「まだまだ、と言いたいところだが、そうも言えなくなったよ」

と諦めたように言った。彼女は微笑んだだけだった。瞳が潤んでいる。

「ここまでは、私たちの道だった。ここからはお前次第だ。お前は今日から、篠田湖瑛。一人の

絵師だよ」

「お祖父ちゃん、ありがとう」

彼女は驚かなかった。胸を張り、名前を受け取った。先生はその表情を見て、嬉しそうに目を細めた。湖瑛、湖の宝石のような輝き……、光を封じ込めて形にしたような雅号だった。

「そして、青山君」

「はい」僕は息を吞んだ。

「これほど、困難な道をよく歩き通した。絵師としては、君ほど深くこの世界を見ようとした人はいない」

湖山先生は微笑んだ。

「私がこうして去れるのは君のおかげだよ。君に出会ってはじめて、そう思えた。去ることをいとわず進めるのは、未来を信じているからだ。君が、今日と明日を連れてきてくれたんだ。そして、皆を結んだ」

「僕は何も……」言葉を遮ろうとして僕は口を出した。止めることはできなかった。

「いいや。そのことを疑う人はここには誰もいないよ。君に出会えたことは、私の絵師としての最後の幸福だった。これからは君の道を行くんだよ」

先生を見ていた。それが本当の別れの言葉のような気がした。

「じゃあ行こう。みんな待っている。もう半面は、私が先導する。西濱君、斉藤君よろしく頼む。千瑛と青山君は、思う通り、好きにやりなさい」

湖山先生はそう言って、自分の道具の場所に戻り、静かに墨を磨り始めた。僕らもそれになららい、墨を磨り始める。五人の絵師の墨の香りが飽和する。

湖山先生だけがゆっくりと墨を磨っている。全員の手が止まり、墨を置いて、片手に黒い筆を持ってゆっくりと歩いていく湖山先生を見守っていた。

疲れ果てていることは疑いようがない。

画面の前に立つと、動きが止まり、どうしたのかと心配になって僕と西濱さんが近づこうとすると、先生はスタッフを呼んで段の付いた踏み台を持ってこさせた。

手が震えていた。湖山先生はそれに気づくと、僕を見て、

「手が違うと言っているね。また教えてくれた」と言って笑った。

そして画仙紙に視線を戻した。僕と西濱さんは近づいたままだ。そして、ふいに自嘲気味に笑うと、西濱さんを見て、

「悪いけど、その手に持っている大筆を貸してもらえる？　あと道具をここに持ってきて」

と言った。西濱さんの手には湖山先生のよりも一回り大きな筆が握られていた。彼は両手で筆を差し出し、僕は急いでキャスターを押して道具を先生の傍に置いた。

すると、手の震えが止まり、左手に黒い筆を持つと、右手に西濱さんの筆を持ち、硯から濃墨を取った。

そして西濱さんの筆を構えた後、お箸を持つように二本の筆を持った。それは残像になった。

先生は一気に身体を屈めると、地から天まで、急激に身体を屈伸から持ち上げた。ねじりながら、ひねられながら、二本の筆は寄り添い、巨大な命の流れを描いていく。

真っ黒な墨のかすれと淡墨のかすれの、二本の線の間に挟まれた白い線が生み出されていく。

一つ目の線と二つ目の線が呼応し、三つ目の線が生まれる。三つ目の白い線は、光のようにも、木の命そのもののようにも見えた。

僕はその三つの線から目が離せなくなっていた。

おそらく、一瞬に過ぎないはずの描かれた時間を、自分の中でとても長く感じていた。

気づくと、またガラスの部屋の中にいた。

湖山先生が絵を描くとき、いつもこの場所に来る。孤独と静けさと朽ちていくような安らぎに満たされた場所だ。この場所に先生と線が映っていた。

僕はその線の中に、僕と先生の出会いを見ていた。

完成した真っ黒な線と、まだ何も描くことのできなかった水のような線、その二つが出会ったとき、本当の白が現れた。二つの線の間に挟まれた白は、これまであった白とはまるで別の色で、二つによって生まれているがゆえに何よりも白かった。それは僕がずっと眺めていた白とはまるで違う。

何も描かなければ、白の上には失敗はない。

けれども、もし何も描かなければ、白もまた、本当の白にはなれない。

白の美、究極の余白の美もまた、描かないことではなく、描くことによって生み出されるのだ。間違いを犯し、挑み、さまざまな変化を得る。生きることは無限の変化の連続であり、それに出会う旅だ。そして、それを包む白もまた、階調の変化によって変化する。

現象の変化と同時に、その背後にもう一つ、ともに動いている影がある。

何かを生み出すことによって、何かを生み出す原理そのものに触れることができるのだ。僕らはその遊びを繰り返す。

僕の中を、今日までにあったあらゆる時間が過ぎ去っていく。出会いや別れや喜びや哀しみが、言葉よりもずっと多く繰り返されてきた。無限を記述することは僕らにはできない。

でも、もし、その原理を記述することができるとしたら、それはどんなに素晴らしいことだろう。

生きる意味と、生きている喜びと、生きていく希望をありありと描ける。

描きながら触れ、また繰り返す。

結果ではなく、今を追いかければ、それを描き出すことができる。

描かれたこの瞬間を目にすれば、誰もがそれに触れることすらできる。

すべて、最初から目の前に置かれていたものだったのだ。最初から、僕はすべてを見せられて、与えられていた。惜しみなく、差し出されていたのだ。

先生は、一生をかけて守り抜いてきたものを、簡単に手渡した。

その人の最後の瞬間が、ここにある。

二本の線は、画面の右端に到達した。線は終わったかに見えた。

だが、先生はもう一段、踏み台を登り、今度は画面の上から、筆を振り下ろした。すると、巨大な木が画面の外を経由して繋（つな）がった。外の世界、今ここにある世界と、画面の中が繋がった。木は左斜めに下がりながら、全体の画面の真ん中付近まで到達し、止まった。先生は、左手に西濱さんの筆を持つと、右手にある黒い筆だけで、別の枝を描き加えていった。驚くべきことに、先生の手の中にある黒い筆は、繊細な細い線を生み出していた。

あれほど跳ねて、曲がり、線には適さない筆だと思っていたのに、持ち主の手に帰ると他の筆よりはるかに美しく線を描き出す。

それだけではない。

尖らせて鍛え上げた筆では生み出せない繊細で複雑な変化を描出している。こんな線は見たことがない、という種類の線を何本も引いている。自然と同じだ、と僕は思った。無限に変化し、とらえることができない。僕はまだまだ、筆に遊ばれていたのだなと理解した。あの筆が有している無限の変化の一端を見せられただけだったのだ。

先生の手は、自然のあらゆる様相を生み出していく。

描き出されるものは常にシンプルだ。枝一つ、幹一つ、芽吹く点一つ。だが、そのすべてが、一つとして同じではない。それもまた自然なのだと分かった。手は自らの流れに従わない。ただ自分を超えた摂理に従っていく。だから、何もかも同じではなく、それでいて、一つの命として繋がっている。

先生の命が、木の命に移し替えられる。先生の命が燃えていた。

白は、僕らが描いたときよりも、より強い輝きを放っている。

大樹を描き終わり、踏み台を降り二、三歩離れた。両手に筆を持って、下ろしている。そして、「もう、いいかな」と、呟いた。それから、

「さあ、どうぞ。ここからが遊びだよ」

と言うと、僕に黒い筆を返し、西濱さんに大筆を返して道具の場所に戻って墨を磨った。あっけにとられて立ちつくしていると、驚いたように湖山先生は、

「早くしないと咲き遅れちゃうよ」

と言った。その瞬間、僕らがすべきことが分かった。先生の画技に圧倒されて気づかなかった。これは春の絵なのだ。

僕らは一斉に絵に躍りかかった。

僕らが動いた瞬間、拍手が雷鳴のように鳴り響いた。

身体に破裂音が伝わるほどだった。空間のすべてが震えていた。

先生は照れ笑いしながら、墨を磨っていた。描き続けている弟子たちの墨を代わる代わる磨りながら、僕らの姿を見ていた。

僕と西濱さんは、最後の仕上げに掛かった。

西濱さんは、湖山先生が描いた巨木を支えるために足元に岩石を描き、僕は絵の遠景を支えるために背後の山脈の稜線（りょうせん）を描いた。

それが終わると、湖山先生が描いた巨木の少し先を描くために薄い墨で木立を描き足していった。水を浸けて筆を優しく叩くと、柔らかな湿った森がいとも簡単に生まれた。さっきよりも筆は素直だった。

斉藤さんは僕らに続き、巨木の下の水溜まりに鴨（かも）を描き始めた。描かれた一対の鴨は命の営みと優しさそのものだった。

千瑛は岩石の傍に無数の草花を描き込んでいく。よくもまあこれほどの種類の花を一つにまとめられるものだと、あきれるくらい淀みなく花弁（かき）は芽吹いていく。春が足元から咲き誇る。そして、画面がすべて整えられた後、僕は黒い筆を下ろした。この数ヵ月の間に、新しく育て鍛え始めた筆を持ち、西濱さんが描いた左側の岩の前に立った。

そこに初めて教えられた向きで、初めて描いた花を描く。

湖山先生も手を休め、僕の傍でその様子を見ていた。

釘頭(ていとう)、蟷肚(とうと)、鼠尾(そび)と決められた形を縫い一本の線は進んでいく。あのころと違うのは、もうそれを意識しなくなったことだ。形は、乱れても外れてもいい。そこに大切なものが描けていれば、それでいいのだ。

二筆目。一筆目と反対になるように線をすすめ、一筆目で描いた弧を模した細長い草の根元に目を作る。そして三筆目。破鳳眼(はほうがん)、目を破るように目の中心を通り、空間の奥行きを形成する。その三本の線を支えるように脇に、単子葉類独特の鋭い葉を足し、水辺を安らかに吹き抜ける風を描き出す。

そして、意識を緩め、花に心を宿すように、手の勢いを花と同じくする。画仙紙の上に置かれた穂先は静かに滲み、溶けて広がる。最後に花の色を引き立てるように、心と同じく丁寧に黒い点を足していく。花よりも多く、囲むように。

春蘭ができあがった。

すべての始まりが生まれた。

湖山先生は、微笑み、いつの間にか持ち替えていた小筆で対岸に同じものを描く。まったく、反対の向きで。

技量は、それほど変わらない。先生は、難しくは描かない。だがその印象には天と地ほどの差がある。僕の蘭はまだまだ硬く、先生のものは柔らかい。不思議なことに先生の絵のほうが可愛く見えるのは、それだけ自分を消しているからだろう。自らを描くことは、ずいぶん前に手放している。それは描くものではなく、現れるものだからだ。

そして、蘭が終わった。

「蘭に始まり、蘭に終わる」と、声にしたのは千瑛だった。彼女はじっと二つの蘭を見ていた。湖山先生は、僕ら二人を一つの視界に入れて微笑んでいる。斉藤さんと西濱さんは湖山先生の背後に立っている。彼らも、僕らを見ていた。

二つの時間と、世界が向かい合っていた。

僕らは大きな湖と巨木の前に佇んでいる。

描き始める前よりも、ずっと眩しい。まだ乾かない墨色が光を受けて輝いている。絵は、まだ動いている。そして、僕らに語り掛けている。

僕らは絵の前を一人ずつ離れていった。そして、道具の前にたどり着くと、もう一度、最後に墨を磨り始めた。

すべてが終わると、全員が小ぶりの筆を持っていた。

最初に動き出したのは湖山先生だった。自分が描いた巨木の枝に、小さな点を置いた。淡墨の点は静かに滲み、拡がった。その拡がりが終わらないうちに、傍に新たな点を置いていく。一つ二つと点が増えていくにつれて、それは鮮やかになり華やかになる。点が淡く調墨されているからだ。それは重ねられて、ついに花になった。

真っ黒な木の枝に、淡い赤い花が咲いていた。西濱さんと斉藤さんもそれに続く。すると、巨木に芽吹いた花が一気に開花する。三人の絵師が花を咲かせている。

終わりと、始まりを結ぶ桜の巨木が、そのときを始めた。

僕と千瑛も、自らが描いた巨樹に向かう。

僕はまた子どもたちのことを思い出していた。あの子たちが、寄り集まり共に咲く花の美しさを教えてくれた。僕の最も厳しい季節に希望を与えてくれた花だった。

僕が紅梅の花びらを描き始めると、千瑛は僕の背後の枝に、白梅の丸い円を描き始めた。僕はそんな僕らの在り方が少し可笑しくなった。僕らはいつも反対のことをする。でも、だからこそ、こうして一緒にいられるのかもしれない。僕は赤い花を描き、彼女は白い花を描いた。僕は彼女のことを想っていた。これは彼女に教えられた技法でもある。彼女はただ前を向いていた。たぶん彼女は何も語らない。ただ描き続けるだけだ。

それは、夢のような瞬間だった。

僕らは世界を花で満たしていた。

無限に芽吹き続ける花を僕らは追いかけた。

春の、この日のこの花のために生きてきたような気もしていた。

いつまでも描いていたい。この瞬間を終えたくないと願っていた。

墨色は、白と溶け合うほど、光を帯びた。

そしてついに、花が盛りを迎え、満開に咲き、画面を鮮やかな色が覆い尽くした。もう描くべき場所はない。

そう思ったとき、先生は木から離れ、風の中に花びらを描き始めた。僕らはじっとそれを見ていた。ここからは、先生の時間なのだと分かった。

最後の一瞬を目に焼き付けようと、僕らは筆を置いた。

風の形を描き終えて、花びらの一枚が湖の上に落ちた。

そこに、湖山先生は小さな波紋を描き加えた。

その瞬間、この絵のすべての意味が、僕の中で生まれた。

その最後の一枚が先生なのだ。そして、この無数の花がここにいる命なのだ。

花びらは揺れて浮かんで、おそらく流れていくのだろう。

一枚の花びらが湖面に落ち、物語を結んだ。

気づくと、僕ら絵師は手を叩いていた。そして、客席からも優しい拍手が聴こえてきた。

先生が、絵を離れるとそれは大きくなり、歓声が加わり、激しくなった。

僕は振り返った。会場のすべての人が立ち尽くしていた。

最後に湖山先生は振り返り、深々と礼をした。また音は弾け、大きくなる。

拍手は鳴り止まない。

困りきった顔の湖山先生は、もう一度、道具の傍に戻り、筆を置くと、墨を磨った。拍手は鳴り止んだ。墨を磨る音が会場に響き始めた。

磨り終わった墨を、硯の傍らに置き、少し間を置いた。墨が落ち着くのを待っているのだろう。筆を持ち上げるかと思ったが、手に取ることはなかった。先生は指先に墨を付けた。

そして、自分が描いた巨木の陰の岩場の前に立ち、本当に小さく、五匹のカニを描いた。

最後に描いた一番大きなカニは、最も可愛かった。そのカニは、ハサミを地面に置いて逃げ出していた。

そして、振り返ると、一度だけ寂しそうに笑った。

真っ黒な指先のまま、舞台の一番前までやってくると、先生はもう一度礼をし、頭を上げた。ゆっくりと会場の全員に視線を渡すと、

「本当にありがとうございました。美しい時間を頂きました。湖は春を迎えました。心から、感謝を申し上げます。ありがとうございました……」

と頭を下げた。声は震えていた。

拍手はいつまでも、鳴り止まなかった。

僕らも手を叩いた。

春の景色の中にいた。会場のすべての人がその中で一つになった。

線は僕らを結んでいた。

線が、この瞬間を描いていた。

揮毫会が終わった後、鳴り止まない拍手の中、花束（はなたば）をもらった。

轟清水小学校の一年生の子たちが、ステージまで出てきて渡してくれた。湖山先生の前に立った水帆ちゃんは、照明にも負けないほどの輝きで先生を見ていた。

僕が「水帆ちゃん、ありがとう」と声をかけると、先生もあの絵の子だと気づいた。彼女は先生をじっと見ている。

「君は絵が好きかい？」

と彼女に訊ねた。すると、

「絵が好き。大好き、です」と大きな声で答えた。

「どうして？」と目を細めて、もう一度訊ねた。彼女は、

「見たもの、触ったもの、先生のことも水帆のことも、みんな、ぜんぶ。何もかも好きになれるから」と答えた。先生は「ありがとう」と言って、彼女の頭を撫でた。

「それが答えだよ。忘れないで」

僕らはその言葉を聞いていた。椎葉先生と矢ケ瀬校長は最前列にいた。足元の強い照明のせいで気づかなかった。僕が会釈すると、拍手をしながら頷いてくれた。

水帆ちゃんは去り際に一度だけ、僕のところに来て、

「青山先生、かっこよかったよ。私もがんばるね」と言ってくれた。僕は微笑んだ。

その微笑みを受けると、さっきよりも大きな笑顔を見せてくれた。抜けた歯は半分ほど生えていた。


すべてが終わり、僕らは控え室に通された。

誰も言葉を発しないのは、疲れ果てているからだ。湖山先生だけが、いつものように寛ぎ、ソファに座ってペットボトルのお茶を飲んでいた。そのうちに、西濱さんは、タバコを吸いたいと言い出し、斉藤さんと肩を組みながら「おつかれ〜」と出ていった。

控え室はさらに静かになった。千瑛は、疲れているのか、じっと目を閉じていたが「ちょっと出かけてくる」と言って重い足取りで、出ていってしまった。

僕と湖山先生だけが控え室に残された。

外ではたくさんの人が移動する音と閉館のアナウンスが聞こえる。揮毫会の終わりと共に、今日は閉館される予定だ。もう夕方になっていた。

僕も疲れて言葉も出なくなっていた。ソファに座り向かい合ったまま、何も言わずにぼやけた視界を見定めて、目の疲れを確認していると、

「ようやく、終わったね」

と先生が言った。僕は、ゆっくりと背筋を伸ばして、

「お疲れ様でした」と頭を下げた。その様子がおかしかったのか、先生は目を細めて、

「ああ。そうだね」と言って笑った。

僕も笑った。そして、見つめ合うと、力が抜けてきた。本当に終わったのだ。先生は、描き始める前よりも、さらに年を取って見えた。

「ねえ、お腹空かない?」

と訊ねられ、「そういえば……」と僕は返事した。途端にお腹が鳴り始めた。

「今日はね、美術館の人が用意してくれていたと思うよ。そこにお弁当があったはず……」

と適当に指を差された。その先にはそれらしい段ボールが置かれていた。

傍に行くと、お弁当だった。湖山会の皆さんへ、と張り紙がしてあった。僕は二つ取り出して、先生に一つを渡した。箱を開けると、高級そうなお弁当が幾つも入っていた。食べていいということだろう。箱の横にタコ糸がついている。僕はこの不可思議な紐が何のためにあるのか知っていた。お弁当を温めるための仕掛けなのだ。展覧会の終わりに、これを食べることだけがモチ

ベーションになりつつある自分に気づいていた。

僕らは顔を見合わせると、それを引いた。

そして、湯気を上げながら膝の上で温まっていくお弁当を待った。お腹がもう一度鳴った。今度は湖山先生だった。僕らは笑った。

「そういえば……、青山君」

と先生は箸を割りながら言った。箸を構え、ゆっくりと湯気が終わるのを待っている。言葉が続かない。意識がお弁当に向かっているのだ。僕も箸を割って構えた。右手に割り箸(わばし)の微かな重みが加わる。もう手は震えない。柔らかく包むように二本の木を抱えている。

先生は、嬉しそうに、それを見ていた。

「進路、決まったんだって?」と西濱さんと同じように訊ねられた。

「はい」背筋が伸びた。

「どうするの?」と問われた後、目が合った。

微笑んでも憂いてもいない。僕も同じだ。

「小学校の先生になろうと思います。もう四年生なので、遠回りしちゃいそうですが……」

「ほお。先生を……」

「ええ。教えていただいたことを、学んだことを生かして、自分に何ができるのか試してみようと思います。ご期待に副えずに申し訳ありません」

「いいや」と先生は言って、小さく息を吐き出した。安堵(あんど)なのか、憂いなのかは分からなかった。だが、

「それでいいんだよ。何もかもを生かすんだ。私たちは過去を守ってきたけれど、君は未来を描いていくんだな」とゆっくりと言った。急に年を取ったような声だった。

　僕は何も答えられなかった。本当にそうであるかも、それが可能なのかもわからない。ただ、僕にとっての宝物はそこにある気がした。沈黙は答えになるだろうか、と考え始めている自分のずるさに気づいて微笑んだ。

「湖山先生のような先生に、いつかなりたいです。本当に素晴らしいものを伝えられる人に、温かい人に、なりたいです」

　先生はその言葉には答えなかった。僕をじっと見て、

「良かったね」

と、言った。涙ぐんでいるように見えた。

「先生」と声をかけると、

「湯気のせいだよ」と言って、メガネを一度外して目を拭い、大きく息をした。また箸を構えると、まだ温まりきってはいないはずの蓋を開けた。

「お先に」と先生は言った。僕は、

「ええ、どうぞ」と答えた。先生が目を細めてお弁当を見つめた後、微笑んだ。

　蓋をソファの前のテーブルに置くと、中に入っていた卵焼きを思いきり頬張っていた。眩しいほどに形のよい黄色が目に応える。僕はもう少し待とうと思った。僕のほうは、温まるまでもう少しかかる。湯気は途切れない。

「そうそう。君が最初に描いた風景、覚えてる？　工房で描いたものだよ」

「ええ。今日の揮毫会と同じ、湖のものですよね」

「そう。あれね。美術館の物になるかもしれないよ」

「え？」

「正確には、買い上げたいという希望を伝えられただけなんだけどね。ここの人たちもなかなか見る目があるなあと思って」

「どうして僕が……」

「それは分かりきった話だ。あれが、一番よかったから、ぜひってことだよ。皆の絵も出展されていたのに、希望が来たのは君の絵だけだった。私のほうへ打診があったんだ」

「でも、僕の絵なんて、拙くて、まったく未熟なものだと思うんですが……」

先生は微笑むと、箸を動かした。そして、ついにステーキに口をつけ、

「ああ、終わった」と言った。

とんでもなく美味しそうだ。僕の話など、まったく聞いていない。弁当の加熱は終わった。けれども僕は蓋を開ける気にはなれない。先生は視線を上げてこちらを見た。

「もう分かっているだろう。大切なことは、自分の目で確かめることだ。ゆっくり見ておいで。もしかしたら、いつのまにかなくなっているものもあるかもしれないけれど……」

と言ってお弁当を箸で差した。

僕はお弁当を差し出すと立ち上がり、展覧会の会場へ急いだ。

廊下を抜け、スタッフ専用の動線から、誰もいない展覧会の会場へ向かい、駆け抜けていく。篠田湖山展という巨大な看板を通り過ぎ、無数のパネルや絵を通り過ぎていく。

先生の生涯の作品が所狭しと飾られ、長い通路を作っていた。僕は立ち止まらず、たった一枚の絵を探していた。誰一人そこにはいない。

フロアを二つ過ぎ、階段を上った後、展覧会の会場の終わりにそれはあった。

長い髪を解いた女性がそこに立っていた。

彼女はじっとその絵を見つめていた。彼女にはこの場所がよく似合う。千瑛は、僕の絵の前に立っていた。

「千瑛さん」

声をかけたけれど、振り向かない。僕はゆっくりと近づき、横に立った。それでも彼女はこちらを向かなかった。横顔を覗いたとき、その理由に気がついた。

彼女は、涙を流していた。

「千瑛……」と、もう一度、呼びかけると涙を拭った。やっと、こちらに気づいたみたいに顔を向けた。一瞬だけ映る潤んだ瞳が、水晶のように輝いていた。

「ごめん」謝ると、かすれた声で「どうして謝るの」と言った。僕はハンカチを渡した。細く白い指がそれを受け取り、目に当てた。涙はぬぐわれていく。

「ほんとにいい絵だね。私、涙が出ちゃった」

「ありがとう」どう反応していいのか分からず、上ずった声で答えた。

「これ、あの湖畔の絵だよね」

「そう。習作だったんだ。展示されているって知らなくて……」

「タイトル、見てみて」

僕は絵の下のプレートを見ながら、時が止まっていくのを感じた。こう書かれていた。

『篠田湖山の最後の弟子、青山霜介の習作。湖山門下屈指の余白の感性に感服し、篠田湖山がタイトルを決めた。描かれた湖の線と描かれなかった余白はほぼ等分されている。描かないことによって湖面の広さと輝きを見事に表現している。また水平線を一筆で描いた筆致が美しい。これを見た篠田湖山は本展覧会の構成と、引退式の揮毫会の画面サイズを決めた』

僕の手がまた震えていた。

視線を上げると、そこには、僕が描いた湖の絵があった。

そして、絵にはたった二つの文字が付されていた。その二文字はあまりにシンプルで、偉大だった。先生は、この絵に『湖山』と名付けていた。

「先生の名を、僕の絵に……。展覧会の名前……」

彼女は、もう一歩、僕に近づいた。僕らは同じ場所で、同じものを見ていた。

「お祖父ちゃん、最後に、あなたに伝えたかったんだよ。そして描いてほしかったんだと思う。あなただけが、お祖父ちゃんの心にあった景色を描けた。そして、あなたを生み出したことを誇った。篠田湖山は最後に未来を描いた……。そういうこと、なんだよね」

僕は首を振った。

「描きたかったんじゃない。一緒にいようと思ったんだ。皆と、一緒にいたかったんだ。そして、先生と一緒に……」

目の前にあるものを受け止めることができず、僕は俯いた。

するると、右手が視界に入った。

それは見覚えのある形に握られていた。僕は手の形を崩さず、腕を持ち上げた。そこには、見えない筆が握られていた。僕の手の中にそれはあった。

僕の視線に気づき、千瑛も僕の手を見ていた。じっと眺めていると、その意味に気づいた。

「お祖父ちゃんの手みたい」

彼女は僕の手に恐る恐る自分の手を重ねた。重ねられた手が少しずつ温まっていく。

僕らは見えないはずのものに触れようとしていた。そして、見えないはずのものを見ようとしてきた。それと共に佇み、分かち合おうとしてきた。

僕はゆっくりと目を閉じた。心が静まると、温もりが、たった一つの線に変わっていく。

手渡された線の感覚が蘇る。

線は伸び、視界を超え、いつの間にか一つの景色に変わった。景色は場所に変わり、広がりに変わった。その場所には数えきれないほどの命が映る。

たった一つの線が、眼前に置かれていた。

僕らを育んだ場所がそこにあった。

一線の湖が、どこまでも広がっていた。

本書は書き下ろしです。

砥上裕將
とがみ・ひろまさ

1984年生まれ。水墨画家。『線は、僕を描く』（講談社）で第59回メフィスト賞を受賞し、デビュー。他の著作に『7.5グラムの奇跡』がある。

一線の湖

二〇二三年十二月十一日　第一刷発行

著者……砥上裕將
発行者……髙橋明男
発行所……株式会社　講談社
〒一一二-八〇〇一
東京都文京区音羽二-一二-二一
郵便番号　一一二-八〇〇一
電話　出版　〇三（五三九五）三五〇六
販売　〇三（五三九五）五八一七
業務　〇三（五三九五）三六一五

本文データ制作……講談社デジタル製作
印刷所……株式会社ＫＰＳプロダクツ
製本所……株式会社国宝社

ISBN978-4-06-533681-6
N.D.C.913　350p　19cm

KODANSHA

「霓裳蘭図」